AF186190

Fischer TaschenBibliothek

Alle Titel im Taschenformat finden Sie unter:
www.fischer-taschenbibliothek.de

Nach dem Tod ihres Mannes zieht Simone Sauvelle mit ihren beiden Kindern Irene und Dorian in ein kleines Dorf an der Küste der Normandie. Ihre Anstellung auf dem Anwesen Cravenmoore, bei dem Spielzeugfabrikanten Lazarus Jann, verspricht nach Jahren der Entbehrung endlich einen strahlenden Neuanfang. Schnell verbindet die Sauvelles eine enge Freundschaft mit dem liebenswerten Jann, doch die prunkvollen Mauern von Cravenmoore werden Irene und ihrem neuen Freund Ismael immer unheimlicher. Warum dürfen sie bestimmte Zimmer nicht betreten und warum ist die schwerkranke Frau des Fabrikanten nie zu sehen? Was hat es mit den geheimnisvollen Septemberlichtern auf sich, die vom Leuchtturm drohen? Als ein brutaler Mord geschieht, versuchen Irene und Ismael das Geheimnis von Cravenmoore aufzudecken und wecken damit die dunklen Schatten der Vergangenheit.

»Atemberaubende Spannung, eine absolut fesselnde Mischung aus Thriller und Fantasy-Roman.« *Für Sie*

»Carlos Ruiz Zafón ist ein Meister darin, eine Atmosphäre und Spannung zu erzeugen, denen sich kaum ein Leser entziehen kann.« *Tobias Schwarz, Deutschlandradio*

Carlos Ruiz Zafón feierte seine ersten großen Erfolge mit den drei phantastischen Schauerromanen ›Der Fürst des Nebels‹, ›Mitternachtspalast‹ und ›Der dunkle Wächter‹, der wochenlang auf der »Spiegel«-Bestsellerliste stand. Mit seinen Barcelona-Romanen um den Friedhof der Vergessenen Bücher begeistert er ein Millionenpublikum auf der ganzen Welt. ›Der Schatten des Windes‹, ›Das Spiel des Engels‹ und ›Der Gefangene des Himmels‹ waren allesamt »Spiegel«-Bestseller; der vierte und letzte Band der Tetralogie ist in Arbeit. Auch ›Marina‹, der Roman, den er kurz vor den großen Barcelona-Romanen schuf, stand wochenlang auf der »Spiegel«-Bestsellerliste. Carlos Ruiz Zafón wurde 1964 in Barcelona geboren und teilt seine Zeit heute zwischen Barcelona und Los Angeles.

Weitere Informationen finden Sie bei www.fischerverlage.de

Carlos Ruiz Zafón

Der dunkle Wächter

Roman

Aus dem Spanischen von
Lisa Grüneisen

FISCHER TaschenBibliothek

Erschienen bei FISCHER Taschenbuch
Frankfurt am Main, November 2016

Die Originalausgabe erschien 1995
unter dem Titel ›Las Luces de Septiembre‹
im Verlag Edebé, Barcelona
© 1995 Dragonworks, S.L.

Für die deutschsprachige Ausgabe:
© 2009 S. Fischer Verlag GmbH, Hedderichstr. 114,
D-60596 Frankfurt am Main

Veröffentlicht in Zusammenarbeit
mit Michi Strausfeld

Umschlaggestaltung: hißmann, heilmann, hamburg
Umschlagabbildung: Getty Images/Chris Clor
Satz: pagina GmbH, Tübingen
Druck und Bindung: CPI books GmbH, Leck
Printed in Germany
ISBN 978-3-596-52117-3

Inhalt

Liebe Irene,
die Septemberlichter haben mich gelehrt, Deine Fuß-
spuren in Erinnerung zu behalten, die von den Gezei-
ten hinweggespült wurden. Bereits damals wusste ich,
dass der Winter schon bald die Illusion des Sommers
verwischen würde, den wir gemeinsam in der Blauen
Bucht verbrachten. Du wärst überrascht, wie wenig sich
seither verändert hat. Der Leuchtturm ragt auch heute
noch wie ein Wächter aus dem Dunst empor, und die
Straße, die am Strand des Engländers entlangführte,
ist nur mehr ein blasser Pfad, der sich durch den Sand
dem Nirgendwo entgegenwindet.
Schweigend und in ein Tuch aus Finsternis gehüllt,
lassen sich die Ruinen von Cravenmoore hinter den
Baumkronen des Waldes erahnen. Bei den immer sel-
teneren Gelegenheiten, da ich mit dem Segelboot in die
Bucht hinausfahre, kann ich immer noch die zerbors-
tenen Fensterscheiben des Westflügels sehen, die wie
gespenstische Signale durch den Nebel blitzen. Manch-
mal, wenn die Erinnerung an jene Tage wiederkehrt,
als wir in der Abenddämmerung durch die Bucht zum
Hafen zurücksegelten, kommt es mir vor, als sähe ich

wieder die Lichter in der Dunkelheit funkeln. Aber ich
weiß, dass dort niemand mehr ist. Niemand.
Du wirst Dich fragen, was aus dem Haus am Kap
geworden ist. Nun, es steht noch immer dort, trotzt an
der äußersten Spitze des Kaps einsam dem endlosen
Ozean. Letzten Winter zerstörte ein Sturm das, was
von dem kleinen Anlegeplatz am Strand noch übrig
war. Ein wohlhabender Juwelier aus irgendeiner na-
menlosen Stadt war nicht abgeneigt, es für einen Spott-
preis zu erwerben, doch die Westwinde und die tosende
Brandung an den Klippen brachten ihn wieder davon
ab. Das Salz hat sich in das weiße Holz gefressen. Der
verborgene Pfad, der zur Lagune führte, ist nun ein
undurchdringliches Dickicht aus wild wucherndem
Unterholz und herabgestürzten Ästen.
Manchmal, wenn es mir die Arbeit im Hafen erlaubt,
steige ich aufs Rad und fahre zum Kap, um von der Ve-
randa hoch über den Klippen den Sonnenuntergang zu
betrachten: nur ich und ein Schwarm Möwen, die sich
in der Rolle der neuen Bewohner eingerichtet zu haben
scheinen, ohne je die Kanzlei eines Notars aufgesucht
zu haben. Von dort oben kann man noch immer sehen,
wie der Mond, wenn er am Horizont erscheint, eine
silberne Girlande bis zur Fledermausgrotte spannt.
Ich weiß noch, wie ich Dir von dieser Höhle erzählte
und Dir die phantastische Geschichte von einem ge-
fürchteten Korsaren auftischte, dessen Schiff in einer
Nacht des Jahres 1746 von der Grotte verschlungen

worden sei. Das war eine Lüge. Es hat nie einen verwegenen Schmuggler oder Freibeuter gegeben, der sich in diese düstere Grotte hineingewagt hätte. Zu meiner Verteidigung kann ich nur sagen, dass dies die einzige Lüge war, die Du je aus meinem Mund gehört hast. Aber das hast Du wahrscheinlich von Anfang an durchschaut.

Als ich heute Morgen ein Bündel Netze einholte, die sich im Riff verheddert hatten, ist es wieder passiert. Für eine Sekunde glaubte ich, Dich auf der Veranda des Hauses am Kap zu sehen, wie Du schweigend zum Horizont blicktest, so wie Du es immer gerne getan hast. Als die Möwen aufflogen, wurde mir klar, dass dort niemand war. In der Ferne schwebte der Mont-Saint-Michel über dem Nebel wie eine auf Grund gelaufene Insel.

Manchmal denke ich, dass alle die Blaue Bucht weit hinter sich gelassen haben, während ich in der Zeit gefangen bin und vergeblich darauf warte, dass die purpurrote Septembersee mir mehr zurückbringt als nur Erinnerungen. Gib nicht viel auf mein Gerede. So ist das mit dem Meer; nach einer Weile bringt es alles wieder zurück, besonders die Erinnerungen.

Mit diesem Brief habe ich Dir wohl schon an die hundertmal an Deine letzte Adresse geschrieben, die ich in Paris ausfindig machen konnte. Manchmal frage ich mich, ob Du jemals einen davon erhalten hast und ob Du Dich noch an mich und an jene Morgendämme-

rung am Strand des Engländers erinnerst. Vielleicht ist es so, vielleicht aber hat Dich das Leben weit von hier fortgeführt, weit fort von allen Erinnerungen an den Krieg.

Das Leben war so viel einfacher damals, erinnerst Du Dich? Wohl nicht. Langsam glaube ich, dass ich armer Spinner der Einzige bin, der nach wie vor in der Erinnerung an jeden einzelnen jener Tage des Jahres 1937 lebt, als Du noch hier warst, hier bei mir …

1. Der Himmel über Paris

Paris, 1936

Jeder, der sich an die Nacht erinnert, in der Armand Sauvelle starb, schwört, dass ein purpurroter Lichtstrahl die Himmelskuppel durchzog, mit einem glühenden Funkenschweif, der sich am Horizont verlor. Ein Lichtstrahl, den seine Tochter Irene nicht sehen konnte, der jedoch viele Jahre lang durch ihre Träume geistern sollte.

Es war ein kalter Wintermorgen, und die Fensterscheiben des Krankensaals Nummer vierzehn im Hospital Saint George waren von einer feinen Eisschicht überzogen, die in der vergoldeten Dämmerung unwirkliche Tuschebilder der Stadt auf das Glas zeichnete.

Armand Sauvelles Lebenslicht verlosch leise, nahezu ohne einen Seufzer. Seine Frau Simone und seine Tochter Irene sahen auf, als die ersten Strahlen die Nacht durchbrachen und nadelfeine Linien in den Saal warfen. Dorian, Irenes jüngerer Bruder, kauerte schlafend auf einem Stuhl. Eine erschreckende Stille legte sich über den Saal. Es waren keine Worte nötig, um zu begreifen, was geschehen war. Nach sechsmonatigem

Leiden hatte das schwarze Gespenst einer Krankheit, deren Namen er niemals auszusprechen wagte, Armand Sauvelle aus dem Leben gerissen. Einfach so.

Das war der Beginn jenes Jahres, das die Familie Sauvelle als das schlimmste ihres Lebens in Erinnerung behalten sollte.

Armand Sauvelle nahm seinen Zauber und sein ansteckendes Lachen mit ins Grab, seine zahlreichen Schulden jedoch begleiteten ihn nicht auf seiner letzten Reise. Bald fiel eine Heerschar von Gläubigern und allerlei feingewandeten Aasgeiern mit honorigen Titeln über die Wohnung der Sauvelles am Boulevard Haussmann her. Auf die unterkühlten Beileidsbesuche folgten versteckte Drohungen. Und auf diese mit der Zeit die Pfändungen.

Statt renommierter Schulen und einer tadellosen Garderobe bestimmten nun Aushilfstätigkeiten und bescheidenere Kleider das Leben von Irene und Dorian. Es war der Anfang des schwindelerregenden Abstiegs der Sauvelles in die wirkliche Welt. Aber am schlimmsten traf es Simone. Sie hatte wieder eine Stelle als Lehrerin angenommen, doch der Verdienst reichte nicht aus, um die Schuldenflut zu stoppen, die ihre spärlichen Ersparnisse auffraß. In jeder Ecke tauchte ein weiteres Schriftstück auf, das Armand unterschrieben hatte, ein weiterer unbezahlter Schuldschein, ein weiteres schwarzes Loch ohne Boden ...

Damals begann der kleine Dorian zu argwöhnen, die halbe Bevölkerung von Paris bestehe aus Anwälten und Buchhaltern, einer Art oberirdisch lebender Ratten. Zur gleichen Zeit nahm Irene eine Beschäftigung in einem Tanzlokal an, ohne dass ihre Mutter davon wusste. Für ein paar Münzen (die sie spätnachts in die Sparbüchse steckte, die ihre Mutter unter der Küchenspüle aufbewahrte) tanzte sie mit den Soldaten, die kaum mehr waren als verschreckte Halbwüchsige.

Gleichzeitig stellten die Sauvelles fest, dass die Liste derer, die sich ihre Freunde und Wohltäter nannten, dahinschmolz wie Raureif am Morgen. Immerhin machte Henri Leconte, ein alter Freund von Armand Sauvelle, der Familie anfangs des folgenden Sommers das Angebot, die kleine Wohnung über dem Geschäft für Zeichenbedarf zu beziehen, welches er in Montparnasse betrieb. Die Miete stundete er in Erwartung künftigen Wohlstands, dafür sollte Dorian als Laufbursche aushelfen, da Henri Lecontes Knie nicht mehr so wollten wie in seiner Jugend. Simone fand nie genügend Worte, um dem alten Monsieur Leconte für seine Güte zu danken, und der Händler bat auch nie darum. In einer Welt voller Ratten waren sie einem Engel begegnet.

Als die ersten Wintertage Einzug in den Straßen hielten, wurde Irene vierzehn Jahre alt, auch wenn sie sich vorkam wie vierundzwanzig. Dieses eine Mal kaufte sie von den Münzen, die sie in dem Tanzlokal verdiente, einen Kuchen, um mit Simone und Dorian ihren Geburtstag zu feiern. Armands Abwesenheit schwebte über ihnen wie ein bedrückender Schatten. Gemeinsam pusteten sie in der engen Wohnstube am Montparnasse die Kerzen auf dem Kuchen aus, während sie sich wünschten, mit den Flammen möge auch das Phantom des Unglücks, das sie seit Monaten verfolgte, seinen Geist aushauchen. Dieses eine Mal wurde ihr Wunsch nicht überhört. Noch wussten sie es nicht, doch jene düstere Zeit neigte sich dem Ende zu.

Wochen später zeigte sich unerwartet ein Hoffnungs-schimmer am Horizont. Dank der Bemühungen von Monsieur Leconte und seiner unzähligen Bekannten eröffnete sich für ihre Mutter die Aussicht auf eine gute Stelle in einem kleinen Dorf an der Küste, Baie Bleue, weit weg vom düsteren Grau von Paris, weit weg von den traurigen Erinnerungen an die letzten Tage von Armand Sauvelle. Offensichtlich benötigte ein begüterter Erfinder und Spielzeugfabrikant na-mens Lazarus Jann eine Hauswirtschafterin, die sich um sein palastartiges Anwesen im Wald von Craven-moore kümmern sollte.

Der Erfinder lebte in der riesigen Villa neben seiner früheren Spielzeugfabrik, die mittlerweile geschlos-sen war. Seine einzige Gesellschaft war seine Frau

Alexandra, die seit zwanzig Jahren schwerkrank in einem Zimmer des großen Hauses lag. Die Bezahlung war großzügig, und außerdem bot Lazarus Jann der Familie die Möglichkeit, in das Haus am Kap zu ziehen, ein einfaches Haus oben auf den Klippen, am anderen Ende des Walds von Cravenmoore.

Mitte Juni 1937 verabschiedete Monsieur Leconte die Familie Sauvelle auf Bahnsteig sechs der Gare d'Austerlitz. Simone und ihre beiden Kinder bestiegen den Zug, der sie an die Küste der Normandie bringen sollte.

Während der alte Leconte den Zug in der Ferne verschwinden sah, lächelte er vor sich hin, und für einen Augenblick hatte er das Gefühl, dass die Geschichte der Sauvelles, ihre wahre Geschichte, gerade erst begonnen hatte.

2. Geographie und Anatomie

Normandie, Sommer 1937

An ihrem ersten Tag im Haus am Kap versuchten Irene und ihre Mutter ein wenig Ordnung in ihr neues Zuhause zu bringen. Dorian entdeckte unterdessen seine neue Leidenschaft: die Geographie oder, genauer gesagt, das Zeichnen von Karten. Mit Stiften und einem Heft bewaffnet, die Henri Leconte ihm bei der Abreise geschenkt hatte, zog sich Dorian auf ein kleines Plateau zwischen den Klippen zurück, einen hervorragenden Ausguck, der ihm eine spektakuläre Aussicht bot.

Das Dorf und die kleine Fischermole beherrschten das Zentrum der breiten Bucht. Östlich davon erstreckte sich ein endloser weißer Sandstrand, eine perlweiße Wüste am Meer, auch als »der Strand des Engländers« bekannt. Und dann folgte die Nadel des Kaps, die sich wie eine spitze Kralle ins Meer bohrte. Das neue Zuhause der Sauvelles befand sich an seiner äußersten Spitze, die den Ort von dem breiten Golf trennte, der von den Einheimischen wegen seines tiefen, dunklen Wassers die Schwarze Bucht genannt wurde.

Draußen auf dem Meer, eine halbe Meile vor der Küste, konnte Dorian im sich auflösenden Dunst die kleine Leuchtturminsel erkennen. Der Leuchtturm ragte dunkel und geheimnisvoll aus den Nebelschwaden auf. Wenn er zur Landseite blickte, sah Dorian seine Schwester Irene und seine Mutter auf der Veranda des Hauses am Kap.

Ihre neue Unterkunft war ein zweistöckiges weißes Holzhaus, das hoch oben auf den Felsen klebte: eine Terrasse über dem Nichts. Gleich hinter dem Haus begann der dichte Wald, und über den Wipfeln der Bäume war das majestätische Anwesen von Lazarus Jann zu erkennen, Cravenmoore.

Cravenmoore erinnerte eher an ein Schloss, ein kathedralenartiges Hirngespinst, Ausgeburt einer überspannten, gequälten Phantasie. Seine verschachtelten Dächer waren mit einem Labyrinth aus Bögen, Strebepfeilern, Türmchen und Kuppeln übersät. Das Gebäude erhob sich über einem kreuzförmigen Grundriss, von dem mehrere Flügel abgingen. Dorian betrachtete eingehend die unheimliche Silhouette von Lazarus Janns Wohnsitz. Ein Heer von Wasserspeiern und Engeln wachte über dem Fassadenfries wie eine Schar versteinerter Gespenster in Erwartung der Nacht. Während er sein Heft zuklappte und sich auf den Rückweg zum Haus am Kap machte, fragte sich Dorian, was für ein Mensch sich einen solchen Ort zum Leben aussuchte. Er würde es bald herausfinden, denn an diesem Abend waren sie zum Essen nach Cravenmoore eingeladen. Eine freundliche Geste ihres neuen Wohltäters, Lazarus Jann.

Irenes neues Zimmer wies in Richtung Nordwesten. Von ihrem Fenster aus konnte sie die Leuchtturminsel und die Lichtflecken sehen, die die Sonne auf den Ozean malte, Seen aus gleißendem Silber. Nach den beengten Monaten in der winzigen Wohnung in Paris kam ihr ein eigenes Zimmer beinahe wie ein anstößiger Luxus vor. Es war ein berauschendes Gefühl, die Tür schließen zu können und einen Platz ganz für sich allein zu haben.

Während sie zusah, wie die untergehende Sonne das Meer kupferrot färbte, hing sie der Frage nach, was sie zu ihrem ersten Abendessen mit Lazarus Jann anziehen sollte. Sie besaß nur noch einen kleinen Teil ihres einstmals gut gefüllten Kleiderschranks. Bei der Vorstellung, im Herrenhaus von Cravenmoore empfangen zu werden, kamen ihr all ihre Kleidungsstücke wie armselige, beschämende Fetzen vor. Nachdem sie die einzigen beiden Kleider anprobiert hatte, die alle Voraussetzungen für einen solchen Anlass erfüllten, wurde sich Irene eines weiteren Problems bewusst, mit dem sie nicht gerechnet hatte.

Seit ihrem dreizehnten Lebensjahr schien ihr Körper an gewissen Stellen an Umfang zuzunehmen und an anderen zu verlieren. Als sich die fast Fünfzehnjährige nun im Spiegel betrachtete, fielen Irene die Launen der Natur stärker ins Auge als je zuvor. Ihre neue, kurvenreiche Figur passte nicht mehr zu den schlichten Schnitten ihrer angestaubten Garderobe.

Ein glutrotes Band zog sich am Horizont über die Blaue Bucht, als Simone Sauvelle kurz vor dem Einbruch der Dunkelheit leise an ihre Tür klopfte.

»Herein!«

Ihre Mutter schloss die Tür hinter sich und erfasste mit einem raschen Röntgenblick die Situation. Sämtliche Kleider ihrer Tochter lagen auf dem Bett ausgebreitet. Irene stand in einem schlichten weißen Hemd am Fenster und beobachtete die fernen Lichter der Schiffe im Ärmelkanal. Simone betrachtete Irenes schlanken Körper und lächelte.

»Die Zeit vergeht, und wir bemerken es gar nicht, nicht wahr?«

»Mir passt keines mehr davon. Tut mir leid«, antwortete Irene. »Ich hab's probiert.«

Simone trat ans Fenster und ging neben ihrer Tochter in die Hocke. Die Lichter des Dorfes im Zentrum der Bucht malten schimmernde Aquarelle auf das Wasser. Die beiden betrachteten eine Weile das eindrucksvolle Schauspiel des Sonnenuntergangs über der Blauen Bucht. Simone streichelte ihrer Tochter übers Gesicht und lächelte.

»Ich glaube, hier wird es uns gefallen. Was meinst du?«, fragte sie.

»Und wir? Werden wir ihm gefallen?«

»Lazarus Jann?«

Irene nickte.

»Wir sind eine bezaubernde Familie. Er wird uns lieben«, antwortete Simone.

»Bist du sicher?«

»Wäre gut, meine Kleine.«

Irene deutete auf ihre Kleider.

»Zieh eins von meinen an«, sagte Simone lächelnd. »Ich denke, sie werden dir besser stehen als mir.«

Irene errötete leicht. »Dass du immer übertreiben musst«, warf sie ihrer Mutter vor.

»Warten wir's ab.«

Der Blick, mit dem Dorian seine Schwester bedachte, als diese in einem Kleid von Simone am Fuß der Treppe erschien, war preiswürdig. Irene heftete ihre grünen Augen auf Dorian und gab ihm mit drohend erhobenem Zeigefinger einen gutgemeinten Rat:

»Sag nichts.«

Dorian nickte stumm, unfähig, seinen Blick von dieser Unbekannten zu wenden, die mit derselben Stimme sprach wie seine Schwester Irene und ihr aufs Haar glich. Simone bemerkte seine Miene und verkniff sich ein Lächeln. Dann legte sie mit feierlichem Ernst ihre Hand auf die Schulter des Jungen und ging vor ihm in die Hocke, um seine dunkle Haartolle glattzustreichen, ein Erbe seines Vaters.

»Du bist von Frauen umzingelt, mein Junge. Gewöhn dich daran.«

Dorian nickte erneut, halb resigniert, halb erstaunt. Als die Wanduhr acht schlug, waren alle bereit für die große Begegnung und in ihre besten Kleider gewandet. Und außerdem halbtot vor Angst.

Eine sanfte Brise wehte von See und strich durch den dichten Wald rund um Cravenmoore. Das verborgene Wispern der Blätter begleitete die Schritte von Simone und ihren Kindern auf dem Pfad, der durch den Wald führte, ein regelrechter Tunnel, der in das dunkle, unergründliche Dickicht geschlagen war. Das bleiche Antlitz des Mondes lugte hinter dem Leichentuch aus dunklen Schatten hervor, das über dem Wald lag. Die Rufe der Vögel, die in den Kronen der gewaltigen, hundertjährigen Bäume nisteten, vereinten sich zu einer beunruhigenden Litanei.

»Dieser Ort macht mir Gänsehaut«, bemerkte Irene.

»Ach was«, fiel ihre Mutter ihr ins Wort. »Es ist einfach nur ein Wald. Vorwärts.«

Dorian, der die Nachhut bildete, betrachtete schweigend die Schatten des Waldes. Die Dunkelheit formte bedrohliche Schemen und befeuerte seine Phantasie, die in ihnen Dutzende von teuflischen, auf der Lauer liegenden Kreaturen sah.

»Bei Tageslicht ist hier nichts weiter als Gestrüpp

und Bäume«, wiegelte Simone Sauvelle ab und pulverisierte den flüchtigen Zauber, dem Dorian nachhing.

Einige Minuten später, nach einer nächtlichen Wanderung, die Irene endlos vorkam, standen sie vor der eindrucksvollen, verwinkelten Silhouette von Cravenmoore, das wie ein Märchenschloss aus dem Nebel auftauchte. Die Fenster des riesigen Anwesens von Lazarus Jann waren von goldenem Licht erleuchtet. Das Heer von Wasserspeiern zeichnete sich vor dem Himmel ab. Etwas abseits war die Spielzeugfabrik zu erkennen, ein Seitentrakt der Villa.

Simone und ihre Kinder blieben am Waldrand stehen, um die überwältigende Größe der Residenz des Spielzeugfabrikanten auf sich wirken zu lassen. In diesem Augenblick flatterte ein Vogel – ein Rabe, wie es schien – aus dem Gebüsch und flog eine neugierige Runde über dem Park, der Cravenmoore umgab. Der Vogel kreiste über einem der steinernen Brunnen und ließ sich schließlich zu Dorians Füßen nieder. Nachdem er aufgehört hatte, mit den Flügeln zu schlagen, wiegte er sich langsam hin und her, bis er schließlich reglos sitzen blieb. Der Junge ging in die Hocke und streckte langsam seine rechte Hand nach dem Tier aus.

»Sei vorsichtig«, warnte ihn Irene.

Dorian hörte nicht auf ihren Rat und strich dem Raben übers Gefieder. Der Vogel rührte sich nicht.

Der Junge nahm ihn in die Hände und breitete seine Flügel aus. Ein Ausdruck der Verblüffung überschattete sein Gesicht. Nach einigen Sekunden wandte er sich zu Irene und Simone um.

»Er ist aus Holz«, murmelte er. »Es ist eine Maschine.«

Die drei warfen sich schweigende Blicke zu. Simone seufzte und sagte dann zu ihren Kindern:

»Wir wollen einen guten Eindruck hinterlassen, ja?«

Diese nickten. Dorian stellte den Holzvogel wieder auf den Boden. Simone Sauvelle lächelte, und auf ihr Nicken hin stiegen die drei die geschwungene Freitreppe aus weißem Marmor hinauf, die zu dem mächtigen Bronzeportal führte, hinter dem sich die geheime Welt des Lazarus Jann verbarg.

Die Türen von Cravenmoore öffneten sich vor ihnen, ohne dass sie den eigentümlichen bronzenen Türklopfer in Gestalt eines Engelsgesichts betätigen mussten. Ein intensiver goldener Lichtschein drang aus dem Inneren des Hauses. In der Helligkeit zeichnete sich eine reglose Silhouette ab. Plötzlich erwachte die Gestalt zum Leben und neigte den Kopf, während gleichzeitig ein mechanisches Rattern zu hören war. Leblose Augen starrten sie an, hohle Glaskugeln, eingelassen in eine Maske, deren einziger Ausdruck ein schauriges Grinsen war.

Dorian schluckte. Irene und ihre Mutter, die leichter zu beeindrucken waren, wichen einen Schritt zurück. Die Gestalt streckte ihnen eine Hand entgegen und erstarrte dann wieder.

»Ich hoffe, Christian hat Sie nicht erschreckt. Er ist eine frühe, plumpe Schöpfung.«

Die Sauvelles wandten sich zu der Stimme um, die vom Fuß der Treppe aus zu ihnen sprach. Ein freundliches Gesicht, dem ein glückliches Alter beschieden schien, lächelte ihnen mit einer gewissen Verschmitztheit zu. Die Augen des Mannes waren blau und blitzten unter einem dichten, sorgfältig gescheitelten Haarschopf hervor. Der Mann, formvollendet gekleidet und mit einem Gehstock aus bemaltem Ebenholz in der Hand, trat näher und bedachte sie mit einer respektvollen Verbeugung.

»Mein Name ist Lazarus Jann, und ich glaube, ich muss mich bei Ihnen entschuldigen«, sagte er.

Seine Stimme klang warm und gütig, eine Stimme, in der etwas Beruhigendes und merkwürdig Gelassenes lag. Seine großen blauen Augen betrachteten aufmerksam jedes einzelne Familienmitglied und blieben schließlich auf Simones Gesicht ruhen.

»Ich habe meinen gewohnten Abendspaziergang durch den Wald unternommen und mich verspätet. Madame Sauvelle, wenn ich nicht irre …«

»Sehr erfreut, Monsieur.«

»Bitte nennen Sie mich Lazarus.«

Simone nickte.

»Das ist meine Tochter Irene. Und das ist Dorian, das Nesthäkchen der Familie.«

Lazarus Jann reichte beiden freundlich die Hand. Sein Händedruck war fest und angenehm, sein Lächeln ansteckend.

»Nun, was Christian betrifft, vor dem brauchen Sie wirklich keine Angst zu haben. Ich behalte ihn als Erinnerung an meine Anfangszeit. Er ist plump und sieht alles andere als freundlich aus, ich weiß.«

»Ist er eine Maschine?«, fragte Dorian fasziniert.

Simones tadelnder Blick kam zu spät. Lazarus lächelte dem Jungen zu.

»So könnte man es nennen. Technisch gesehen ist Christian das, was wir einen Automaten nennen.«

»Haben Sie ihn gebaut, Monsieur?«

»Dorian!«, schalt seine Mutter.

Lazarus lächelte erneut. Offensichtlich störte ihn die Neugier des Jungen nicht im Geringsten.

»Ja. Ihn und viele andere. Das ist oder vielmehr war mein Beruf. Aber das Abendessen wartet. Was halten Sie davon, wenn wir das alles bei einem guten Happen besprechen und uns so besser kennenlernen?«

Köstlicher Bratenduft stieg ihnen in die Nase wie ein Zauberelixier. Selbst ein Stein hätte ihre Gedanken lesen können.

Doch der überraschende Empfang durch den Automaten und die überwältigende Außenansicht von

Cravenmoore waren nur ein Vorgeschmack darauf, was die Sauvelles im Inneren von Lazarus Janns Villa erwartete. Kaum waren sie über die Schwelle getreten, als die drei in eine phantastische Welt eintauchten, die weit über ihre kühnsten Vorstellungen hinausging.

Eine prunkvolle Treppe schien sich spiralförmig ins Endlose hinaufzuwinden. Wenn sie den Blick nach oben richteten, sahen die Sauvelles einen hohen Raum, der bis in die zentrale Kuppel von Cravenmoore hinaufreichte. Eine Laterna magica tauchte das Innere des Hauses in ein diffuses, gebrochenes Licht. Von diesem gespenstischen Schimmern übergossen, war eine schier endlose Galerie mechanischer Geschöpfe zu erkennen. Eine große Standuhr mit Augen und einer karikaturenhaften Grimasse grinste den Besuchern entgegen. Eine Ballerina im luftigen Schleier drehte sich in der Mitte eines ovalen Raumes, in dem jeder Gegenstand, jedes Detail Teil einer von Lazarus Jann geschaffenen Welt war.

Die Türknäufe zierten fröhlich lachende Gesichter, die mit den Augen zwinkerten, wenn man daran drehte. Ein großer Uhu mit prächtigem Gefieder zeigte seine gläsernen Pupillen und schlug im Dämmerlicht langsam mit den Flügeln. Dutzende, wenn nicht gar Hunderte von Miniaturen und Spielzeugen füllten endlose Wände und Vitrinen, für deren Erkundung man ein ganzes Leben gebraucht hätte. Ein niedliches mechanisches Hündchen wedelte mit dem Schwanz und kläffte einer vorbeihuschenden Blechmaus hinterher. Von der unsichtbaren Decke hing ein Mobile aus Feen, Drachen und Sternen herab und tanzte um ein Schloss, das zum fernen Klang einer Spieluhr inmitten von Wattewolken schwebte …

Wohin sie auch sahen, entdeckten die Sauvelles immer neue Wunder, immer neue unglaubliche Schöpfungen, die alles je Gesehene übertrafen. Unter Lazarus' amüsiertem Blick blieben die drei minutenlang stehen, in einem Zustand völliger Verzauberung gefangen.

»Es ist … es ist wunderbar!«, sagte Irene, die ihren Augen nicht traute.

»Nun, das ist erst die Eingangshalle. Aber es freut mich sehr, dass sie Ihnen gefällt«, erklärte Lazarus, während er sie zu dem großen Speisesaal von Cravenmoore führte.

Dorian, dem es die Sprache verschlagen hatte, betrachtete alles mit tellergroßen Augen. Simone und Irene, die nicht minder beeindruckt waren, gaben sich alle Mühe, nicht völlig in jenen hypnotischen Traumzustand zu verfallen, den das Haus hervorrief.

Der Saal, in dem das Abendessen aufgetragen wurde, stand der Eingangshalle in nichts nach. Von den Gläsern bis zum Besteck, von den Tellern bis zu den kostbaren Teppichen, die den Boden bedeckten, trug alles den Stempel von Lazarus Jann. Nicht ein einziger Gegenstand im Haus schien der grauen, so schrecklich normalen wirklichen Welt anzugehören, die sie mit dem Betreten dieses Hauses hinter sich gelassen hatten. Dabei entging Irene nicht das riesige Porträt, das über dem Kamin hing, dessen Flammen aus den Mäulern mehrerer Drachen flackerten. Es zeigte eine betörend schöne Dame im weißen Kleid. Ihr Blick war von solcher Eindringlichkeit, dass die Grenze zwischen der Wirklichkeit und dem Pinselstrich des Künstlers verschwamm. Irene versank sekundenlang in diesem magischen, bezaubernden Blick.

»Meine Frau Alexandra … als sie noch bei guter Gesundheit war. Es waren wunderbare Zeiten«, sagte Lazarus hinter ihr mit einer Stimme, die von Melancholie und Resignation umhüllt war.

Das Essen bei Kerzenschein verlief angenehm. Lazarus Jann entpuppte sich als exzellenter Gastgeber, der rasch mit Scherzen und allerlei Schnurren die Sympathie von Dorian und Irene gewann. Im Verlauf des Abends erzählte er ihnen, dass die köstlichen Gerichte, die sie genossen, von Hannah zubereitet worden seien, einem Mädchen in Irenes Alter, das als Köchin und Zimmermädchen für ihn arbeite. Nach wenigen Minuten verschwand die anfängliche Anspannung, und alle beteiligten sich an der lockeren Unterhaltung, die der Spielzeugfabrikant mit unaufdringlicher Geschicklichkeit entspann.

Als sie zum zweiten Gang kamen, einem Truthahnbraten, Hannahs Spezialität, hatten die Sauvelles das Gefühl, es mit einem alten Bekannten zu tun zu haben. Zu ihrer Beruhigung stellte Simone fest, dass die Sympathie zwischen ihren Kindern und Lazarus auf Gegenseitigkeit beruhte und auch sie sich seinem Charme nicht entziehen konnte.

Zwischen zahlreichen Anekdoten gab Lazarus ihnen hilfreiche Erläuterungen zum Haus und zu den Aufgaben, die mit der neuen Stelle verbunden waren. Freitags hatte Hannah ihren freien Abend, den sie bei ihrer Familie, einfachen Leuten, in Baie Bleue verbrachte. Lazarus kündigte jedoch an, dass sie Gelegenheit haben würden, sie kennenzulernen, sobald sie wieder zur Arbeit kam. Hannah war neben Lazarus und seiner Frau die einzige Person, die auf Cravenmoore lebte. Sie würde ihnen dabei helfen, sich einzuleben, und ihnen bei allen Fragen bezüglich des Hauses zur Verfügung stehen.

Beim Nachtisch, einer unwiderstehlichen Himbeertorte, begann Lazarus zu erklären, was er von ihnen erwartete. Obwohl im Ruhestand, arbeite er nach wie vor gelegentlich in der Spielzeugwerkstatt. Sowohl zur Fabrik als auch zu den Zimmern der oberen Stockwerke sei ihnen der Zugang verboten. Sie dürften sie unter keinen Umständen betreten. Dies gelte insbesondere für den Westflügel des Hauses, in dem sich die Räumlichkeiten seiner Frau befänden.

Alexandra Jann litt seit mehr als zwanzig Jahren

an einer seltsamen, unheilbaren Krankheit, die sie zwang, absolute Bettruhe zu halten. Sie lebte zurückgezogen in ihrem Zimmer im zweiten Stock des Westflügels, das nur ihr Mann betrat, um sich um sie zu kümmern und ihr alle Pflege angedeihen zu lassen, die sie in ihrem Zustand benötigte. Der Spielzeugfabrikant erzählte ihnen, wie sich seine Frau, damals eine lebensfrohe, jugendliche Schönheit, die mysteriöse Krankheit auf einer Reise durch Mitteleuropa zugezogen habe.

Der Virus, gegen den es offenbar kein Heilmittel gab, hatte zusehends von ihr Besitz ergriffen. Bald konnte sie kaum noch gehen oder einen Gegenstand festhalten. Binnen sechs Monaten verschlechterte sich ihr Zustand derart, dass sie zur Invalidin wurde, ein trauriges Abbild der Person, die er nur wenige Jahre zuvor geheiratet hatte. Ein Jahr nach dem Ausbruch der Krankheit begann das Gedächtnis der Erkrankten nachzulassen, und nach wenigen Wochen war sie kaum noch imstande, ihren eigenen Ehemann zu erkennen. Dann hörte sie auf zu sprechen, und ihr Blick starrte ins Leere. Alexandra Jann war zu diesem Zeitpunkt sechsundzwanzig Jahre alt. Seit jenem Tag hatte sie Cravenmoore nicht mehr verlassen.

Die Sauvelles lauschten Lazarus' trauriger Erzählung mit respektvollem Schweigen. Der Fabrikant, den die Erinnerung und die zwei Jahrzehnte voller Einsamkeit und Leid sichtlich aufwühlten, versuchte dem Ganzen die Schwere zu nehmen, indem er das Gespräch auf Hannahs köstliche Torte lenkte. Doch die traurige Bitternis in seinem Blick blieb Irene nicht verborgen.

Es fiel ihr nicht schwer, sich Lazarus Janns Rückzug ins Nirgendwo vorzustellen. Nachdem ihm das genommen worden war, was er am meisten liebte, hatte sich Lazarus in seine Phantasiewelt zurückgezogen und Hunderte von Wesen und Objekten geschaffen, um mit ihnen die tiefe Einsamkeit auszufüllen, die ihn umgab.

Nachdem sie die Geschichte des Spielzeugfabrikanten gehört hatte, war Irene klar, dass sie diesen einer überbordenden Einbildungskraft entsprungenen Kosmos von Cravenmoore nicht länger als die spektakuläre, beeindruckende Laune seines Schöpfers sehen konnte. Für sie, die die Leere des Verlusts am eigenen Leib erfahren hatte, war Cravenmoore nichts anderes als der dunkle Widerhall des Labyrinths aus Einsamkeit, in dem Lazarus Jann in den letzten zwanzig Jahren gelebt hatte. Jeder Bewohner dieser wundersamen Welt, jedes Geschöpf war nichts anderes als eine stumm vergossene Träne.

Nach dem Essen wusste Simone Sauvelle genau über ihre Pflichten und Zuständigkeiten im Haus Bescheid. Ihre Aufgaben entsprachen denen einer Haushälterin, eine Arbeit, die wenig mit ihrem ursprünglichen Beruf als Lehrerin zu tun hatte, aber für eine gute Zukunft ihrer Kinder war sie gewillt, ihr Möglichstes zu tun. Simone sollte Hannahs Arbeit und jene der Aushilfsbediensteten überwachen, sie würde sich um die Verwaltung und Instandhaltung von Lazarus Janns Anwesen kümmern, die Geschäfte mit den Lieferanten und den Händlern im Dorf abwickeln, die Korrespondenz führen, Bestellungen aufgeben und dafür sorgen, dass nichts und niemand den Fabrikanten in seinem selbstgewählten Rückzug von der Außenwelt störte.

Im Gegenzug konnte Simone mit ihren Kindern im Haus am Kap wohnen und erhielt ein mehr als anständiges Gehalt. Lazarus würde überdies Irenes und Dorians Schulgeld für das kommende Schuljahr übernehmen. Außerdem verpflichtete er sich, beiden das Studium zu bezahlen, wenn die jungen Leute die Befähigung und den Willen dazu zeigten. Irene und Dorian wiederum konnten ihrer Mutter bei den Aufgaben zur Hand gehen, die diese ihnen im Haus zuwies, solange sie sich an die goldene Regel hielten und niemals die von seinem Besitzer abgesteckten Grenzen überschritten.

In Anbetracht der letzten Monate in Schulden und Elend erschien Lazarus' Angebot Simone Sauvelle wie ein Geschenk des Himmels. Die Blaue Bucht war eine paradiesische Umgebung, um mit ihren Kindern ein neues Leben anzufangen. Die Stelle war attraktiv, und es sah ganz so aus, als ob Lazarus ein großzügiger, gütiger Arbeitgeber wäre. Früher oder später musste ihnen das Glück wieder hold sein. Das Schicksal hatte sie an diesen abgelegenen Ort geführt, und zum ersten Mal seit langem war Simone gerne bereit, dem Schicksal Folge zu leisten. Mehr noch, wenn ihr Gefühl sie nicht trog – und das tat es selten –, spürte sie, dass ihr und ihrer Familie aufrichtige Sympathie entgegengebracht wurde. Sie konnte sich durchaus vorstellen, dass ihre Gesellschaft und ihre Anwesenheit auf Cravenmoore Balsam für die unendliche Einsamkeit sein mochte, die seinen Besitzer zu umfangen schien.

Das Abendessen endete mit einer Tasse Kaffee und Lazarus' Versprechen, den zutiefst faszinierten Dorian irgendwann in die Geheimnisse der Herstellung von Automaten einzuweihen. Bei diesem Angebot begannen die Augen des Jungen zu leuchten, und für einen kurzen Moment trafen sich Lazarus' und Simones Blicke im Kerzenschein. Simone entdeckte in ihnen die Spur jahrelangen Alleinseins, einen Schatten, den sie nur zu gut kannte. Ziellos dahintreibende Schiffe, deren Wege sich in der Nacht kreuzen. Der Spielzeugfabrikant wandte den Blick ab und stand schweigend auf, um die Tafel aufzuheben.

Dann begleitete er sie zum Haupteingang, wobei er hin und wieder kurz stehen blieb, um ihnen eines der Wunderwerke zu erklären, die ihren Weg säumten. Dorian und Irene lauschten seinen Erläuterungen mit offenem Mund. Cravenmoore beherbergte so viele wundersame Dinge, dass es für hundert Jahre Staunen gereicht hätte. Kurz bevor sie die Eingangshalle erreichten, blieb Lazarus vor einer komplizierten Apparatur aus Spiegeln und Linsen stehen und warf Dorian einen rätselhaften Blick zu. Wortlos steckte er den Arm in einen Spiegelschacht. Das Abbild seiner Hand löste sich langsam auf, bis sie schließlich nicht mehr zu sehen war. Lazarus lächelte.

»Du darfst nicht alles glauben, was du siehst. Das Abbild der Wirklichkeit, das unsere Augen wiedergeben, ist nur eine Illusion, ein optischer Effekt«, sagte er. »Das Licht ist eine große Lügnerin. Gib mir deine Hand.«

Dorian folgte den Anweisungen des Spielzeugfabrikanten und ließ zu, dass dieser seine Hand ebenfalls in den Spiegelschacht schob, wo seine Hand vor seinen Augen verschwand. Dorian wandte sich mit einer stummen Frage im Blick zu Lazarus.

»Kennst du dich mit den Gesetzen der Optik und des Lichts aus?«, fragte der.

Dorian schüttelte den Kopf. In diesem Moment wusste er nicht einmal, wo seine rechte Hand war.

»Die Magie ist nur eine Erweiterung der Physik. Wie steht es mit der Mathematik?«

»Mit Ausnahme der Trigonometrie, so lala …«

Lazarus lächelte.

»Damit werden wir beginnen. Die Phantasie besteht aus Zahlen, Dorian. Das ist der ganze Trick.«

Der Junge nickte, ohne genau zu wissen, wovon Lazarus sprach. Schließlich wies dieser zur Tür und begleitete sie bis auf die Schwelle. In diesem Augenblick glaubte Dorian etwas zu sehen, das unmöglich war. Als sie an einer der flackernden Laternen vorbeikamen, zeichneten sich die Schatten ihrer Körper an den Wänden ab. Alle bis auf einen: der von Lazarus hinterließ keine Spur an der Wand, als sei seine Gegenwart nur eine Illusion.

Als er sich umdrehte, beobachtete Lazarus ihn aufmerksam. Der Junge schluckte. Der Spielzeugfabrikant kniff ihm zärtlich in die Wange, scherzhaft.

»Glaub nicht alles, was deine Augen sehen …«

Und Dorian folgte seiner Mutter und seiner Schwester nach draußen.

»Danke für alles, und gute Nacht«, sagte Simone zum Abschluss.

»Es war mir ein Vergnügen. Und das sage ich nicht aus Höflichkeit«, erklärte Lazarus herzlich. Er lächelte freundlich und hob zum Abschied die Hand.

Kurz vor Mitternacht machten sich die Sauvelles auf den Rückweg durch den Wald zum Haus am Kap.

Dorian war ganz still. Er stand noch unter dem Eindruck von Lazarus Janns wundersamem Anwesen. Irene war weit weg, in ihre eigenen Gedanken vertieft. Simone wiederum atmete beruhigt auf und dankte Gott für das Glück, das er ihnen gesandt hatte.

Kurz bevor die Umrisse von Cravenmoore hinter ihnen verschwanden, drehte sich Simone noch einmal um, um es ein letztes Mal zu betrachten. Ein einziges Fenster im zweiten Stock des Westflügels war noch erleuchtet. Eine Gestalt stand reglos hinter den Vorhängen. Genau in diesem Moment verlosch das Licht, und das hohe Fenster versank in Dunkelheit.

Zurück in ihrem Zimmer, zog Irene das Kleid aus, das ihre Mutter ihr geliehen hatte, und legte es sorgfältig über den Stuhl. Im Nachbarzimmer waren Simones und Dorians Stimmen zu hören. Das Mädchen löschte das Licht und legte sich aufs Bett. Blaue Schatten huschten über den klaren Himmel wie tanzende Gespenster im Nordlicht. Das Murmeln der Wellen, die sich an den Klippen brachen, liebkoste die Stille. Irene schloss die Augen und versuchte vergeblich zu schlafen.

Es war kaum zu glauben, dass sie von dieser Nacht an ihr altes Zimmer in Paris nie mehr wiedersehen würde und auch nicht mehr in das Tanzlokal gehen musste, um sich die paar Münzen zu verdienen, die die Soldaten dabeihatten. Sie wusste, dass die Schatten der großen Stadt sie hier nicht erreichen konnten, doch die Erinnerungen ließen sich nicht aufhalten. Sie stand wieder auf und trat ans Fenster.

Der Leuchtturm ragte in der Dunkelheit auf. Sie betrachtete die Insel im weißen Nebel. Ein flüchtiger

Lichtreflex schien aufzuleuchten, wie das Aufblitzen eines Spiegels in der Ferne. Sekunden später erschien der Lichtstrahl erneut, um dann endgültig zu verschwinden. Irene runzelte die Stirn und bemerkte, dass ihre Mutter unten auf der Veranda stand. In einen dicken Pullover gehüllt, betrachtete sie schweigend das Meer. Irene brauchte ihr Gesicht in der Dunkelheit nicht zu sehen, um zu wissen, dass sie weinte und dass sie beide lange brauchen würden, um einzuschlafen. In dieser ersten Nacht im Haus am Kap, nach diesem ersten Schritt, der sie dem Horizont des Glücks näher zu bringen schien, machte sich Armand Sauvelles Fehlen schmerzlicher bemerkbar als je zuvor.

3. Die Blaue Bucht

Kein Morgen ihres Lebens war Irene je strahlender vorgekommen als dieser 22. Juni 1937. Das Meer glitzerte diamanten unter einem Himmel, der von einer solchen Klarheit war, wie sie es in den Jahren in der Stadt nie für möglich gehalten hätte. Von ihrem Fenster aus war die Leuchtturminsel nun ganz deutlich zu erkennen, genau wie die kleinen Felsen in der Mitte der Bucht, die aussahen wie der Kamm eines Meeresdrachens. Die ordentlich aufgereihten Häuser an der Uferpromenade des Dorfes, hinter dem Strand des Engländers, verschwammen im Dunst, der von der Fischermole aufstieg, zu einem flimmernden Aquarell. Wenn sie die Augen halb schloss, wirkte das Bild wie das Paradies von Claude Monet, dem Lieblingsmaler ihres Vaters.

Irene riss das Fenster weit auf und ließ die salzgeschwängerte Meeresluft ins Zimmer strömen. Die Möwen, die auf den Klippen hockten, beäugten sie neugierig. Neue Nachbarn. Nicht weit von ihnen entfernt entdeckte Irene Dorian, der sich bereits an seinen Lieblingsplatz zwischen den Felsen zurückgezogen hatte, wo er Luftspiegelungen und kleine

Tiere abzeichnete ... oder was auch immer er auf seinen einsamen Ausflügen trieb.

Irene war bereits ganz mit der Frage beschäftigt, was sie an diesem traumhaften Tag anziehen sollte, als eine unbekannte, glockenhelle Plapperstimme aus dem unteren Stockwerk zu ihr hinaufdrang. Nach ein paar Sekunden aufmerksamen Lauschens hörte sie die ruhige, sanfte Stimme ihrer Mutter heraus, die sich unterhielt oder vielmehr versuchte, kurze Bemerkungen in den wenigen Atempausen unterzubringen, die ihre Gesprächspartnerin machte.

Während sie sich anzog, versuchte Irene anhand der Stimme zu erraten, wie diese Person wohl aussehen mochte. Schon als Kind war das einer ihrer liebsten Zeitvertreibe gewesen: mit geschlossenen Augen eine Stimme zu hören und sich vorzustellen, zu wem sie wohl gehörte. Sich die Statur dazu auszumalen, das Gesicht, den Charakter ...

Diesmal sah sie vor ihrem inneren Auge eine junge Frau, nicht sehr groß, quecksilbrig und quirlig, mit dunklem Haar und wahrscheinlich dunklen Augen. Mit diesem Bild im Kopf ging sie nach unten – um ihren Appetit auf ein ordentliches Frühstück zu stillen und vor allem ihre Neugier auf die Besitzerin dieser Stimme.

Als sie das Wohnzimmer im Erdgeschoss betrat, stellte sie fest, dass sie sich nur in einem Punkt geirrt hatte: Die Haare des Mädchens waren strohblond. Mit dem Rest hatte sie ins Schwarze getroffen. Auf diese Weise lernte Irene die hinreißende, stets vergnügte Hannah kennen – als Erstes vom Hören.

Simone Sauvelle gab sich alle Mühe, das Abendessen, das Hannah tags zuvor für ihre Begegnung mit Lazarus Jann zubereitet hatte, mit einem köstlichen Frühstück zu erwidern. Beim Essen ging das Mundwerk des Mädchens noch schneller als beim Reden. Der Schwall an Anekdoten, Klatsch und allerlei Histörchen über das Dorf und seine Bewohner, der über sie hereinbrach, gab Simone und Irene schon nach wenigen Minuten das Gefühl, Hannah ein Leben lang zu kennen.

Zwischen einem Toast und dem nächsten lieferte Hannah ihnen eine rasche Abfolge von Schlaglichtern auf ihr Leben. Im November werde sie sechzehn; ihre Eltern hätten ein Haus im Dorf, er sei Fischer, sie Bäckerin; bei ihnen lebe auch noch ihr Cousin Ismael, der habe vor Jahren seine Eltern verloren und gehe seinem Onkel, also ihrem Vater, auf dem Boot zur Hand. Zur Schule gehe sie nicht mehr, weil Jeanne Brau, diese Hexe, die Direktorin der Dorfschule, sie als faul und begriffsstutzig angesehen habe. Nun bringe ihr halt Ismael das Lesen bei, und ihre Kenntnisse im Einmaleins würden wöchentlich besser. Sie liebe die Farbe Gelb und sammle Muscheln, die sie am Strand des Engländers suche. Am liebsten höre sie

Fortsetzungsromane im Radio und gehe im Sommer zum Tanz auf dem Dorfplatz, wenn fahrende Musikgruppen vorbeikämen. Sie benutze kein Parfüm, habe aber eine Schwäche für Lippenstifte …

Wer Hannah zuhörte, erlebte etwas irgendwo zwischen Vergnügen und Erschöpfung. Nachdem sie ihr eigenes Frühstück verschlungen hatte sowie alles, was Irene nicht schaffte, hielt Hannah für einige Sekunden in ihrem Geplapper inne. Die Stille, die nun im Haus eintrat, erschien unwirklich. Aber sie währte natürlich nicht lange.

»Wie wär's, wenn wir beide einen Spaziergang machen und ich dir das Dorf zeige?«, fragte Hannah, plötzlich begeistert von der Aussicht, als Fremdenführerin von Baie Bleue zu dienen.

Irene und ihre Mutter wechselten einen Blick.

»Ich würde mich freuen«, antwortete Irene schließlich.

Hannah strahlte bis über beide Ohren.

»Keine Sorge, Madame Sauvelle. Ich bringe sie Ihnen gesund und munter zurück.«

Und so stürzten Irene und ihre neue Freundin aus der Tür und liefen zum Strand des Engländers hinunter, während langsam wieder Ruhe im Haus am Kap einkehrte. Simone nahm ihre Kaffeetasse und trat auf die Veranda, um den Frieden des Morgens zu genießen. Dorian winkte ihr von den Klippen aus zu. Simone winkte zurück. Ein neugieriger Junge.

Und immer allein. Er schien kein Interesse daran zu haben, Freunde zu finden, oder er wusste nicht, wie man das anstellte. Er lebte in seiner eigenen Welt, in seinen Heften, und nur der Himmel wusste, was in seinem Kopf vorging. Während sie ihren Kaffee austrank, warf Simone einen letzten Blick auf Hannah und ihre Tochter, die auf dem Weg zum Dorf waren. Hannah redete unermüdlich. Die einen zu viel, die anderen zu wenig.

Die Einweisung der Familie in die Geheimnisse und Feinheiten des Lebens in einem kleinen Küstenort nahm den größten Teil des Julis in Baie Bleue ein. Die erste Phase des Kulturschocks und der Verwirrung dauerte eine lange Woche. In diesen Tagen stellte die Familie fest, dass die Sitten und Gebräuche in Baie Bleue mit denen in Paris nichts gemeinsam hatten außer der Verwendung des Dezimalsystems. Da war zunächst die Sache mit den Uhrzeiten. Es wäre nicht vermessen zu behaupten, dass in Paris auf tausend Einwohner ebenso viele Uhren kamen, kleine Tyrannen, die das Leben mit militärischer Willkür organisierten. In Baie Bleue hingegen gab es kein anderes Stundenmaß als das der Sonne. Und keine weiteren Autos als die von Doktor Giraud, der Gendarmerie und von Lazarus. Die Reihe der Gegensätze war endlos. Und im Grunde machten nicht Zahlen den Unterschied, sondern Gewohnheiten.

Paris war eine Stadt von Unbekannten, ein Ort, an dem man jahrelang leben konnte, ohne den Namen des Menschen zu kennen, der auf der anderen Seite des Treppenhauses wohnte. In Baie Bleue hingegen war es unmöglich, zu niesen oder sich an der Nase zu kratzen, ohne dass das Ereignis in der ganzen Gemeinde großen Widerhall gefunden hätte. Es war ein Dorf, in dem ein Schnupfen eine Nachricht war und Nachrichten ansteckender waren als ein Schnupfen. Es gab keine Dorfzeitung, und es war auch keine nötig.

Es war Hannahs Auftrag, sie in das Leben, die Geschichte und die Wunder der Gemeinde einzuweisen. Da das Mädchen beim Reden eine atemberaubende Geschwindigkeit entwickelte, gelang es ihm, in einigen wenigen Vorträgen genügend Informationen und Klatsch unterzubringen, um ein ganzes Buch damit zu füllen. So erfuhren die Zuhörer, dass Laurent Savant, der örtliche Pfarrer, Tauchwettbewerbe und Marathonläufe veranstaltete und nicht nur in seinen Predigten gegen Müßiggang und mangelnde Körperertüchtigung wetterte, sondern selbst mehr Meilen auf dem Fahrrad zurückgelegt hatte als Marco Polo. Sie erfuhren außerdem, dass der Gemeinderat dienstags und donnerstags um ein Uhr mittags zusammenkam, um über Dorfangelegenheiten zu beraten, derweil Ernest Dijon, der stillschweigend auf Lebenszeit gewählte Bürgermeister, dessen Alter an das von Methusalem heranreichte, sich damit unterhielt, unterm Tisch neckisch in das Polster seines Sessels zu kneifen in der festen Überzeugung, er erkunde den strammen Oberschenkel von Antoinette Fabré, Schatzmeisterin der Gemeindeverwaltung und eine eiserne Jungfrau ohnegleichen.

Hannah feuerte minütlich ein Dutzend Geschichten dieses Kalibers auf sie ab. Das lag nicht zuletzt daran, dass ihre Mutter Elisabet in der Dorfbäckerei arbeitete, die zugleich als Nachrichtenbörse, Spionagezentrale und Kummerkasten von Baie Bleue fungierte.

Die Sauvelles begriffen schon bald, dass die Geschäfte des Dorfes einer besonderen Form des Pariser Kapitalismus folgten. Die Bäckerei verkaufte scheinbar nur Baguettes, aber im Hinterzimmer hatte das Informationszeitalter Einzug gehalten. Monsieur Safont, der Schuster, reparierte Schnürsenkel, Reißverschlüsse und Schuhsohlen, doch seine Stärke und der Anziehungspunkt für seine Kundschaft waren sein Doppelleben als Astrologe sowie seine Sternenkarten …

Das Schema wiederholte sich immer wieder. Das Leben erschien ruhig und einfach, doch gleichzeitig war es undurchsichtiger als ein byzantinischer Schleier. Der Schlüssel lag darin, sich auf den besonderen Rhythmus des Dorfes einzulassen, den Leuten zuzuhören und sich von ihnen in die Rituale einführen zu lassen, die jeder Neuankömmling durchlaufen musste, bevor er behaupten konnte, ein Bewohner von Baie Bleue zu sein.

Deshalb ließ sich Simone jedes Mal, wenn sie ins Dorf ging, um die Post und die Bestellungen für Lazarus abzuholen, in der Bäckerei blicken und machte sich mit der Vergangenheit, der Gegenwart und der Zukunft vertraut. Die Frauen von Baie Bleue nahmen sie bereitwillig auf und bombardierten sie sogleich mit Fragen über ihren geheimnisvollen Arbeitgeber. Lazarus führte ein zurückgezogenes Leben und ließ sich nur selten in Baie Bleue blicken. Zusammen mit den Fluten von Büchern, die er jede Woche erhielt, machte ihn das zum Mittelpunkt endloser Spekulationen.

»Stellen Sie sich das vor, meine liebe Simone«, raunte ihr einmal Pascale Lelouch, die Frau des Apothekers, zu, »ein alleinstehender Mann ... nun ja, praktisch alleinstehend, in diesem Haus, mit all diesen Büchern ...«

Simone bedachte diese scharfsinnigen Ausführungen für gewöhnlich mit einem Kopfnicken und einem Lächeln, ohne weiter darauf einzugehen. Wie ihr verstorbener Mann einmal gesagt hatte, lohnte es nicht, seine Zeit damit zu vertrödeln, die Welt verändern zu wollen; es genügte zu verhindern, dass die Welt einen selbst veränderte.

Sie lernte auch, Lazarus' sonderbare Anweisungen

bezüglich seiner Korrespondenz zu respektieren. Die persönliche Post musste am Tag nach Erhalt geöffnet und dann umgehend beantwortet werden. Geschäftliche oder offizielle Schreiben mussten noch am gleichen Tag geöffnet, durften jedoch niemals vor Wochenfrist beantwortet werden. Und vor allem sollte ihm jeder Brief von einem gewissen Daniel Hoffmann aus Berlin persönlich übergeben werden und durfte niemals, unter keinen Umständen, von ihr geöffnet werden. Das Warum für all diese Dinge ging sie nichts an, beschloss Simone. Sie hatte gemerkt, dass sie gerne an diesem Ort lebte und diese Gegend bestens geeignet war, um ihre Kinder fernab von Paris großzuziehen. An welchem Tag die Post geöffnet wurde, war ihr völlig schnuppe.

Dorian wiederum stellte fest, dass ihm seine eifrige Beschäftigung mit der Kartographie noch genug Zeit ließ, um sich mit den Jungs aus dem Dorf anzufreunden. Niemand schien es wichtig zu finden, ob seine Familie neu hier war oder nicht und ob er ein guter Schwimmer war oder nicht (am Anfang war er das nicht, aber seine neuen Kameraden brachten ihm bei, sich leidlich über Wasser zu halten). Er lernte, dass Pétanque eine Beschäftigung für Herren im Rentenalter war und Mädchen hinterherzujagen etwas für rotznasige Fünfzehnjährige im Hormonrausch, welcher Haut und Verstand in Mitleidenschaft zog. In seinem Alter fuhr man wohl mit dem Fahrrad durch die Gegend, hing seinen Phantasien nach und interessierte sich für die Welt, in der Hoffnung, dass sich die Welt für einen selbst zu interessieren begann. Und sonntagnachmittags ging es ins Kino. So kam es, dass Dorian eine neue, unaussprechliche Liebe entdeckte, neben der die Kartographie verblasste wie von Motten zerfressenes Pergamentpapier: Greta Garbo. Ein göttliches Geschöpf, dessen Erwähnung bei Tisch ausreichte, um ihm den Appetit zu verschlagen, obwohl sie im Grunde genommen eine alte Frau war … Dreißig Jahre!

Während Dorian grübelte, ob seine Schwärmerei für eine Frau an der Schwelle des Alters schon als pervers zu bezeichnen war, war Irene mehr als alle anderen der vollen Breitseite von Hannahs Vorstößen ausgesetzt. Jeden Tag war die Liste begehrenswerter junger Männer ohne Freundinnen zu diskutieren. Hannah glaubte, dass die Jungs Irene bald für ein sonderbares Wesen halten würden, wenn sie nach vierzehn Tagen im Dorf nicht langsam anfing, mit einem von ihnen anzubändeln. Hannah selbst war allerdings auch die Erste, die zugab, dass sich die Liste der Jungs hinsichtlich des Bizeps durchaus sehen lassen könne, dass bei der Verteilung des Hirns Gott indes sehr sparsam und rein zweckmäßig vorgegangen sei.

»Meine Liebe, wenn ich so viel Schlag hätte wie du, wäre ich schon längst Mata Hari«, sagte Hannah des Öfteren.

Irene lächelte schüchtern, während sie einen Blick auf die herumstrolchenden Jungs warf, die ihnen wie zufällig entgegenkamen.

»Ich bin nicht sicher, ob ich das möchte ... Sie wirken ein bisschen einfältig.«

»Einfältig?«, brach es angesichts dieser Vergeudung von Möglichkeiten aus Hannah heraus. »Wenn du etwas Spannendes willst, dann geh ins Kino oder nimm ein Buch!«

»Ich werd's mir überlegen«, lachte Irene.

Hannah schüttelte den Kopf.

»Du endest noch wie mein Cousin Ismael«, urteilte sie dann.

Ismael war sechzehn Jahre alt und wuchs, so hatte Hannah erzählt, nach dem Tod seiner Eltern bei ihrer Familie auf. Er arbeitete auf dem Boot seines Onkels mit, doch seine wahren Leidenschaften schienen die Einsamkeit und sein Segelboot zu sein, eine kleine Jolle, die er eigenhändig gebaut und auf einen Namen getauft hatte, an den Hannah sich nie erinnern konnte.

»Etwas Griechisches, glaube ich. Puh!«

»Und wo ist er jetzt?«, fragte Irene.

»Auf See. Die Sommermonate sind gut für die Fischer, die auf Hochseefang gehen. Papa und er sind auf der *Estelle* unterwegs. Sie kommen nicht vor August zurück«, erklärte Hannah.

»Das muss sehr traurig sein. Die ganze Zeit auf See verbringen zu müssen, getrennt von ...«

Hannah zuckte mit den Schultern.

»Von irgendwas muss man ja leben ...«

»Du magst deine Arbeit auf Cravenmoore nicht besonders, stimmt's?«, fragte Irene.

Ihre Freundin sah sie erstaunt an.

»Es geht mich natürlich nichts an ...«, stellte Irene klar.

»Die Frage macht mir nichts aus«, sagte Hannah lächelnd. »Nein, ich mag sie tatsächlich nicht sonderlich.«

»Wegen Lazarus?«

»Nein. Lazarus ist liebenswürdig, und er ist sehr gut zu uns gewesen. Als Papa vor Jahren den Unfall mit der Schiffsschraube hatte, hat er die ganze Operation bezahlt. Wenn Lazarus nicht gewesen wäre ...«

»Was ist es dann?«

»Ich weiß nicht. Es ist dieser Ort. Die Maschinen ... Überall stehen Maschinen, die dich die ganze Zeit anstarren.«

»Es sind nur Spielzeuge.«

»Versuch mal, eine Nacht dort zu schlafen. Sobald du die Augen schließt, geht es tick-tack, ticktack ...«

Die beiden sahen sich an.

»Tick-tack, tick-tack?«, wiederholte Irene.

Hannah bedachte sie mit einem sarkastischen Lächeln.

»Ich bin vielleicht ein Feigling, aber du bist auf dem besten Wege, eine alte Jungfer zu werden.«

»Ich mag alte Jungfern«, gab Irene zurück.

Auf diese Art verstrich fast unbemerkt ein Tag nach dem anderen auf dem Kalender, und bevor sie sich versahen, stand der August vor der Tür. Mit ihm kamen auch die ersten Sommerregen, kurze Gewitter, die nur ein paar Stunden dauerten. Simone war mit ihren neuen Aufgaben beschäftigt. Irene gewöhnte sich an das Leben mit Hannah. Und Dorian lernte zu tauchen, während er in Gedanken Landkarten der geheimen Geographie von Greta Garbo zeichnete.

Eines Tages, an einem dieser Sommertage, an denen der Regen der Nacht zuvor watteweiße Wolkenschlösser vor einem leuchtend blauen Grund aufgetürmt hatte, beschlossen Hannah und Irene, einen Spaziergang am Strand des Engländers zu machen. Vor anderthalb Monaten waren die Sauvelles in die Blaue Bucht gekommen. Und als es schien, als seien keine Überraschungen mehr zu erwarten, fingen diese gerade erst an.

In der Mittagssonne war eine Fußspur entlang des Wassersaumes zu erkennen; über dem Meer flimmerten unwirklich die Masten im fernen Hafen.

Mitten in dieser weißen Endlosigkeit aus staubfeinem Sand saßen Irene und Hannah auf den Überresten eines alten, auf Grund gelaufenen Bootes, umgeben von einem Schwarm kleiner blauer Vögel, die in den schneeweißen Stranddünen zu nisten schienen.

»Warum heißt das hier ›Strand des Engländers‹?«, fragte Irene, während sie die menschenleere Fläche betrachtete, die sich zwischen dem Dorf und dem Kap erstreckte.

»Hier lebte jahrelang in einer Hütte ein alter englischer Maler. Der arme Kerl hatte mehr Schulden als Pinsel. Er schenkte den Leuten im Dorf Bilder im Tausch gegen Essen und Kleidung. Vor drei Jahren ist er gestorben. Er wurde hier beerdigt, an dem Strand, an dem er sein ganzes Leben verbracht hatte«, erklärte Hannah.

»Wenn ich die Wahl hätte, würde ich auch gerne an einem Ort wie diesem beerdigt.«

»Das sind ja fröhliche Gedanken«, scherzte Hannah, nicht ohne einen gewissen Vorwurf.

»Ich hab's ja nicht eilig damit«, stellte Irene klar, während ihr Blick auf ein kleines Segelboot fiel, das etwa hundert Meter vor der Küste in der Bucht kreuzte.

»Oha«, murmelte ihre Freundin. »Da ist ja der einsame Seemann. Hat es keinen Tag ausgehalten, ohne in sein Boot zu steigen.«

»Wer?«

»Gestern sind mein Vater und mein Cousin mit dem Schiff zurückgekommen«, erklärte Hannah.

»Mein Vater schläft noch, aber der da … Dem ist nicht zu helfen.«

Irene sah aufs Meer hinaus und betrachtete die Jolle, die durch die Bucht glitt.

»Das ist mein Cousin Ismael. Er verbringt sein halbes Leben auf diesem Kahn, zumindest wenn er nicht mit meinem Vater an der Mole arbeitet. Aber er ist ein feiner Kerl … Siehst du dieses Medaillon?«

Hannah zeigte ihr das wunderschöne Schmuckstück, das sie an einem Goldkettchen um den Hals trug: eine im Meer versinkende Sonne.

»Es ist ein Geschenk von Ismael …«

»Es ist wunderschön«, sagte Irene, während sie das Medaillon eingehend betrachtete.

Hannah sprang plötzlich auf und stieß ein wildes Geheul aus, das den Schwarm blauer Vögel ans andere Ende des Strands katapultierte. Wenig später winkte die undeutliche Gestalt am Ruder des Segelbootes und nahm Kurs auf den Strand.

»Vor allem frag ihn nicht nach dem Boot«, riet ihr Hannah. »Und wenn er selbst auf das Thema zu sprechen kommt, dann frag ihn nicht, wie er es gebaut hat. Er kann stundenlang darüber reden, ohne aufzuhören.«

»Liegt wohl in der Familie …«

Hannah warf ihr einen wütenden Blick zu.

»Ich glaube, ich lasse dich hier am Strand sitzen und überlasse dich den Krebsen.«

»Entschuldigung.«

»Angenommen. Aber wenn du mich geschwätzig findest, dann lern erst mal meine Patentante kennen. Neben ihr wirkt der Rest der Familie stumm.«

»Ich würde sie wahnsinnig gerne kennenlernen.«

»Haha.« Hannah konnte ein spöttisches Lachen nicht unterdrücken.

Ismaels Segelboot durchschnitt sauber die Brandungslinie, und der Rumpf des Bootes schob sich auf den Sand. Der Junge holte rasch das Segel ein und verzurrte es in Sekundenschnelle unten am Baum. An Übung fehlte es ihm offensichtlich nicht. Sobald er festen Boden unter den Füßen hatte, musterte er Irene unbewusst vom Kopf bis zu den Füßen und verlor dabei genauso viele Worte wie beim Segeln. Hannah, die spöttisch die Augen verdrehte und hechelnd die Zunge herausstreckte, stellte sie einander vor, auf ihre Weise natürlich.

»Ismael, das ist meine Freundin Irene«, verkündete sie liebenswürdig, »aber friss sie nicht gleich auf.«

Der Junge stieß seine Cousine mit dem Ellenbogen an und reichte dann Irene die Hand.

»Hallo …«

Sein knapper Gruß wurde von einem scheuen, aufrichtigen Lächeln begleitet. Irene schüttelte ihm die Hand.

»Keine Sorge, er ist nicht einfältig; es ist seine Art

zu sagen, dass er sehr erfreut ist und all das«, bemerkte Hannah.

»Meine Cousine redet so viel, dass ich manchmal glaube, sie quatscht ein Wörterbuch leer«, stichelte Ismael. »Bestimmt hat sie dir schon gesagt, dass du mich nicht nach dem Segelboot fragen sollst …«

»Ehrlich gesagt, nein«, antwortete Irene vorsichtig.

»Aha. Hannah denkt, es ist das einzige Thema, zu dem ich etwas zu sagen habe.«

»Wenn es um Netze und Takelagen geht, bist du auch nicht schlecht, aber bei diesem Boot, mein lieber Cousin, bist du nicht mehr zu bremsen.«

Irene verfolgte amüsiert das Wortgefecht, das sich die beiden lieferten. Es schien nicht böse gemeint zu sein, zumindest nicht mehr als nötig, um dem Alltag ein wenig Würze zu verleihen.

»Ich habe gehört, ihr seid in das Haus am Kap gezogen«, sagte Ismael.

Irene betrachtete den Jungen und machte sich ein eigenes Bild. Er war etwa sechzehn; Haut und Haare verrieten, dass er eine Zeit auf See verbracht hatte. Seine Statur ließ die harte Arbeit an der Mole erkennen, und seine Hände waren mit kleinen Narben übersät, wie man sie bei den Pariser Jungs nur selten sah. Eine sehr lange, ausgeprägte Narbe zog sich über sein rechtes Bein, von etwas oberhalb des Knies bis hinunter zum Knöchel. Irene fragte sich, wo er sich diese Trophäe geholt haben mochte. Zuletzt widmete sie sich seinen Augen, dem einzigen Merkmal, das ihr wirklich außergewöhnlich vorkam. Ismaels Augen waren groß und klar und schienen wie geschaffen, um hinter einem eindringlichen und irgendwie traurigen Blick Geheimnisse zu verbergen. Sie erinnerten Irene an die Blicke der namenlosen Soldaten, mit denen sie drei kurze Minuten zu den Klängen einer viertklassigen Kapelle geteilt hatte, Blicke, hinter denen sich Angst, Traurigkeit und Verbitterung verbargen.

»Träumst du, meine Liebe?«, riss Hannah sie aus ihren Gedanken.

»Ich habe dran gedacht, dass ich spät dran bin. Meine Mutter wird sich Sorgen machen.«

»Deine Mutter wird froh sein, dass sie mal ein paar Stunden Ruhe vor dir hat. Aber wie du meinst«, sagte Hannah.

»Ich kann dich mit dem Boot hinbringen, wenn du willst«, bot Ismael an. »Das Haus am Kap hat einen kleinen Anlegeplatz zwischen den Felsen.«

Irene warf Hannah einen fragenden Blick zu.

»Wenn du nein sagst, brichst du ihm das Herz. Mein Cousin würde nicht mal Greta Garbo auf sein Segelboot einladen.«

»Kommst du nicht mit?«, fragte Irene, ein wenig eingeschüchtert.

»Ich würde nicht mal in diesen Kahn steigen, wenn man mir Geld dafür gäbe. Außerdem ist heute mein freier Tag, und heute Abend ist Tanz auf dem Dorfplatz. Ich an deiner Stelle würde es mir gut überlegen. Die guten Partien findest du an Land. Und das sagt die Tochter eines Fischers. Aber was rede ich. Los, mach schon. Und für dich, Seemann, wäre es besser, wenn du meine Freundin heil in den Hafen bringst. Hast du verstanden?«

Das Segelboot, das der Schrift auf dem Rumpf zufolge den Namen *Kyaneos* trug, nahm Kurs auf das Kap, während sich die weißen Segel blähten und der Bug durchs Wasser pflügte.

Ismael warf dem Mädchen immer wieder ein scheues Lächeln zu, während er das Boot manövrierte, und setzte sich erst hin, als das Boot auf stabilem Kurs in der Strömung lag. An die Sitzbank geklammert, spürte Irene die Wassertropfen auf ihrer Haut, die der Wind ihnen entgegensprühte. Hannah war zu einer winzigen Gestalt geschrumpft, die ihnen vom Ufer aus hinterherwinkte. Die Kraft, mit der das Segelboot durch die Bucht glitt, und das Geräusch der Wellen, die gegen den Rumpf schlugen, entlockten Irene ein Lachen, für das es keinen offensichtlichen Grund gab.

»Das erste Mal?«, fragte Ismael. »Auf einem Segelboot, meine ich?«

Irene nickte.

»Ist was anderes, stimmt's?«

Sie nickte erneut und lächelte, ohne die Augen von

der großen Narbe abwenden zu können, die sich über Ismaels Bein zog.

»Eine Muräne«, erklärte der Junge. »Ist eine ziemlich lange Geschichte.«

Irene sah auf und betrachtete die Umrisse von Cravenmoore, die hinter den Wipfeln des Waldes auftauchten.

»Was bedeutet der Name deines Bootes?«

»Das ist griechisch. *Kyaneos* – Cyan«, antwortete Ismael geheimnisvoll.

Als Irene verständnislos die Stirn runzelte, fuhr er fort:

»Die Griechen verwendeten dieses Wort, um ein dunkles Blau zu beschreiben, die Farbe des Meeres. Wenn Homer vom Meer spricht, vergleicht er seine Farbe mit der von dunklem Wein. Das war sein Wort: *kyaneos.*«

»Ich sehe, du kannst auch über etwas anderes reden als über dein Boot und Fischernetze.«

»Ich gebe mir Mühe.«

»Wer hat dir das beigebracht?«

»Zu segeln? Das habe ich mir selbst beigebracht.«

»Nein, das über die Griechen …«

»Mein Vater hatte eine Schwäche für Geschichte. Ich besitze noch einige seiner Bücher …«

Irene schwieg.

»Hannah hat dir sicher erzählt, dass meine Eltern gestorben sind.«

Sie nickte nur. Ein paar hundert Meter vor ihnen kam die Leuchtturminsel in Sicht. Irene betrachtete sie fasziniert.

»Der Leuchtturm ist seit vielen Jahren außer Betrieb. Jetzt wird der im Hafen von Baie Bleue genutzt«, erklärte er ihr.

»Kommt niemand mehr auf diese Insel?«, fragte Irene.

Ismael schüttelte den Kopf.

»Und warum?«

»Magst du Geistergeschichten?«, gab er ihr zur Antwort.

»Kommt darauf an …«

»Die Leute im Dorf glauben, dass die Leuchtturminsel verhext ist oder so. Es heißt, vor langer Zeit sei dort eine Frau ertrunken. Manche wollen Lichter gesehen haben. Jedes Dorf hat seine Geschichten, und dieses hier ist keine Ausnahme.«

»Lichter?«

»Die Septemberlichter«, sagte Ismael, während die Insel backbords zurückblieb. »Der Legende zufolge – falls du es so nennen willst – beobachteten die Leute in einer Nacht im Spätsommer, als im Dorf der Maskenball stattfand, wie eine maskierte Frau im Hafen ein Segelboot bestieg und aufs Meer hinausfuhr. Einige glauben, dass sie zu einem heimlichen Treffen mit ihrem Geliebten auf der Leuchtturminsel fuhr; andere, dass sie vor einem schändlichen Verbrechen floh … Alle Erklärungen sind möglich, denn tatsächlich fand niemand je heraus, wer sie wirklich war. Ihr Gesicht war ja verhüllt. Aber als sie durch die Bucht fuhr, schleuderte ein furchtbarer, plötzlich aufkommender Sturm ihr Boot gegen die Felsen und zerstörte es. Die geheimnisvolle Frau ohne Gesicht ertrank vermutlich, zumindest wurde ihre Leiche nie gefunden. Tage später schwemmte die Flut ihre von den Felsen zerstörte Maske an. Seit damals erzählen die Leute, dass im Spätsommer, wenn es Nacht wird, Lichter auf der Insel zu sehen seien …«

»Der Geist der Frau …«

» … die ihre unvollendete Fahrt auf die Insel zu Ende bringen will. So erzählt man sich.«

»Und, stimmt es?«

»Es ist eine Geistergeschichte. Entweder du glaubst daran oder nicht.«

»Glaubst du daran?«, wollte Irene wissen.

»Ich glaube nur an das, was ich sehe.«

»Ein skeptischer Seemann.«

»So in etwa.«

Irene sah erneut zu der Insel herüber. Die Wellen brachen sich donnernd an den Felsen. Die gesprungenen Scheiben des Leuchtturms brachen das Licht zu einem gespenstischen Regenbogen, der sich in dem Wasserschleier auflöste, der am Riff aufstob.

»Warst du mal dort?«, fragte sie.

»Auf der Insel?«

Ismael straffte die Leine, und mit einer Bewegung des Ruders neigte sich das Boot nach Steuerbord, drehte den Bug in Richtung Kap und durchquerte die Strömung, die vom Ärmelkanal kam.

»Vielleicht würde es dir ja gefallen, dort hinzufahren«, schlug er vor. »Zur Insel.«

»Kann man das?«

»Man kann alles. Die Frage ist, ob man sich traut«, gab Ismael mit einem herausfordernden Lächeln zurück.

Irene hielt seinem Blick stand.

»Wann?«

»Nächsten Samstag. Mit meinem Segelboot.«

»Allein?«

»Allein. Aber wenn du Angst hast …«

»Ich habe keine Angst«, wehrte Irene ab.

»Dann am Samstag. Ich hole dich vormittags am Anlegeplatz ab.«

Irene sah zur Küste hinüber. Das Haus am Kap thronte hoch oben auf den Klippen. Dorian stand auf der Veranda und beobachtete sie mit unverhohlener Neugier.

»Mein Bruder Dorian. Vielleicht möchtest du mit raufkommen, um meine Mutter kennenzulernen …«

»Ich bin nicht so gut bei solchen Vorstellungen.«

»Dann ein andermal.«

Das Segelboot glitt in den kleinen Naturhafen, der von den Klippen unterhalb des Hauses am Kap geschützt wurde. Mit großem Geschick reffte Ismael das Segel und ließ das Boot zum Anlegeplatz treiben. Dann nahm er ein Tau und sprang an Land, um das Boot festzumachen. Als es sicher vertäut war, reichte er Irene die Hand.

»Aber Homer war blind. Wie konnte er wissen, welche Farbe das Meer hat?«, fragte das Mädchen.

Ismael nahm ihre Hand und half ihr schwungvoll ans Ufer.

»Ein Grund mehr, nur das zu glauben, was du siehst«, entgegnete der Junge, der nach wie vor ihre Hand hielt. Lazarus' Worte am ersten Abend auf Cravenmoore kamen Irene in den Sinn.

»Manchmal täuschen einen die Augen«, stellte sie fest.

»Mich nicht.«

»Danke für die Überfahrt.«

Ismael nickte, während er zögernd ihre Hand losließ.

»Bis Samstag dann.«

»Bis Samstag.«

Ismael sprang wieder ins Boot, löste das Tau und ließ sich von der Strömung vom Ufer wegtreiben, während er erneut das Segel setzte. Der Wind trieb ihn zur Ausfahrt des kleinen Hafens, und nach wenigen Sekunden erreichte die *Kyaneos*, auf den Wellen schaukelnd, die Bucht.

Irene blieb am Anlegeplatz stehen und sah zu, wie

das weiße Segel in der endlosen Bucht immer kleiner wurde. Irgendwann stellte sie fest, dass immer noch ein Lächeln auf ihrem Gesicht klebte und ihre Hände verdächtig kribbelten. Da wusste sie, dass diese Woche sehr, sehr lang werden würde.

4. Geheimnisse und Schatten

In Baie Bleue unterschied der Kalender nur zwei Jahreszeiten: den Sommer und den Rest des Jahres. Im Sommer arbeiteten die Leute im Dorf dreimal so viel, um die benachbarten Küstenorte zu beliefern, in denen es Badeanstalten, Touristen und Städter auf der Suche nach Strand, Sonne und bezahlter Langeweile gab. Bäcker, Kunsthandwerker, Schneider, Schreiner, Maurer und allerlei andere Berufe waren auf diese drei langen Monate angewiesen, in denen an der Küste der Normandie die Sonne schien. In diesen dreizehn oder vierzehn Wochen verwandelten sich die Einwohner von Baie Bleue in fleißige Ameisen, um dann das restliche Jahr vor sich hin zu schmachten wie billige Zigarren. Und wenn es besonders anstrengende Tage gab, dann waren es die ersten Tage im August, wenn die Nachfrage nach heimischen Produkten von null ins Unermessliche stieg.

Einer der wenigen, die von dieser Regel ausgenommen waren, war Christian Hupert. Wie auch die anderen Besitzer der Fischkutter des Dorfes schuftete er zwölf Monate im Jahr wie ein Pferd. Diese Gedanken gingen dem erfahrenen Fischer jeden Sommer zur gleichen Zeit durch den Kopf, wenn er sah, wie das Dorf ringsum in Fahrt geriet. Dann dachte er, dass er den falschen Beruf gewählt habe und es klüger gewesen wäre, mit der Tradition über sieben Generationen zu brechen und Hotelier, Ladenbesitzer oder was auch immer zu werden. Vielleicht müsste seine Tochter Hannah dann nicht die Woche über in Cravenmoore dienen, und vielleicht würde der Fischer dann seine Frau länger als dreißig Minuten am Tag sehen, eine Viertelstunde am Morgen und eine Viertelstunde am Abend.

Ismael beobachtete seinen Onkel, während beide mit der Reparatur der Lenzpumpe des Schiffes beschäftigt waren. Der abwesende Blick verriet die Gedanken des Fischers.

»Du könntest eine Schiffswerkstatt eröffnen«, schlug Ismael vor.

Sein Onkel antwortete mit einer Art Knurren.

»Oder das Schiff verkaufen und in den Laden von Monsieur Didier investieren. Seit sechs Jahren liegt er dir mit diesem Vorschlag in den Ohren.«

Sein Onkel unterbrach die Arbeit und musterte seinen Neffen. In den dreizehn Jahren, die er ihm nun den Vater ersetzte, war es ihm nicht gelungen, dem Jungen das auszutreiben, was er an diesem am meisten fürchtete und bewunderte: seine unerschütterliche, unübersehbare Ähnlichkeit mit seinem verstorbenen Vater, bis hin zu dem Hang, seine Meinung zum Besten zu geben, wenn niemand ihn um Rat gefragt hatte.

»Vielleicht solltest du das machen«, gab Christian Hupert zurück. »Ich gehe schon auf die fünfzig zu. In meinem Alter wechselt man nicht einfach den Beruf.«

»Was beklagst du dich dann?«

»Wer beklagt sich denn?«

Ismael zuckte mit den Schultern. Die beiden widmeten sich wieder der Lenzpumpe.

»Schon gut. Ich werde kein Wort mehr sagen«, murmelte Ismael.

»Das wird uns wohl nicht vergönnt sein. Mach mal die Klemme da fest.«

»Die ist völlig hinüber. Wir sollten die Pumpe austauschen. Irgendwann werden wir eine böse Überraschung erleben.«

Hupert setzte sein berüchtigtes Lächeln auf, das den Schätzern der Warenbörse, den Hafenbehörden und anderen Schlaumeiern vorbehalten war.

»Diese Pumpe hat schon meinem Vater gehört. Und davor meinem Großvater. Und davor …«

»Genau das meine ich«, fiel Ismael ihm ins Wort. »Vielleicht wäre sie in einem Museum besser aufgehoben.«

»Amen.«

»Ich habe recht. Und du weißt es.«

Seinen Onkel zur Weißglut zu treiben war neben

den Ausflügen mit seinem Segelboot eine von Ismaels Lieblingsbeschäftigungen.

»Ich habe keine Lust, weiter über das Thema zu diskutieren. Schluss. Aus. Ende.«

Um letzte Unklarheiten zu beseitigen, unterstrich Hupert seine Aussage mit einem energischen, entschlossenen Drehen des Schraubenschlüssels.

Plötzlich war ein verdächtiges Knirschen im Inneren der Lenzpumpe zu hören. Hupert lächelte dem Jungen zu. Zwei Sekunden später schoss die Klemme, die er soeben festgedreht hatte, im hohen Bogen über die Köpfe der beiden hinweg, gefolgt von etwas, das wie ein Kolben aussah, einem kompletten Satz Schraubenmuttern und allerlei Metallteilen. Onkel und Neffe verfolgten die Flugbahn des Schrotts, bis dieser nicht sehr diskret auf das Deck des Nachbarschiffs von Gerard Picaud niederging. Picaud, ein ehemaliger Boxer mit der Konstitution eines Stiers und dem Grips einer Muschel, nahm die Teile in Augenschein und starrte dann in den Himmel. Hupert und Ismael wechselten einen Blick.

»Ich glaube nicht, dass wir den Unterschied merken werden«, gab Ismael zu bedenken.

»Wenn ich deine Meinung wissen will …«

» … wirst du mich danach fragen. Einverstanden. Übrigens, ich hab mich gefragt, ob du etwas dagegen hast, wenn ich mir nächsten Samstag freinehme. Ich möchte ein bisschen was am Segelboot reparieren …«

»Sind diese Reparaturen zufällig blond, einen Meter siebzig groß und grünäugig?«, fragte Hupert.

Der Fischer grinste seinen Neffen verschmitzt an.

»Die Neuigkeiten verbreiten sich schnell«, sagte Ismael.

»Wenn deine Cousine ihre Finger im Spiel hat, bekommen sie Flügel, mein lieber Neffe. Wie heißt die junge Dame denn?«

»Irene.«

»Verstehe.«

»Da gibt es nichts zu verstehen.«

»Man wird sehen.«

»Sie ist nett, das ist alles.«

»Sie ist nett, das ist alles«, echote Hupert, die kühle Teilnahmslosigkeit in der Stimme seines Neffen nachäffend.

»Vergiss es. War keine gute Idee. Ich werde am Samstag arbeiten«, sagte Ismael knapp.

»Der Laderaum muss geschrubbt werden. Da liegt seit Wochen verdorbener Fisch drin, es stinkt zum Gotterbarmen.«

»Alles klar.«

Hupert lachte lauthals los.

»Du bist genauso halsstarrig wie dein Vater. Gefällt dir das Mädchen nun oder nicht?«

»Hm.«

»Sei nicht so maulfaul mir gegenüber, Romeo. Ich bin dreimal so alt wie du. Gefällt sie dir oder nicht?«

Der Junge zuckte mit den Schultern. Seine Wangen glühten wie reife Melonen. Schließlich entwischte ihm ein unverständliches Gemurmel.

»Übersetze.« Sein Onkel ließ nicht locker.

»Ich habe ja gesagt. Glaube ich jedenfalls. Ich kenne sie ja kaum.«

»Gut. Das ist mehr als das, was ich über deine Tante sagen konnte, als ich sie das erste Mal sah. Und der Himmel ist mein Zeuge, dass sie ein Engel ist.«

»Wie war sie als junges Mädchen?«

»Lass uns nicht damit anfangen, oder du verbringst den Samstag im Laderaum«, drohte Hupert.

Ismael nickte und machte sich daran, das Werkzeug einzusammeln. Sein Onkel wischte sich das Öl von den Händen, während er ihn aus dem Augenwinkel beobachtete. Das letzte Mädchen, für das er sich interessiert hatte, war eine gewisse Laura gewesen, die Tochter eines Handelsvertreters aus Bordeaux, und das war fast zwei Jahre her. Die einzige Liebe seines Neffen schienen das Meer und die Einsamkeit zu sein. Das Mädchen musste etwas Besonderes haben.

»Bis Freitag hab ich den Laderaum sauber«, verkündete Ismael.

»Er gehört ganz dir.«

Als Onkel und Neffe auf die Mole sprangen, um bei Einbruch der Dunkelheit zu Hause zu sein, untersuchte ihr Nachbar Picaud noch immer die mysteriösen Teile und versuchte herauszufinden, ob es in diesem Sommer Schrauben regnete oder ob der Himmel ihm ein Zeichen schicken wollte.

Im August kam es den Sauvelles bereits so vor, als lebten sie schon seit mindestens einem Jahr in Baie Bleue. Wer sie nicht kannte, war durch das Kommunikationstalent von Hannah und ihrer Mutter Elisabet Hupert über ihr Leben auf dem Laufenden. Durch ein seltsames Phänomen, das irgendwo zwischen Dorfklatsch und Zauberei anzusiedeln war, erreichten Neuigkeiten die Bäckerei, in der Elisabet Hupert arbeitete, bevor sie sich überhaupt ereigneten. Weder das Radio noch die Zeitung konnten mit ihrem Laden mithalten. Croissants und ofenfrische Neuigkeiten von morgens bis abends. So waren am Freitag die einzigen Bewohner der Blauen Bucht, die nicht über die angebliche Liebelei zwischen Ismael Hupert und der zugezogenen Irene Sauvelle auf dem Laufenden waren, die Fische und die Betroffenen selbst. Dabei tat es wenig zur Sache, ob da etwas gelaufen war oder noch laufen würde. Der kurze Segeltörn vom Strand des Engländers zum Haus am Kap war bereits in die Annalen jenes Sommers 1937 eingegangen.

Tatsächlich vergingen die ersten Augusttage in der Blauen Bucht im Handumdrehen. Simone war es endlich gelungen, sich den Grundriss von Cravenmoore einzuprägen. Die Liste sämtlicher wichtigen Aufgaben im Haushalt war schier endlos. Schon die Verständigung mit den Händlern im Dorf, die Begleichung der Rechnungen, die Buchführung und die Bearbeitung von Lazarus' Korrespondenz nahmen ihre gesamte Zeit in Anspruch, die Minuten, die sie zum Durchatmen und Schlafen brauchte, nicht mitgezählt. Ausgerüstet mit einem Fahrrad, das Lazarus Dorian freundlicherweise als Willkommensgeschenk gemacht hatte, diente ihr Sohn als Brieftaube, und nach einigen Tagen kannte der Junge jeden Stein und jedes Schlagloch auf der Straße am Strand des Engländers.

Simone begann ihren Arbeitstag jeden Morgen damit, die ausgehende Post zu erledigen und die eingehende sorgfältig so zu sortieren, wie Lazarus es ihr erklärt hatte. Ein kleiner Notizzettel, nicht mehr als ein gefaltetes Blatt Papier, ermöglichte ihr einen raschen Überblick über alle Marotten, die Lazarus pflegte. Sie erinnerte sich noch an ihren dritten Tag, als sie um ein Haar versehentlich einen der Briefe von besagtem Daniel Hoffmann aus Berlin geöffnet hätte. Im letzten Augenblick war es ihr wieder eingefallen.

Hoffmanns Schreiben trafen mit nahezu mathematischer Präzision alle acht Tage ein. Die Pergamentumschläge waren stets mit einem »D« versiegelt. Simone gewöhnte sich rasch an, sie von den übrigen zu trennen, und beschäftigte sich nicht weiter mit dem Thema. In der ersten Augustwoche jedoch geschah etwas, das erneut ihre Neugier bezüglich der geheimnisvollen Briefe des Herrn Hoffmann weckte.

Simone war gleich morgens in Lazarus' Arbeitszimmer gegangen, um eine Reihe von Rechnungen und eingegangenen Zahlungen auf seinen Schreibtisch zu legen. Sie erledigte das am liebsten in den frühen Morgenstunden, bevor der Spielzeugfabrikant sein Arbeitszimmer betrat, um ihn später nicht zu unterbrechen und zu stören. Der verstorbene Armand hatte die Angewohnheit gehabt, seinen Tag mit der Durchsicht von Rechnungen und Zahlungseingängen zu beginnen. Solange er konnte.

An jenem Morgen jedenfalls betrat Simone wie gewöhnlich das Arbeitszimmer und bemerkte Tabakgeruch in der Luft, was sie vermuten ließ, dass Lazarus bis spät in die Nacht dort gewesen war. Sie legte gerade die Unterlagen auf seinen Schreibtisch, als sie bemerkte, dass etwas in der nächtlichen Glut des Kamins verkohlte. Neugierig trat sie näher heran und versuchte mit dem Schürhaken herauszufinden, was es war. Auf den ersten Blick schien es sich um einen verschnürten Packen Papier zu handeln, den das Feuer nicht ganz vernichtet hatte. Sie wandte sich gerade zum Gehen, als sie in der Glut klar und deutlich das Siegelzeichen auf dem Papierstoß erkannte. Briefe. Lazarus hatte Daniel Hoffmanns Briefe ins Feuer geworfen, um sie zu vernichten. Was auch immer der Grund dafür sein mochte, sagte sich Simone, es ging sie nichts an. Sie legte den Schürhaken beiseite und verließ das Arbeitszimmer, fest entschlossen, nie mehr in den persönlichen Angelegenheiten ihres Arbeitgebers herumzuschnüffeln.

Hannah wurde vom Prasseln des Regens geweckt, der an die Fensterscheiben klopfte. Es war Mitternacht. Das Zimmer war in bläuliche Dunkelheit getaucht, und das Wetterleuchten draußen über dem Meer warf gespenstische Schatten rings um sie herum. An der Wand tickte mechanisch eine von Lazarus' sprechenden Uhren, während die Augen in dem Grinsegesicht unablässig von einer Seite zur anderen huschten. Hannah seufzte. Sie hasste es, auf Cravenmoore zu übernachten.

Bei Tageslicht kam ihr Lazarus Janns Haus wie ein riesiges Museum voller Wunderwerke vor. Doch mit Einbruch der Nacht verwandelten sich die vielen hundert mechanischen Geschöpfe, Masken und Automaten in eine schaurige Gesellschaft, die nie schlief, sondern wach und aufmerksam in der Dunkelheit des Hauses wartete, unbeirrt lächelnd und ohne den Blick abzuwenden.

Lazarus schlief in einem der Zimmer im Westflügel, gleich neben dem Zimmer seiner Frau. Abgesehen von diesen beiden und Hannah selbst wurde das Haus lediglich von den Geschöpfen des Spielzeugfabrikanten bevölkert. In jedem Korridor, in jedem Zimmer standen sie. In der Stille der Nacht konnte Hannah das Schnarren ihrer mechanischen

Eingeweide hören. Manchmal, wenn sie nicht schlafen konnte, stellte sie sich stundenlang vor, wie sie reglos dastanden, während ihre gläsernen Augen in der Dunkelheit funkelten.

Sie hatte die Augen gerade wieder geschlossen, als sie zum ersten Mal das Geräusch hörte, ein regelmäßiges, vom Regen gedämpftes Klopfen. Hannah stand auf und tapste durchs Zimmer bis zum hellen Ausschnitt des Fensters. Das Gewitter hing nun über dem Gewirr der Türme, Bögen und verschachtelten Dächer von Cravenmoore. Die Wolfsmäuler der Wasserspeier spien Bäche schwarzen Wassers in die Tiefe. Wie sie diesen Ort hasste …

Wieder drang das Geräusch an ihr Ohr, und Hannahs Blick fiel auf die Fensterreihe des Westflügels. Der Wind schien eines der Fenster im dritten Stock aufgestoßen zu haben. Die Vorhänge wehten im Regen, und die Fensterflügel schlugen immer wieder auf und zu. Das Mädchen verfluchte sein Schicksal. Allein die Vorstellung, auf den Korridor hinauszugehen und durch das ganze Haus bis zum Westflügel zu laufen, ließ ihr das Blut in den Adern gefrieren.

Bevor die Angst sie von ihrer Pflicht abhielt, schlüpfte sie in einen Morgenmantel und Hausschuhe. Elektrisches Licht gab es nicht, also nahm sie einen Kerzenleuchter und entzündete die Kerzen. Ihr kupfergoldenes Flackern tauchte die Umgebung in unheimliches Licht. Hannah legte die Hand auf den kalten Türknauf des Zimmers und schluckte. In der Ferne schlugen immer wieder die Fensterflügel jenes dunklen Zimmers. Als warteten sie auf sie.

Sie zog die Zimmertür hinter sich zu und sah sich der endlosen Flucht des Korridors gegenüber, der in der Dunkelheit verschwand. Sie hob den Kerzenleuchter hoch und trat in den Korridor, der von den im Nichts schwebenden Schattenrissen der schlaftrunkenen Spielzeuge flankiert wurde. Hannah sah stur geradeaus und ging rasch weiter. Im dritten Stock standen zahlreiche von Lazarus' alten Automaten, Kreaturen, die sich ungelenk bewegten und deren Gesichtszüge häufig grotesk und nicht selten bedrohlich wirkten. Fast alle waren in Vitrinen hinter Glas gebannt, in denen sie plötzlich ohne Vorwarnung zu Leben erwachten, einem inneren Mechanismus gehorchend, der sie aufs Geratewohl aus ihrem mechanischen Schlaf erweckte.

Hannah kam an Madame Sarou vorbei, der Wahrsagerin, die mit ihren pergamentenen Händen die Tarotkarten mischte, eine auswählte und sie dem Zuschauer zeigte. Trotz aller Bemühungen konnte das Mädchen nicht anders, als die gespenstische Gestalt dieser aus Holz geschnitzten Zigeunerin zu betrachten. Die Augen der Zigeunerin öffneten sich, und ihre Hände streckten ihr eine Karte entgegen. Hannah schluckte. Die Karte zeigte einen roten, in Flammen gehüllten Teufel.

Ein paar Meter weiter pendelte der Rumpf des Maskenmannes von einer Seite zur anderen. Der Automat riss sich immer neue Masken herunter, doch das Gesicht blieb unsichtbar. Hannah wandte den Blick ab und ging hastig weiter. Sie war Hunderte Male bei Tageslicht durch diesen Korridor gegangen. Es waren nur leblose Maschinen, die sie nicht beachten und erst recht nicht fürchten musste.

Mit diesem beruhigenden Gedanken bog sie in den Korridor ein, der zum Westflügel führte. Auf einer Seite des Gangs stand das Miniaturorchester von Maestro Firetti. Gegen eine Münze spielten die Figuren eine besondere Version von Mozarts *Türkischem Marsch.*

Hannah blieb vor der letzten Tür des Korridors stehen, einer schweren Eichenholztür. Jede Tür auf Cravenmoore zierte ein anderes Relief, das Szenen aus bekannten Märchen zeigte: die Gebrüder Grimm, in kunstvollen, rätselhaften Schnitzereien verewigt. In den Augen des Mädchens allerdings waren die Bilder einfach nur gruselig. Sie hatte diesen Raum noch nie betreten; eines von vielen Zimmern im Haus, in die sie noch nie einen Fuß gesetzt hatte. Und sie würde es auch nicht tun, solange es nicht notwendig war.

Das Fenster auf der anderen Seite der Tür schlug auf und zu. Der kalte Lufthauch der Nacht drang durch die Türritzen und streifte ihre Haut. Hannah warf einen letzten Blick in den langen Korridor hinter ihr. Die Gesichter des Orchesters spähten aus dem Dunkel. Man hörte deutlich das Rauschen des Wassers und den Regen auf den Dächern von Cravenmoore, der sich anhörte wie das Krabbeln Tausender kleiner Spinnen. Das Mädchen atmete tief durch, legte die Hand auf den Türknauf und betrat das Zimmer.

Ein eisiger Windstoß umfing sie, schlug heftig die Tür hinter ihr zu und brachte die Kerzen zum Erlöschen. Die vom Regen durchnässten Voilevorhänge wehten im Wind wie Leichentücher. Hannah trat einige Schritte ins Zimmer und schloss rasch das Fenster, dessen Griff der Wind gelockert hatte. Das Mädchen tastete mit zittrigen Fingern in der Tasche ihres Morgenmantels und zog die Streichholzschachtel hervor, um die Kerzen wieder anzuzünden. Im flackernden Licht des Leuchters erwachte die Dunkelheit um sie herum zum Leben. Hinter den Kerzen war etwas zu erkennen, das in ihren Augen wie das Zimmer eines Kindes aussah. Ein kleines Bett neben einem Schreibtisch. Bücher und Kinderkleidchen auf einem Stuhl. Ein Paar ordentlich vor dem Bett aufgestellte Schuhe. Ein winziges Kreuz, das an einem der Bettpfosten hing.

Hannah trat ein wenig näher. Diese Gegenstände und Möbelstücke hatten etwas Sonderbares, etwas Beunruhigendes, das sie nicht einordnen konnte. Ihre Augen erforschten erneut das Kinderzimmer. Es gab keine Kinder auf Cravenmoore. Es hatte nie welche gegeben. Was sollte dieses Zimmer?

Plötzlich fiel es ihr auf. Jetzt begriff sie, was sie anfänglich verwirrt hatte. Es war nicht die Ordnung. Es war nicht die Sauberkeit. Es war etwas so Einfaches, so Simples, dass es einem schwerfiel, überhaupt auf diesen Gedanken zu kommen. Dies hier war das Zimmer eines Kindes. Aber es fehlte etwas … Spielzeug. Es gab im ganzen Zimmer kein einziges Spielzeug.

Hannah hob den Leuchter hoch und entdeckte noch etwas an den Wänden. Blätter. Zeitungsausschnitte. Das Mädchen stellte den Kerzenleuchter auf dem Kinderschreibtisch ab und ging näher heran. Eine Collage aus alten Zeitungsausschnitten und Fotografien bedeckte die Wand. Auf einem Porträt war eine blasse Dame zu sehen; ihre Gesichtszüge waren hart, streng, und von ihren schwarzen Augen ging etwas Bedrohliches aus. Dasselbe Gesicht war auch noch auf weiteren Bildern zu sehen. Hannahs Blick fiel auf ein Bild der geheimnisvollen Frau mit einem Kind auf dem Arm.

Ihr Blick wanderte weiter über die Wand und blieb an alten Zeitungsausschnitten hängen, deren Schlagzeilen in keinem Zusammenhang zu stehen schienen. Meldungen über einen schrecklichen Brand in einer Pariser Fabrik und einen gewissen Hoffmann, der bei der Tragödie verschwunden war. Fast zwanghaft schien sich die Spur dieses Ereignisses durch die ganze Sammlung von Zeitungsausschnitten zu ziehen, die wie Grabsteine entlang der Mauern eines Friedhofs der Erinnerungen aufgereiht waren. Und mittendrin, umgeben von Dutzenden anderer unleserlicher Ausrisse, die Titelseite einer Zeitung aus dem Jahr 1890. Darauf das Gesicht eines Kindes. Seine Augen waren schreckgeweitet, die Augen eines geprügelten Tieres.

Die Ausdruckskraft dieses Bildes traf sie mit voller Wucht. Dieser knapp Sechs- oder Siebenjährige schien Augenzeuge eines entsetzlichen Geschehens geworden zu sein, das er kaum begreifen konnte. Hannah fror. Es war eine intensive Kälte, die aus ihrem eigenen Inneren kam. Ihre Augen versuchten den verblassten Text zu entziffern, der das Bild umgab. »Ein achtjähriger Knabe wurde aufgefunden, nachdem er acht Tage allein in einem dunklen Keller eingesperrt gewesen war«, stand unter dem Foto. Hannah betrachtete erneut das Gesicht des Kleinen. Da war etwas Vertrautes in seinem Gesicht, vielleicht in seinen Augen …

Genau in diesem Moment glaubte Hannah eine Stimme zu hören, eine Stimme, die hinter ihrem Rücken wisperte. Sie fuhr herum, doch dort war niemand. Das Mädchen seufzte erleichtert auf. Die trüben Lichtsäulen, die von den Kerzen aufstiegen, trafen in der Luft auf Tausende Staubkörnchen und verbreiteten einen purpurfarbenen Nebel ringsum. Sie trat an eines der Fenster und wischte mit den Fingern über die beschlagene Scheibe. Der Wald lag im Nebel. In Lazarus' Arbeitszimmer im Flügel schräg gegenüber brannte Licht, und in dem warmen, goldenen Widerschein, der hinter den Vorhängen flackerte, zeichnete sich seine Silhouette ab. Ein dünner Lichtstrahl fiel durch die freigewischte Stelle auf der Scheibe und zog sich wie ein heller Faden durch das Zimmer.

Erneut erklang die Stimme, deutlicher und näher diesmal. Sie wisperte ihren Namen. Hannah wandte sich dem dunklen Zimmer zu und bemerkte zum ersten Mal das Leuchten, das von einem kleinen Kristallflakon ausging. Der Flakon, schwarz wie Obsidian, stand in einer kleinen Wandnische, umgeben von Lichtreflexen.

Das Mädchen trat langsam näher und nahm den Flakon in Augenschein. Auf den ersten Blick wirkte er wie eine Parfümflasche, aber sie hatte noch nie ein so schönes Exemplar gesehen wie dieses, einen so feinen Kristallschliff, wie ihn dieser Flakon aufwies. Ein Verschluss in Form eines Prismas warf ringsum einen Regenbogen. Hannah verspürte einen unwiderstehlichen Drang, diesen Gegenstand in die Hand zu nehmen und mit den Fingerspitzen die perfekten Linien des Kristalls nachzuziehen.

Mit äußerster Vorsicht umfasste sie den Flakon. Er wog mehr, als sie erwartet hatte, und das Kristall fühlte sich kalt an, schmerzte fast beim Kontakt mit der Haut. Sie hielt ihn auf Höhe der Augen und versuchte hineinzuspähen. Alles, was sie erkennen konnte, war undurchdringliche Schwärze. Im Gegenlicht allerdings kam es Hannah so vor, als bewegte sich etwas in seinem Inneren. Eine träge, schwarze Flüssigkeit, ein Parfüm vielleicht …

Mit zitternden Fingern packte sie den geschliffenen Kristallverschluss. Im Flakon regte sich etwas. Hannah zögerte einen Moment. Doch die Vollkommenheit dieses Gefäßes schien den verführerischsten Duft zu versprechen, den sie sich vorstellen konnte. Langsam drehte sie den Verschluss. Die Schwärze im Inneren des Flakons geriet erneut in Bewegung, aber sie achtete nicht mehr darauf. Schließlich gab der Verschluss nach.

Ein unbeschreibliches Geräusch, ein Zischen wie von Gas, das unter Druck entweicht, erfüllte den Raum. Im Bruchteil einer Sekunde quoll eine schwarze Masse aus dem Flaschenhals und breitete sich in der Luft aus wie ein Tintenfleck in einem See. Hannah spürte, wie ihre Hände zitterten und diese wispernde Stimme sie umfing. Als sie erneut den Flakon betrachtete, stellte sie fest, dass das Kristall jetzt durchsichtig war und das, was darin gewesen war, sich durch ihre Hilfe befreit hatte. Das Mädchen stellte den Flakon an seinen Platz zurück. Sie spürte einen kalten Lufthauch durch das Zimmer streichen, der eine Kerze nach der anderen verlöschen ließ. Während sich die Dunkelheit über den Raum senkte, wurde etwas Neues in der Schwärze sichtbar. Eine unheimliche Form kroch über die Wände und tauchte sie in Finsternis.

Ein Schatten.

Hannah wich langsam zur Tür zurück. Ihre zitternden Hände legten sich auf den kalten Türknauf hinter ihrem Rücken. Langsam öffnete sie die Tür, ohne die Augen von der Dunkelheit abzuwenden, und machte sich bereit, das Zimmer so schnell wie möglich zu verlassen. Etwas kam auf sie zu, sie konnte es fühlen.

Einmal draußen, drehte das Mädchen den Türknauf, um das Zimmer abzuschließen, doch das Kettchen um ihren Hals verhakte sich in einem der Türreliefs. Gleichzeitig war aus dem Zimmer ein durchdringendes, schauriges Geräusch zu hören, das Zischen einer riesigen Schlange. Hannah spürte, wie Tränen des Entsetzens ihre Wangen hinabbrannten. Das Kettchen zerriss, und das Mädchen hörte, wie das Medaillon in der Dunkelheit zu Boden fiel. Von ihrer Fessel befreit, stürzte Hannah in den finsteren Tunnel, der sich vor ihr öffnete. Die Tür an seinem Ende, die zur Treppe des hinteren Flügels führte, stand offen. Das gespenstische Zischen war erneut zu hören. Näher diesmal. Hannah rannte zum Treppenabsatz. Sekunden später hörte sie das Geräusch des Türgriffs, der sich in der Dunkelheit zu drehen begann. Diesmal entrang sich ihrer Kehle ein panischer Schrei, und das Mädchen stürzte die Treppe hinunter.

Der Weg nach unten ins Erdgeschoss kam ihr endlos vor. Hannah nahm keuchend immer drei Stufen auf einmal, während sie sich vergeblich bemühte, nicht das Gleichgewicht zu verlieren. Als sie die Tür erreichte, die in den hinteren Teil des Parks von Cravenmoore führte, waren ihre Knöchel und Knie mit blauen Flecken übersät, aber sie nahm den Schmerz kaum wahr. Das Adrenalin jagte glühend heiß durch ihre Adern und trieb sie weiter vorwärts. Die Tür, die nie benutzt wurde, war verschlossen. Hannah zerschlug das Glas mit dem Ellenbogen und brach sie von außen auf. Sie spürte den Schnitt am Unterarm erst, als sie im dunklen Park stand.

Sie rannte zum Waldrand, während die kühle Nachtluft über ihre von kaltem Schweiß durchtränkten Kleider strich und sie an ihrem Körper festkleben ließ. Bevor sie auf den Pfad einbog, der durch den Wald von Cravenmoore führte, drehte sich Hannah noch einmal zum Haus um. Sie erwartete, ihren Verfolger aus der Dunkelheit des Parks auftauchen zu sehen. Doch von der Erscheinung keine Spur. Sie atmete tief durch. Die kalte Luft brannte in ihrer Kehle und versetzte ihr einen scharfen Stich in die Lungen. Sie wollte gerade wieder loslaufen, als sie die Silhouette an die Fassade von Cravenmoore geklammert sah. Ein Gesicht wölbte sich aus der schwarzen Masse hervor, und der Schatten kroch zwischen den Wasserspeiern nach unten wie eine riesige Spinne.

Hannah stürzte sich in das Labyrinth aus Finsternis, das den Wald durchzog. Der Mond schien nun zwischen den Wolken hervor und tauchte den Dunst in blaues Licht. Der Wind entfachte ringsum die wispernden Stimmen Tausender Blätter. Die Bäume standen am Wegesrand wie versteinerte Gespenster, die ihr die Arme entgegenstreckten, eine Wand aus bedrohlichen Klauen. Verzweifelt rannte sie dem Licht entgegen, das sie zum Ende dieses gespenstischen Tunnels leitete, eine Tür ins Licht, die sich immer weiter von ihr zu entfernen schien, je verzweifelter sie versuchte, sie zu erreichen.

Ein ohrenbetäubendes Getöse erfüllte den Wald. Der Schatten wälzte sich durch das Unterholz, zerstörte alles, was sich ihm in den Weg stellte, eine tödliche Fräse, die sich eine Schneise zu ihr schlug. Dem Mädchen blieb der Schrei im Halse stecken. Zweige und Gestrüpp hatten Dutzende von Schnitten an ihren Händen und Armen und in ihrem Gesicht hinterlassen. Die Erschöpfung hämmerte in ihrem Kopf und trübte ihre Sinne, flüsterte ihr ein, der Müdigkeit nachzugeben, sich einfach hinzusetzen und abzuwarten … Aber sie musste weiter. Sie musste von hier weg. Noch ein paar Meter, und sie würde die Straße erreichen, die zum Dorf führte. Dort würde sie ein Auto treffen, jemanden, der sie mitnahm und ihr half. Die Rettung war nur ein paar Sekunden entfernt, gleich hinter dem Waldrand.

Die fernen Scheinwerfer eines Wagens, der am

Strand des Engländers entlangfuhr, tasteten sich durch die Dunkelheit des Waldes. Hannah richtete sich auf und schrie mit letzter Kraft um Hilfe. Hinter ihr schien ein Wirbelsturm durch den Wald zu fegen und zwischen den Ästen der Bäume aufzusteigen. Hannah sah nach oben zu der dichten Kuppel aus Zweigen, die das Gesicht des Mondes verbargen. Langsam breitete sich der finstere Schatten aus. Hannah entfuhr ein letztes Wimmern. Wie ein Regen aus Teer stürzte sich der Schatten von oben auf sie. Das Mädchen schloss die Augen und dachte an die lächelnde, lebhafte Miene ihrer Mutter.

Dann spürte sie den kalten Atem des Schattens auf ihrem Gesicht.

5. Ein Schloss im Nebel

Ismaels Segelboot tauchte pünktlich aus dem Dunst-schleier auf, der die Oberfläche der Bucht liebkoste. Irene und ihre Mutter, die still auf der Veranda saßen und Milchkaffee tranken, wechselten einen Blick.

»Ich muss dir ja nicht sagen …«, begann Simone.

»Nein, musst du nicht«, antwortete Irene.

»Wann haben wir beide uns zum letzten Mal über Männer unterhalten?«, fragte ihre Mutter.

»Als ich sieben wurde und unser Nachbarsjunge Claude mich überredet hat, meinen Rock gegen seine Hose zu tauschen.«

»So ein Ferkel.«

»Er war erst fünf, Mama.«

»Wenn sie mit fünf schon so sind, dann stell sie dir mit fünfzehn vor.«

»Sechzehn.«

Simone seufzte. Sechzehn Jahre, mein Gott. Ihre Tochter hatte vor, mit einem alten Seebären durch-zubrennen.

»Dann sprechen wir von einem Erwachsenen.«

»Er ist nur ein gutes Jahr älter als ich. Was bin ich dann?«

»Du bist noch ein Kind.«

Irene lächelte ihrer Mutter nachsichtig zu. Als Feldwebel hatte Simone Sauvelle keine Zukunft.

»Nur die Ruhe, Mama. Ich weiß, was ich tue.«

»Das ist es ja, was mir Angst macht.«

Das Segelboot fuhr in die kleine Bucht ein. Ismael winkte vom Boot aus. Simone musterte den Jungen mit wachsam hochgezogener Augenbraue.

»Warum kommt er nicht rauf, und du stellst ihn mir vor?«

»Mama …«

Simone nickte. Sie hatte sowieso nicht daran geglaubt, dass dieser Trick ziehen würde.

»Gibt es etwas, das ich dir mit auf den Weg geben sollte?«, schlug sie, klein beigebend, vor.

Irene gab ihr einen Kuss auf die Wange.

»Wünsch mir einfach einen schönen Tag.«

Ohne eine Antwort abzuwarten, lief Irene zum Anlegeplatz. Simone beobachtete, wie ihre Tochter die Hand dieses Fremden ergriff (der in ihren argwöhnischen Augen nicht mehr viel von einem Jungen hatte) und an Bord seines Segelbootes sprang. Als Irene sich umdrehte, um ihr zuzuwinken, lächelte ihre Mutter gezwungen und winkte zurück. Dann sah sie zu, wie sie im friedlichen, strahlenden Sonnenschein in die Bucht hinaussegelten. Auf dem Geländer der Veranda saß eine Möwe, vielleicht auch sie eine besorgte Mutter, und betrachtete sie resigniert.

»Es ist nicht fair«, sagte sie zu der Möwe. »Wenn sie auf die Welt kommen, sagt einem keiner, dass sie irgendwann das Gleiche machen werden wie man selbst in ihrem Alter.«

Der Vogel, dem solche Überlegungen fremd waren, folgte Irenes Beispiel und segelte davon. Simone musste über sich selbst lächeln und machte sich auf den Weg nach Cravenmoore. Arbeit hilft immer, sagte sie sich.

Irgendwann verwandelte sich das ferne Ufer in eine weiße Linie, die sich zwischen Himmel und Erde dahinzog. Der Ostwind blähte die Segel der *Kyaneos*, und der Bug des Bootes glitt über die kristallklare, smaragdblau schimmernde Fläche, durch die man bis auf den Grund schauen konnte. Irene, deren einzige bisherige Erfahrung an Bord eines Schiffes die kurze Überfahrt vor einigen Tagen gewesen war, betrachtete mit offenem Mund, wie hinreißend schön die Bucht aus dieser neuen Perspektive war. Das Haus am Kap war zu einem weißen Einschnitt zwischen den Felsen geworden, und die leuchtend bunten Fassaden der Häuser im Dorf spiegelten sich glitzernd im Wasser. In der Ferne zogen die Ausläufer eines Gewitters zum Horizont. Irene schloss die Augen und hörte das Rauschen des Meeres ringsum. Als sie sie wieder öffnete, war alles immer noch da. Es war Realität.

Nachdem er das Boot auf Kurs gebracht hatte,

blieb Ismael nicht viel anderes zu tun, als Irene zu betrachten, die unter dem Eindruck eines Meereszaubers zu stehen schien. Mit wissenschaftlicher Gründlichkeit begann er seine Beobachtungen bei ihren blassen Knöcheln, um dann langsam und gewissenhaft hinaufzuwandern bis zu der Stelle, wo der Rock mit ungewöhnlicher Keckheit die obere Hälfte der Oberschenkel des Mädchens verbarg. Dann fuhr er damit fort, die gelungene Gestaltung ihres schlanken Oberkörpers in Augenschein zu nehmen. Dieser Vorgang zog sich eine unbestimmte Zeit hin, bis seine Augen unvermutet jenen von Irene begegneten und Ismael feststellte, dass seine Musterung nicht unbemerkt geblieben war.

»Woran denkst du?«, fragte sie.

»An den Wind«, log Ismael glatt heraus. »Er schlägt um und dreht auf Süd. Das ist häufig so, wenn Sturm aufkommt. Ich habe mir gedacht, du würdest vielleicht gerne zuerst das Kap umsegeln. Die Aussicht ist einzigartig.«

»Welche Aussicht?«, fragte Irene unschuldig.

Diesmal bestand kein Zweifel; das Mädchen machte sich über ihn lustig. Ohne auf die ironische Bemerkung seiner Passagierin zu achten, lenkte Ismael das Boot zum Scheitelpunkt der Strömung, die eine Meile vom Kap entfernt am Riff entlang verlief. Sobald sie über diesen Punkt hinweg waren, konnten sie die Endlosigkeit des menschenleeren, wilden Strandes betrachten, der sich bis zu den Dunstschwaden dahinzog, die den Mont-Saint-Michel umgaben, ein Schloss, das aus dem Nebel emporragte.

»Das ist die Schwarze Bucht«, erklärte Ismael. »Sie wird so genannt, weil ihre Gewässer tiefer sind als die der Blauen Bucht, die im Grunde eine Sandbank knapp sieben oder acht Meter unter Wasser ist. Eine Untiefe.«

Für Irene klang dieses Seglerlatein wie Chinesisch, aber die spröde Schönheit, die diese Landschaft ausstrahlte, stellte ihr die Nackenhärchen auf. Ihr Blick fiel auf etwas, das wie eine Lücke im Felsen aussah, ein zum Meer sich öffnender Schlund.

»Dahinter liegt die Lagune«, sagte Ismael. »Sie ist nur durch diesen schmalen Durchlass mit dem offenen Meer verbunden. Auf der anderen Seite der Lagune liegt die Fledermausgrotte. Dieser Tunnel, der dort in den Fels hineinführt, siehst du? Angeblich wurde im Jahr 1746 während eines Sturms eine Piratengaleone dort hineingetrieben. Die Überreste des Schiffes – und der Piraten – liegen noch immer dort.«

Irene warf ihm einen skeptischen Blick zu. Ismael mochte ein guter Kapitän sein, aber was dieses Seemannsgarn anging, war er ein einfacher Schiffsjunge.

»Das ist die Wahrheit«, beteuerte Ismael. »Ich tauche manchmal dort. Die Grotte führt tief in den Fels hinein und nimmt gar kein Ende.«

»Nimmst du mich mal mit hin?«, fragte Irene, während sie vorgab, die absurde Geschichte von einem spukenden Korsaren zu glauben.

Ismael errötete ein wenig. Das klang nach Fortsetzung. Nach Verbindlichkeit. Mit einem Wort, nach Gefahr.

»Aber es gibt Fledermäuse dort. Daher der Name …«, gab der Junge zu bedenken, außerstande, ein überzeugenderes Argument zu finden.

»Ich mag diese fliegenden Ratten«, behauptete sie gutgelaunt, bemüht, ihn weiter auf den Arm zu nehmen.

»Gut, wann du willst«, lenkte Ismael ein.

Irene schenkte ihm ein strahlendes Lächeln, das ihn völlig aus der Fassung brachte. Für einige Sekunden wusste er nicht mehr, ob der Wind von Nord wehte oder ob ein Kiel ein besonders leckeres Gebäck war. Und das Schlimmste war, dass das Mädchen es zu bemerken schien. Zeit für eine Kursänderung. Ismael riss das Ruder herum und machte eine vollständige Wende, so dass das Großsegel auf die andere Seite schlug. Das Boot neigte sich so stark zur Seite, dass das Meer mit seiner kalten Zunge an Irenes Haut leckte. Das Mädchen schrie lachend auf. Ismael lächelte ihr zu. Er wusste immer noch nicht genau, was er in ihr sah, aber in einem war er sich sicher: Er konnte den Blick nicht von ihr lassen.

»Auf zum Leuchtturm«, verkündete er.

Sekunden später schoss die *Kyaneos*, die unsichtbare Hand des Windes im Rücken, wie ein Pfeil durch die Brandung am Riff. Ismael spürte, wie Irene seine Hand umklammerte. Das Segelboot glitt dahin, als ob es kaum das Wasser berührte. Im Kielwasser malte die Gischt weiße Wirbel ins Wasser. Irene sah Ismael an und bemerkte, dass er sie ebenfalls betrachtete. Für einen Moment versanken seine Augen in den ihren, und Irene spürte, wie der Junge sanft ihre Hand drückte. Noch nie war die Welt so weit weg gewesen.

Am späten Vormittag jenes Tages betrat Simone Sauvelle Lazarus Janns persönliche Bibliothek, die sich in einem großen ovalen Saal im Herzen von Cravenmoore befand. Ein unendliches Universum aus Büchern wand sich in einer babylonischen Spirale nach oben, einer Kuppel aus buntgefärbtem Glas entgegen. Tausende unbekannter, geheimnisvoller Welten gaben sich in dieser Kathedrale der Bücher ein Stelldichein. Sekundenlang stand Simone mit offenem Mund da, den Blick auf einen sich auflösenden Dunstschleier geheftet, der zur Kuppel aufstieg. Es dauerte fast zwei Minuten, bis sie bemerkte, dass sie nicht alleine war.

In einem Lichtstrahl, der senkrecht von der Kuppel herabfiel, saß eine sorgfältig gekleidete Gestalt an einem Schreibpult. Als er ihre Schritte hörte, wandte sich Lazarus um, schlug das Buch zu, in dem er gerade gelesen hatte, einen alten, in schwarzes Leder gebundenen Band, der aus vergangenen Jahrhunderten zu stammen schien, und lächelte liebenswürdig. Es war ein warmes, ansteckendes Lächeln.

»Ah, Madame Sauvelle. Willkommen in meinem kleinen Refugium«, sagte er, während er aufstand.

»Ich wollte Sie nicht stören …«

»Aber nicht doch, ich freue mich, dass Sie es getan haben«, sagte Lazarus. »Ich wollte mit Ihnen über eine Buchbestellung sprechen, die ich bei Arthur Francher tätigen möchte …«

»Arthur Francher in London?«

Lazarus' Gesicht begann zu strahlen.

»Sie kennen ihn?«

»Mein Mann hat häufig Bücher dort gekauft, wenn er auf Reisen war. Burlington Arcade.«

»Ich wusste, ich hätte keine geeignetere Person für diese Stelle finden können«, sagte er. Simone errötete.

»Wie wäre es, wenn wir bei einer Tasse Kaffee darüber sprächen?«, lud er sie ein.

Simone willigte schüchtern ein. Lazarus lächelte erneut und stellte das dicke Buch, das er in Händen hielt, an seinen Platz zwischen Hunderten ähnlicher Bände zurück. Simone beobachtete ihn dabei, und ihr Blick fiel zwangsläufig auf den Titel, der von Hand auf den Buchrücken geprägt war. Ein einziges unbekanntes, unverständliches Wort:

Doppelgänger

Kurz vor Mittag sah Irene die Leuchtturminsel vor dem Bug auftauchen. Ismael beschloss, sie zu umrunden, um dort in einer kleinen Bucht vor der zerklüfteten, felsigen Insel zu ankern. Dank Ismaels Erklärungen war Irene mittlerweile bereits um einiges beschlagener in der Kunst des Navigierens und der elementaren Physik des Windes. So gelang es ihnen gemeinsam, sich nach seinen Anweisungen die Strömung zunutze zu machen und in die schmale Passage zwischen den Klippen zu gleiten, die zu dem alten Anleger am Leuchtturm führte.

Die Insel war kaum mehr als ein trostloses Stück Fels, das in der Bucht emporragte. Eine beachtliche Möwenkolonie nistete dort. Einige von ihnen musterten die Eindringlinge mit einer gewissen Neugier. Die Übrigen flogen auf. Im Vorbeifahren sah Irene morsche, über Jahrzehnte sich selbst überlassene Holzschuppen.

Der Leuchtturm war ein schlanker, von einer Prismenlaterne bekrönter Turm, der ein kleines, knapp einstöckiges Haus überragte, die ehemalige Wohnung des Leuchtturmwärters.

»Außer mir, den Möwen und dem einen oder anderen Krebs war seit Jahren niemand mehr hier«, sagte Ismael.

»Den Wiedergänger von dem Piratenschiff nicht zu vergessen«, scherzte Irene.

Der Junge steuerte das Boot zum Anleger und

sprang an Land, um das Bugtau festzumachen. Irene folgte seinem Beispiel. Sobald die *Kyaneos* ordentlich vertäut war, nahm Ismael einen Picknickkorb heraus, den ihm seine Tante in der Überzeugung zurechtgemacht hatte, dass sich eine junge Dame nicht mit leerem Magen erobern lasse und man bei der Befriedigung der Instinkte Prioritäten setzen müsse.

»Komm. Wenn du Geistergeschichten magst, wird dich das interessieren …«

Ismael stieß die Tür des Leuchtturmhauses auf und bedeutete Irene, voranzugehen. Beim Betreten des alten Hauses hatte das Mädchen das Gefühl, einen Schritt zwei Jahrzehnte zurück in die Vergangenheit gemacht zu haben. Alles war von einer Schimmelschicht überzogen, die durch die jahrelange Feuchtigkeit entstanden war. Dutzende von Büchern, Gegenständen und Möbeln waren zurückgeblieben und unversehrt, als hätte ein Geist den Leuchtturmwärter in der Nacht mitgenommen. Irene sah Ismael fasziniert an.

»Warte erst mal, bis du den Leuchtturm siehst«, sagte er.

Der Junge nahm ihre Hand und zog sie zu der Wendeltreppe, die in den Leuchtturm hinaufführte. Irene fühlte sich wie ein Eindringling, als sie diesen aus der Zeit gefallenen Ort betrat, und zugleich wie eine Abenteurerin, die kurz davor war, ein seltsames Geheimnis zu enthüllen.

»Was ist mit dem Leuchtturmwärter passiert?«

Ismael ließ sich Zeit mit der Antwort.

»Eines Nachts stieg er in sein Boot und verließ die Insel. Er hat sich nicht einmal damit aufgehalten, seine Sachen zu packen.«

»Weshalb mag er so etwas getan haben?«

»Er hat es nie erzählt«, antwortete Ismael.

»Weshalb, glaubst du, hat er es getan?«

»Aus Angst.«

Irene schluckte und blickte über ihre Schulter, als erwartete sie jeden Moment, den Geist der ertrunkenen Frau wie einen Dämon hinter sich auf der Wendeltreppe zu sehen, die langen Krallen nach ihr ausgestreckt, das Gesicht porzellanweiß, dunkle Ringe um die geröteten Augen.

»Hier ist niemand, Irene. Nur du und ich.«

Das Mädchen nickte, nicht sehr überzeugt.

»Nur Möwen und Krebse, ja?«

»Genau.«

Die Treppe führte zur Plattform des Leuchtturms, einem Ausguck hoch über der Insel, von wo aus man die ganze Blaue Bucht überblicken konnte. Die beiden traten nach draußen. Die frische Brise und das gleißende Licht vertrieben alles Unheimliche, das vom Inneren des Leuchtturms ausging. Irene atmete tief durch und ließ sich von der Aussicht verzaubern, die man nur von dort aus hatte.

»Danke, dass du mich hierhergeführt hast«, flüsterte sie.

Ismael nickte und wandte nervös den Blick ab.

»Würdest du gern etwas essen? Ich sterbe vor Hunger«, erklärte er.

Also setzten sich die beiden an den Rand der Plattform, ließen die Füße ins Leere baumeln und machten sich über die Leckereien her, die sich in dem Korb verbargen. Keiner von ihnen hatte großen Appetit, aber beim Essen waren Hände und Geist beschäftigt.

In der Ferne dämmerte die Blaue Bucht in der Nachmittagssonne, unbeeindruckt von dem, was auf dieser abgelegenen Insel geschah.

Drei Tassen Kaffee und eine Ewigkeit später saß Simone immer noch in Gesellschaft von Lazarus da. Sie wusste nicht, wie viel Zeit vergangen war. Was als nette Plauderei begonnen hatte, hatte sich zu einem langen, tiefsinnigen Gespräch über Bücher, Reisen und alte Erinnerungen entwickelt. Nach wenigen Stunden schon hatte sie das Gefühl, Lazarus ein Leben lang zu kennen. Zum ersten Mal seit Monaten und mit einem Gefühl der Erleichterung beobachtete sie sich dabei, wie sie schmerzliche Erinnerungen an die letzten Lebenstage von Armand zulassen konnte. Lazarus hörte aufmerksam und respektvoll schweigend zu. Er wusste, wann er das Gespräch in eine andere Richtung lenken musste und wann er den Erinnerungen freien Lauf lassen konnte.

Es fiel ihr schwer, in Lazarus nur ihren Arbeitgeber

zu sehen. In ihren Augen war der Spielzeugfabrikant eher ein Freund, ein guter Freund. Im Laufe des Nachmittags gestand sich Simone mit einer Mischung aus schlechtem Gewissen und beinahe kindlicher Scham ein, dass dieses seltsame Einvernehmen zwischen ihnen beiden unter anderen Umständen, in einem anderen Leben, der Grundstein zu mehr hätte sein können. Der Schatten ihrer Witwenschaft und die Erinnerungen lasteten auf ihrer Seele wie die Spuren eines Sturms, so wie auch die unsichtbare Gegenwart von Lazarus' kranker Frau die Atmosphäre auf Cravenmoore durchtränkte. Unsichtbare Zeugen in der Dunkelheit.

Einige Stunden schlichter Konversation genügten ihr, um aus dem Blick des Spielzeugfabrikanten lesen zu können, dass ihm ähnliche Gedanken durch den Kopf gingen. Aber sie las auch darin, dass er seiner Frau auf ewig verpflichtet sein würde und die Zukunft für sie beide nicht mehr bereithielt als eine Freundschaft. Eine tiefe Freundschaft. Eine unsichtbare Brücke zwischen zwei Welten, getrennt durch Ozeane voller Erinnerungen.

Goldenes Licht kündigte die Abenddämmerung an und fiel wie ein Gespinst aus leuchtenden Fäden in Lazarus' Arbeitszimmer. Lazarus und Simone sahen sich schweigend an.

»Darf ich Ihnen eine persönliche Frage stellen, Lazarus?«

»Natürlich.«

»Aus welchem Grund sind Sie Spielzeugfabrikant geworden? Mein verstorbener Mann war Ingenieur, und ein recht begabter. Aber Ihre Arbeit lässt ein wirklich bahnbrechendes Talent erkennen. Und ich übertreibe nicht, Sie wissen das genauso gut wie ich. Weshalb Spielzeug?«

Lazarus lächelte stumm.

»Sie müssen mir nicht antworten«, setzte Simone hinzu.

Der Mann erhob sich und trat langsam ans Fenster. Seine Gestalt wurde in Gold getaucht.

»Das ist eine lange Geschichte«, begann er. »Als ich noch ein Kind war, lebte meine Familie im alten Distrikt Les Gobelins in Paris. Vielleicht kennen Sie die Gegend, ein Armeleuteviertel mit düsteren, ungesunden alten Häusern. Eine gespenstische graue Zitadelle mit engen, elenden Gassen. Zu jener Zeit war die Situation noch viel schlimmer, als Sie das in Erinnerung haben mögen – falls das überhaupt möglich ist. Wir hausten in einer winzigen Bleibe in einem alten Mietshaus in der Rue des Gobelins. Ein Teil der Fassade war abgestützt, weil sie einzustürzen drohte, doch keine der Familien, die dort wohnten, konnte es sich leisten, in eine bessere Gegend des Viertels zu ziehen. Wie wir dort alle zusammen wohnen konnten, meine drei Brüder und ich, meine Eltern und Onkel Luc, ist mir nach wie vor ein Rätsel. Aber ich schweife ab …

Ich war ein einsamer Junge. Immer schon. Die meisten Jungen aus der Straße schienen sich für Dinge zu interessieren, die mich langweilten, die Dinge hingegen, die mich interessierten, lockten niemanden, den ich kannte, hinterm Ofen hervor. Ich hatte lesen gelernt – ein Wunder –, und meine Freunde waren überwiegend Bücher. Das wäre durchaus ein Grund zur Sorge für meine Mutter gewesen, hätte es nicht drängendere Probleme zu Hause gegeben. Meine Mutter glaubte immer, eine gute Kindheit bestehe darin, durch die Straßen zu stromern und sich durch Nachahmen das Verhalten und die Ansichten seiner Umgebung anzueignen.

Mein Vater wartete nur darauf, dass meine Brüder und ich alt genug waren, um zum Unterhalt der Familie beizutragen.

Andere Kinder hatten weniger Glück. In unserem Haus wohnte damals ein Junge in meinem Alter namens Jean Neville. Jean und seine Mutter, eine Witwe, hausten in einer winzigen Wohnung im Parterre, gleich neben dem Eingang. Der Vater des Jungen war Jahre zuvor an einer Nervenerkrankung gestorben, die er sich in der Fliesenfabrik zugezogen hatte, in der er sein Leben lang gearbeitet hatte. Eine häufige Sache, wie es scheint. Ich erfuhr das alles, weil ich der einzige Freund war, den der kleine Jean im Viertel hatte. Anne, seine Mutter, ließ ihn nicht aus dem Haus und dem Hinterhof. Sein Zuhause war ein Gefängnis.

Acht Jahre zuvor hatte Anne Neville im alten Hospital Saint Christian in Montparnasse Zwillinge zur Welt gebracht. Jean und Joseph. Joseph kam tot zur Welt. In den darauffolgenden acht Jahren seines Lebens lernte Jean, mit der finsteren Schuld aufzuwachsen, seinen Bruder bei der Geburt umgebracht zu haben. Zumindest glaubte er das. Anne erinnerte ihn an jedem Tag seines Lebens daran, dass sein Bruder durch seine Schuld leblos zur Welt gekommen sei; wäre er nicht gewesen, nähme nun ein wunderbarer Junge seinen Platz ein. Nichts, was er tat oder sagte, fand die Zustimmung seiner Mutter.

Nach außen hin ließ Anne Neville ihrem Sohn natürlich die übliche Zuwendung angedeihen. Doch die Wirklichkeit in der Einsamkeit der Wohnung sah anders aus. Anne machte Jean Tag für Tag Vorwürfe: Er sei ein Faulpelz. Ein Nichtsnutz. Seine Schulleistungen seien ein Trauerspiel. Seine Fähigkeiten mehr als fraglich. Seine Bewegungen tölpelhaft. Kurzum, sein Leben sei ein einziger Fluch. Sein Bruder Joseph hingegen wäre ein bewundernswerter, fleißiger, liebevoller Junge geworden … alles, was er niemals sein werde.

Der kleine Jean begriff bald, dass er es war, der vor acht Jahren in jenem dunklen Krankenhauszimmer hätte sterben sollen. Er nahm den Platz eines anderen ein … Sämtliche Spielsachen, die Anne über Jahre für ihr zukünftiges Kind beiseitegelegt hatte, landeten in der Woche, nachdem sie aus dem Krankenhaus kam, im Herdfeuer. Jean hat niemals Spielzeug besessen. Es war ihm verboten. Er hatte keines verdient.

Eines Nachts, als der Junge schreiend aus dem Schlaf hochfuhr, kam seine Mutter zu ihm ans Bett und fragte ihn, was los sei. Verängstigt erzählte Jean, er habe geträumt, ein Schatten, ein böser Geist verfolge ihn durch einen endlosen Tunnel. Annes Antwort war unmissverständlich. Dieser Traum sei ein Zeichen. Der Schatten, von dem er geträumt habe, sei der Geist seines toten Bruders, der nach Rache schreie. Er müsse sich ein weiteres Mal bemühen, ein besserer Sohn zu sein, seiner Mutter in allem zu gehorchen, keines ihrer Worte und keine ihrer Taten in Frage zu stellen. Sonst werde der Schatten zum Leben erwachen und kommen, um ihn in die Hölle zu schleppen. Mit diesen Worten packte Anne ihren Sohn und brachte ihn in den Keller des Hauses, wo sie ihn zwölf Stunden im Dunkeln allein ließ, damit er über das nachdenken konnte, was sie ihm gesagt hatte. Das war das erste Mal, dass er eingesperrt wurde.

Als der kleine Jean mir das alles eines Nachmittags, ein Jahr später, erzählte, war ich entsetzt. Ich wollte dem Jungen helfen, ihn trösten und irgendwie das Elend ausgleichen, in dem er lebte. Das Einzige, was mir einfiel, war, die Münzen zusammenzukratzen, die ich über Monate in meiner Sparbüchse verwahrt hatte, und in Monsieur Giradots Spielwarengeschäft zu gehen. Meine Ersparnisse reichten nicht weit, und ich bekam nur eine alte Marionette, einen Engel aus Pappmaché, den man mit Schnüren bewegen konnte. Ich wickelte ihn in Glanzpapier und wartete am nächsten Tag, bis Anne Neville zum Einkaufen gegangen war. Dann klopfte ich an der Wohnungstür und sagte, dass ich es sei, Lazarus. Jean öffnete, und ich gab ihm das Päckchen. Es sei ein Geschenk, sagte ich und ging.

Drei Wochen sah ich ihn nicht. Ich ging davon aus, dass Jean sich an meinem Geschenk erfreute, wenn ich schon nichts mehr von meinen Ersparnissen hatte. Später erfuhr ich, dass der Engel aus Stoffresten und Pappmaché nur einen Tag überlebte. Anne fand ihn und verbrannte ihn. Auf ihre Frage, woher er ihn habe, antwortete Jean, der mich nicht in die Sache hineinziehen wollte, er habe ihn selbst gebastelt.

Und eines Tages fiel die Strafe noch viel grausamer aus. Anne zerrte ihren Sohn völlig außer sich in den Keller, sperrte ihn ein und drohte ihm, diesmal werde ihn der Schatten im Dunkeln holen kommen und für immer mitnehmen.

Jean Neville verbrachte eine ganze Woche dort unten. Seine Mutter war derweil in einen Streit auf dem Markt in Les Halles verwickelt und wurde zusammen mit mehreren anderen von der Polizei in eine Gemeinschaftszelle gesperrt. Nach ihrer Entlassung irrte sie tagelang durch die Straßen.

Bei ihrer Rückkehr fand sie die Wohnung verlassen und die Kellertür verriegelt vor. Nachbarn halfen ihr, sie aufzubrechen. Der Keller war leer. Von Jean keine Spur.«

Lazarus machte eine Pause. Simone wartete schweigend darauf, dass er den Ausgang der Geschichte erzählte.

»Jean wurde nie wieder im Viertel gesehen. Die meisten, die die Geschichte kannten, gingen davon aus, dass der Junge durch ein Kellerloch geflohen war, so weit weg von seiner Mutter wie möglich. Ich vermute, genauso war es auch. Wenn Sie allerdings seine Mutter gefragt hätten, die den Verlust des Jungen wochen- und monatelang untröstlich beweinte, dann hätte sie mit Sicherheit behauptet, der Schatten habe ihn mitgenommen ... Ich sagte Ihnen vorhin, ich sei wahrscheinlich der einzige Freund von Jean Neville gewesen. Ehrlich gesagt war es wohl eher umgekehrt. Er war mein einziger Freund. Jahre später schwor ich mir, alles in meiner Macht Stehende zu tun, damit nie wieder ein Kind ohne Spielzeug sein müsse. Kein Kind sollte noch einmal den Albtraum durchleben, der die Kindheit meines Freundes Jean überschattet hatte. Noch heute frage ich mich, wo er wohl sein mag, falls er noch lebt. Vermutlich finden Sie meine Erklärung ein wenig sonderbar ...«

»Ganz und gar nicht«, antwortete sie, das Gesicht in der Dunkelheit verborgen.

Dann beugte sich Simone ins Licht und schenkte Lazarus ein strahlendes Lächeln.

»Es ist spät geworden«, sagte der Spielzeugfabrikant leise. »Ich muss zu meiner Frau.«

Simone nickte.

»Danke für Ihre Gesellschaft, Madame Sauvelle«, sagte Lazarus und verließ dann schweigend den Raum.

Sie sah ihm hinterher und seufzte tief. Die Einsamkeit erschuf seltsame Labyrinthe.

Die Sonne ging über der Bucht unter, und die Linse des Leuchtturms warf bernsteingelbe und scharlachrote Lichtblitze auf das Meer. Der Wind war aufgefrischt, und der Himmel nahm ein helles Blau an, durchzogen von einigen Wolken, die wie Zeppeline aus weißer Watte dahinschwebten. Irene saß schweigend da, leicht gegen Ismaels Schulter gelehnt.

Der Junge legte langsam den Arm um sie. Sie sah zu ihm auf. Ihre Lippen waren leicht geöffnet und bebten kaum merklich. Ismael spürte ein Kribbeln im Bauch und hörte ein seltsames Klopfen in seinen Ohren. Es war sein eigenes Herz, das wie verrückt hämmerte. Vorsichtig näherten sich ihre Lippen einander. Irene schloss die Augen. Jetzt oder nie, schien eine innere Stimme Ismael zuzuflüstern. Der Junge entschied sich für das »Jetzt« und berührte Irenes Lippen mit den seinen. Die nächsten zehn Sekunden dauerten zehn Jahre.

Später, als beide das Gefühl hatten, dass es keine Grenze mehr zwischen ihnen gab, dass jeder Blick, jede Geste ein Wort in einer Sprache war, die nur sie verstanden, saßen sie schweigend und eng umschlungen dort oben auf dem Leuchtturm. Wäre es nach ihnen gegangen, sie hätten noch am Jüngsten Tag so dagesessen.

»Wo wärst du gerne in zehn Jahren?«, fragte Irene plötzlich.

Ismael dachte über eine Antwort nach. Gar nicht so einfach.

»Was für eine Frage. Ich weiß es nicht.«

»Was würdest du gerne machen? In die Fußstapfen deines Onkels treten?«

»Ich glaube, das wäre keine gute Idee.«

»Was dann?«, beharrte sie.

»Ich weiß nicht. Es ist vermutlich eine Spinnerei …«

»Was ist eine Spinnerei?«

Ismael hüllte sich in ein langes Schweigen. Irene wartete geduldig.

»Hörspiele fürs Radio. Ich würde gerne Hörspiele fürs Radio schreiben«, erklärte er schließlich.

Jetzt war es heraus.

Irene lächelte ihm zu. Wieder dieses unbestimmbare, geheimnisvolle Lächeln.

»Was für Hörspiele?«

Ismael sah sie aufmerksam an. Er hatte noch nie mit jemandem über dieses Thema gesprochen und fühlte sich nicht auf sicherem Terrain. Vielleicht war es besser, die Segel zu streichen und zurückzurudern.

»Spukgeschichten«, antwortete er schließlich zögernd.

»Ich dachte, du glaubst nicht an Geister.«

»Man muss nicht an Geister glauben, um über sie zu schreiben«, entgegnete Ismael. »Ich sammle schon seit geraumer Zeit Artikel über einen Typen, der Hörspiele macht. Er heißt Orson Welles. Vielleicht könnte ich versuchen, mit ihm zusammenzuarbeiten …«

»Orson Welles? Ich habe noch nie von ihm gehört, aber vermutlich kommt man nicht so leicht an ihn heran. Hast du schon eine Idee?«

Ismael nickte vage.

»Du musst mir versprechen, keinem davon zu erzählen.«

Das Mädchen hob feierlich die Hand. Sie fand Ismaels Gebaren ein wenig kindisch, aber die Sache machte sie neugierig.

»Komm mit.«

Ismael führte sie wieder in die Wohnung des Leuchtturmwärters. Dort ging er zu einer Truhe, die in einer Ecke stand, und öffnete sie. Seine Augen leuchteten vor Aufregung.

»Als ich zum ersten Mal hierherkam, bin ich getaucht und habe das Wrack des Bootes gefunden, in dem vermutlich vor zwanzig Jahren diese Frau ertrunken ist«, sagte er in geheimnisvollem Ton. »Du erinnerst dich an die Geschichte, die ich dir erzählt habe?«

»Die Septemberlichter. Die mysteriöse Dame, die im Sturm verschwunden ist …«, erklärte Irene.

»Genau. Rate mal, was ich in dem Wrack gefunden habe.«

»Was?«

Ismael griff in die Truhe und holte ein kleines, ledergebundenes Buch hervor, das in einer Art Metallhülse steckte, kaum größer als eine Zigarettenschachtel.

»Das Wasser hat einige Seiten zerstört, aber einige Passagen sind noch lesbar.«

»Ein Buch?«, fragte Irene neugierig.

»Es ist nicht irgendein Buch«, erklärte er. »Es ist ein Tagebuch. Ihr Tagebuch.«

Kurz vor Sonnenuntergang nahm die *Kyaneos* wieder Kurs auf das Haus am Kap. Ein Sternenmeer funkelte auf dem blauen Tuch, das die Bucht überspannte, und die Sonne versank blutrot am Horizont wie eine Scheibe aus glühendem Eisen. Irene beobachtete schweigend, wie Ismael das Segelboot steuerte. Der Junge lächelte ihr zu, dann richtete er den Blick wieder auf die Segel, um genau auf die Richtung des Windes zu achten, der von Westen aufkam.

Vor ihm hatte Irene zwei Jungen geküsst. Das erste Mal mit dem Bruder einer Schulfreundin war vor allem ein Experiment gewesen. Sie hatte wissen wollen, was man dabei empfand. Es war keine große Sache gewesen. Der Zweite, Gerard, hatte mehr Angst gehabt als sie, und das Erlebnis hatte ihre Zweifel hinsichtlich des Themas nicht zerstreut. Ismael zu küssen war anders gewesen. Als sich ihre Lippen berührten, war eine Art Stromstoß durch ihren Körper gefahren. Er fühlte sich anders an. Er roch anders. Alles an ihm war anders.

»Woran denkst du?« Diesmal war es Ismael, den ihre abwesende Miene neugierig machte.

Irene zog geheimnisvoll die Augenbraue hoch.

Er zuckte mit den Schultern und hielt weiter auf das Kap zu. Ein Vogelschwarm begleitete sie bis zum Anleger zwischen den Klippen. Die Lichter des Hauses ließen helle Reflexe auf der kleinen Bucht tanzen. Weiter weg glitzerten die Lichter des Dorfes auf dem Wasser wie eine funkelnde Kette aus Sternen.

»Es ist schon dunkel«, stellte Irene ein wenig besorgt fest. »Dir wird doch nichts passieren, oder?«

Ismael lächelte.

»Die *Kyaneos* findet den Weg von alleine. Mir passiert nichts.«

Das Segelboot schmiegte sich sanft an den Anleger. Das Krächzen der Vögel auf den Klippen bildete ein fernes Echo. Ein dunkelblauer Streifen legte sich nun über die flammend rote Linie des Sonnenuntergangs am Horizont, und der Mond spitzte zwischen den Wolken hervor.

»Also dann … Es ist schon spät«, setzte Irene an.

»Ja …«

Das Mädchen sprang an Land.

»Ich nehme das Tagebuch mit. Ich passe gut darauf auf, versprochen.«

Ismael nickte. Irene rutschte ein kleines, nervöses Lachen heraus.

»Gute Nacht.«

Die beiden sahen sich im Dämmerlicht an.

»Gute Nacht, Irene.«

Ismael machte die Leinen los.

»Ich habe überlegt, morgen zur Lagune zu fahren. Vielleicht willst du ja mitkommen …«

Sie nickte. Die Strömung trug das Boot davon.

»Ich komme dich hier abholen …«

Die *Kyaneos* verschwand in der Dunkelheit. Irene blieb stehen und sah ihr hinterher, bis die schwarze Nacht die Jolle vollständig verschluckt hatte. Dann schwebte sie zwei Handbreit über dem Boden zum Haus am Kap hinauf. Ihre Mutter saß wartend auf der dunklen Veranda. Man brauchte kein Hellseher zu sein, um zu erkennen, dass Simone die ganze Szene am Anleger verfolgt hatte.

»Wie war dein Tag?«, fragte sie.

Irene schluckte. Ihre Mutter lächelte verschmitzt.

»Du kannst es mir ruhig erzählen.«

Irene setzte sich neben ihre Mutter und ließ sich von ihr in den Arm nehmen.

»Und du?«, fragte das Mädchen zurück. »Was hast du so gemacht?«

Simone entfuhr ein Seufzer, als sie an den Nachmittag mit Lazarus dachte.

Schweigend umarmte sie ihre Tochter und lächelte vor sich hin.

»Es war ein merkwürdiger Tag, Irene. Ich glaube, ich werde alt.«

»So ein Unsinn.«

Sie sah ihrer Mutter in die Augen.

»Ist etwas nicht in Ordnung, Mama?«

Simone lächelte schwach und schüttelte stumm den Kopf.

»Ich vermisse deinen Vater«, antwortete sie schließlich, während ihr eine Träne die Wange hinablief.

»Papa ist fort«, sagte Irene. »Du musst ihn gehen lassen.«

»Ich weiß nicht, ob ich ihn gehen lassen will.«

Irene nahm sie in die Arme und hörte, wie Simone in der Dunkelheit ihre Tränen vergoss.

6. Das Tagebuch der Alma Maltisse

Am nächsten Morgen war alles in eine Nebeldecke gehüllt. Als der Tag anbrach, war Irene immer noch in die Lektüre des Tagebuchs vertieft, das Ismael ihr überlassen hatte. Was vor Stunden als bloße Neugier begonnen hatte, war im Laufe der Nacht immer stärker geworden und hatte sich schließlich in Besessenheit verwandelt. Mit der ersten, von der Zeit ausgeblichenen Zeile an hatten sich die handschriftlichen Aufzeichnungen dieser mysteriösen, in den Wassern der Bucht verschollenen Dame zu einem fesselnden Geheimnis entwickelt, einem ungelösten Rätsel, das das Mädchen nicht einmal an Schlaf denken ließ.

... Heute habe ich zum ersten Mal das Gesicht des Schattens gesehen. Reglos lauernd, hat er mich stumm aus der Dunkelheit beobachtet. Ich weiß genau, was in diesen Augen lag, was ihn am Leben hält: Hass. Ich konnte seine Gegenwart spüren und wusste, dass sich unsere Tage an diesem Ort früher oder später in einen Albtraum verwandeln werden. Jetzt wird mir klar, dass er meine ganze Hilfe braucht und dass ich ihn, was auch immer geschieht, nicht allein lassen kann ...

Seite um Seite schien die eigentümliche Stimme dieser Frau Irene etwas zuzuraunen, ihr Geheimnisse anzuvertrauen, die jahrelang versunken und vergessen gewesen waren. Sechs Stunden nachdem sie mit dem Lesen des Tagebuchs begonnen hatte, war die unbekannte Frau zu einer Art unsichtbarer Freundin geworden, eine Stimme aus dem Nebel, die in Ermangelung eines anderen Trostes sie ausgewählt hatte, um ihr Innerstes zu offenbaren, ihre Erinnerungen und das Rätsel jener Nacht mitzuteilen, als sie im kalten Wasser der Leuchtturminsel den Tod gefunden haben musste, damals, in jener Septembernacht.

... Es ist wieder passiert. Diesmal waren es meine Kleider. Als ich heute Morgen mein Ankleidezimmer betrat, stand die Tür meines Schranks weit offen, und alle meine Kleider, die Kleider, die er mir über die Jahre geschenkt hat, waren zerfetzt, wie von Hunderten von Messern zerschlitzt. Vor sieben Tagen war es mein Verlobungsring. Ich fand ihn verbogen und völlig zerstört auf dem Fußboden. Andere Schmuckstücke sind verschwunden. Die Spiegel in meinem Zimmer wurden zerkratzt. Mit jedem Tag wird seine Gegenwart stärker und seine Wut greifbarer. Es ist nur eine Frage der Zeit, bis seine Angriffe nicht mehr länger meinem Besitz gelten und sich gegen mich richten. Ich bin es, die er hasst. Ich bin es, die er tot sehen will. An diesem Ort ist kein Platz für uns beide ...

Die Morgendämmerung hatte einen kupfergoldenen Teppich über das Meer gebreitet, als Irene auf der letzten Seite des Tagebuchs angelangt war. Ihr ging durch den Kopf, dass sie noch nie zuvor so viel über jemanden gewusst hatte. Noch nie hatte ein Mensch, nicht einmal ihre Mutter, die Geheimnisse seiner Seele mit solcher Aufrichtigkeit vor ihr ausgebreitet wie dieses Tagebuch einer Frau, die sie gar nicht kannte. Einer Frau, die Jahre vor ihrer Geburt gestorben war.

… Ich habe niemanden, mit dem ich reden kann, niemanden, dem ich die Ängste offenbaren kann, die sich Tag für Tag meiner Seele bemächtigen. Manchmal würde ich gerne zurückgehen, auf meinem Weg durch die Zeit umkehren. Dann wird mir klar, dass meine Angst und meine Trauer nicht mit seiner vergleichbar sind, dass er mich braucht und dass ohne mich sein Licht für immer verlöschen würde. Ich bitte Gott nur, dass er uns die Kraft gibt, zu überleben, dem Schatten zu entfliehen, der sich über uns legt. Bei jeder Zeile, die ich in dieses Tagebuch schreibe, kommt es mir vor, als sei es die letzte.

Aus irgendeinem Grund, stellte Irene fest, war ihr zum Heulen zumute. Stumm vergoss sie ihre Tränen in Gedanken an die unsichtbare Dame, deren Tagebuch ein Licht in ihrem eigenen Inneren entzündet hatte. Was die Identität der Schreiberin anging, gab das Tagebuch allerdings nur zwei Wörter oben auf der ersten Seite preis.

Alma Maltisse

Kurz darauf sah Irene das Segel der *Kyaneos* aus dem Nebeldunst vor dem Haus am Kap auftauchen. Sie nahm das Tagebuch und schlich auf Zehenspitzen zu ihrem zweiten Treffen mit Ismael.

Nach wenigen Minuten hatte das Boot die Strömung hinter sich gelassen, die gegen die Spitze des Kaps drängte, und erreichte die Schwarze Bucht. Das Morgenlicht warf scharfe Schattenrisse auf die Steil-klippen, die weite Teile der normannischen Küste be-stimmten, schroffe Felswände, die dem rauen Ozean trotzten. Sonnenreflexe aus Gischt und gleißendem Silber flirrten auf dem Wasser. Der Nordwind trieb das Segelboot kräftig vorwärts, der Kiel durchschnitt die Wasseroberfläche wie ein Schwert. Für Ismael war es reine Routine, für Irene Tausendundeine Nacht.

Einer unerfahrenen Seglerin wie ihr schien dieses überbordende Schauspiel aus Licht und Wasser Tau-sende Abenteuer und Geheimnisse zu verheißen, die unter der Meeresoberfläche darauf warteten, entdeckt zu werden. Ismael, der am Ruder saß, lächelte unge-wöhnlich viel und nahm Kurs auf die Lagune. Irene, umfangen vom Zauber des Meeres, berichtete weiter, was sie bei der ersten Lektüre von Alma Maltisse' Tagebuch herausgefunden hatte.

»Sie hat es offensichtlich für sich selbst geschrieben«, erklärte sie. »Es ist merkwürdig, dass sie niemanden mit Namen erwähnt. Es ist, als erzählte sie von lauter Unsichtbaren.«

»Es ist völlig unverständlich«, stellte Ismael fest, der bereits vor einiger Zeit an der Lektüre des Tagebuchs gescheitert war.

»Überhaupt nicht«, widersprach Irene. »Es ist nur so, dass man eine Frau sein muss, um es zu verstehen.«

Angesichts dieser Behauptung wollten Ismaels Lippen eine Erwiderung formen, doch aus irgendeinem Grund behielt er seine Gedanken für sich.

Bald hatte sie der Wind von achtern zur Einfahrt der Lagune gebracht. Ein schmaler Durchlass zwischen den Felsen führte in einen natürlichen Hafen. Das Wasser in der Lagune, kaum drei bis vier Meter tief, bildete einen durchsichtigen, smaragdgrünen Garten, und der sandige Grund wellte sich unter ihren Füßen wie ein zarter weißer Schleier. Irene lauschte staunend der Verzauberung nach, in die sie der sanfte Bogen der Lagune versetzte. Ein Fischschwarm tanzte unter dem Rumpf der *Kyaneos* wie silbrig glitzernde Pfeile.

»Das ist unglaublich«, stammelte Irene.

»Das ist die Lagune«, erklärte Ismael prosaisch.

Dann holte er die Segel ein und warf den Anker, während das Mädchen noch unter dem ersten Eindruck dieser Umgebung stand. Die *Kyaneos* schaukelte sanft hin und her wie ein Blatt auf einem stillen See.

»Also, willst du die Grotte nun sehen oder nicht?«

Irenes einzige Antwort bestand in einem herausfordernden Lächeln, und ohne den Blick von ihm abzuwenden, zog sie langsam ihr Kleid aus. Ismael bekam Augen so groß wie Untertassen. Nicht einmal in seinen wildesten Phantasien hatte er mit einem solchen Auftritt gerechnet. Irene, die nun einen eng anliegenden Badeanzug trug, der so knapp war, dass er in den Augen ihrer Mutter diesen Namen niemals verdient hätte, grinste, als sie Ismaels Gesichtsausdruck sah. Nachdem sie ihn einige Sekunden mit ihrem Anblick becirct hatte, gerade lang genug, dass er sich nicht daran gewöhnen konnte, sprang sie ins Wasser und tauchte unter die sanft wogende, schimmernde Oberfläche. Ismael schluckte. Entweder er war eine lahme Schnecke, oder dieses Mädchen war zu schnell für ihn. Ohne lange zu überlegen, sprang er hinter ihr ins Wasser. Er brauchte eine Abkühlung.

Ismael und Irene schwammen zum Eingang der Fledermausgrotte. Der Tunnel verschwand im Fels wie eine in Stein gehauene Kathedrale. Eine schwache Strömung kam aus dem Inneren und strich unter Wasser über ihre Haut. Das Innere der Meeresgrotte erweiterte sich zu einer Kuppel mit Hunderten langer Felsnadeln, die in die Tiefe hingen wie versteinerte Tränen aus Eis. Glitzerndes Wasser fing sich in zahllosen Nischen zwischen den Felsen, und von dem sandigen Boden ging ein geisterhaftes, phosphoreszierendes Leuchten aus, das einen Teppich aus Licht im Inneren der Grotte ausbreitete.

Irene tauchte und öffnete unter Wasser die Augen. Eine Welt aus tanzenden Lichtreflexen schwebte vor ihr, bevölkert von seltsamen, faszinierenden Kreaturen. Kleine Fische, deren Schuppen je nach Lichteinfall die Farbe wechselten. Buntschillernde Pflanzen auf den Felsen. Winzige Krebse, die über den sandigen Meeresboden krabbelten. Das Mädchen betrachtete das Leben in der Grotte, bis ihr die Luft ausging.

»Wenn du so weitermachst, wächst dir noch ein Fischschwanz wie den Meerjungfrauen«, sagte Ismael.

Sie zwinkerte ihm zu und küsste ihn im gedämpften Licht der Grotte.

»Ich bin eine Meerjungfrau«, flüsterte sie, während sie tiefer in die Fledermausgrotte hineinschwamm.

Ismael wechselte einen Blick mit einem gleichmütigen Krebs, der ihn von der Felswand aus musterte und ein menschenkundliches Interesse an der Szene zu haben schien. Der wissende Blick des Schalentieres ließ keinen Zweifel. Man machte sich wieder über ihn lustig.

Ein ganzer Fehltag, dachte Simone. Hannah war seit Stunden verschwunden, ohne Bescheid zu geben. Simone fragte sich, ob sie es mit einem rein disziplinarischen Problem zu tun hatte. Hoffentlich war es so. Sie hatte den ganzen Sonntag damit verbracht, auf Nachrichten von dem Mädchen zu warten. Wahrscheinlich hatte es nach Hause gemusst, dachte sie. Eine kleine Unpässlichkeit. Eine unvorhergesehene Verpflichtung. Sie hätte sich mit jeder Erklärung zufriedengegeben. Nach stundenlangem Warten beschloss sie, etwas zu unternehmen. Sie wollte gerade zum Hörer greifen, um bei Hannah zu Hause anzurufen, als ihr ein eingehender Anruf zuvorkam. Die Stimme am anderen Ende kam ihr unbekannt vor, und die Art und Weise, wie sich ihr Besitzer vorstellte, trug nicht eben dazu bei, sie zu beruhigen.

»Guten Tag, Madame Sauvelle. Mein Name ist Henri Faure. Ich bin der Chefinspektor der Gendarmerie von Baie Bleue«, erklärte er, und jedes Wort klang bedeutungsschwerer als das vorherige.

In der Leitung herrschte angespanntes Schweigen.

»Madame?«, fragte der Polizist schließlich.

»Ich höre.«

»Es fällt mir nicht leicht, Ihnen das mitzuteilen …«

Dorian hatte seine Botengänge für diesen Tag beendet. Die Aufträge, die Simone ihm anvertraut hatte, waren alle erledigt, und die Aussicht auf einen freien

Nachmittag beflügelte ihn. Als er zum Haus am Kap kam, war Simone noch nicht von Cravenmoore zurück, und seine Schwester Irene musste sich irgendwo mit diesem Freund herumtreiben, den sie sich geangelt hatte. Nachdem er ein paar Gläser kalte Milch heruntergestürzt hatte, kam ihm das leere Haus ohne die Frauen ein wenig unheimlich vor. Man gewöhnte sich so an sie, dass die Stille irgendwie beunruhigend war.

Dorian beschloss, die Stunden zu nutzen, die es noch hell sein würde, um den Wald von Cravenmoore zu erkunden. Genau wie Simone vorhergesagt hatte, waren die unheimlichen Schatten bei Tageslicht nichts weiter als Bäume, Büsche und Gestrüpp. Mit diesem Gedanken ging der Junge immer tiefer in den dichten, labyrinthischen Wald hinein, der zwischen dem Haus am Kap und Lazarus Janns Anwesen lag.

Er war zehn Minuten ohne festes Ziel umhergestreift, als er zum ersten Mal auf Spuren stieß, die von den Klippen in den Wald hineinführten und am Rand einer Lichtung auf unerklärliche Weise verschwanden. Der Junge kniete nieder und betastete die Spuren, undeutliche Abdrücke, die sich tief in den Waldboden gegraben hatten. Wer oder was auch immer diese Abdrücke hinterlassen hatte, besaß ein beachtliches Gewicht. Dorian untersuchte noch einmal das letzte Stück der Spur bis zu der Stelle, wo sie verschwand. Wenn man den Indizien Glauben schenken durfte, war derjenige, der sie verursacht hatte, an dieser Stelle stehen geblieben und hatte sich in Luft aufgelöst.

Er sah nach oben und betrachtete das Gewirr aus Licht und Schatten in den Baumkronen. Einer von Lazarus' Vögeln flatterte in den Zweigen. Dem Jungen lief es kalt den Rücken hinunter. Gab es kein einziges lebendes Tier in diesem Wald? Die einzig greifbare Gegenwart war jene dieser mechanischen Geschöpfe, die aus den Schatten auftauchten und wieder verschwanden, ohne dass man sich vorstellen konnte, woher sie kamen und wohin sie gingen. Sein Blick wanderte weiter über das Blätterwerk des Waldes und blieb dann an einer tiefen Scharte in einem nahen Baum hängen. Dorian trat zu dem Baumstamm und nahm die Stelle in Augenschein. Irgendetwas hatte eine tiefe Wunde ins Holz geschlagen. Ähnliche Schrammen zogen sich den ganzen Stamm hinauf bis zum Wipfel. Der Junge schluckte heftig und beschloss, das Weite zu suchen.

Ismael schwamm mit Irene zu einem kleinen, flachen Felsen, der in der Mitte der Grotte einige Handbreit aus dem Wasser ragte, und die beiden legten sich darauf, um ein wenig auszuruhen. Das Licht, das durch den Höhleneingang fiel, wurde im Inneren reflektiert und warf seltsam tanzende Schemen auf die Kuppel und die Wände der Grotte. Das Wasser schien hier wärmer zu sein als im offenen Meer, ein zarter Dunstschleier stieg daraus empor.

»Gibt es noch mehr Zugänge zu der Höhle?«, fragte Irene.

»Noch einen, aber der ist gefährlich. Der einzig sichere Weg hinein und heraus führt über das Meer, durch die Lagune.«

Das Mädchen betrachtete das Schauspiel des sich stetig verändernden Lichts, in dem das Innere der Höhle lag. Von diesem Ort ging eine unwiderstehliche, hypnotische Stimmung aus. Für einige Sekunden glaubte sich Irene im großen Saal eines Felspalastes, an einem sagenhaften Ort, der nur im Traum existieren konnte.

»Es ist … magisch«, sagte sie.

Ismael nickte zustimmend.

»Manchmal komme ich hierher und sitze stundenlang auf einem der Felsen, während ich zusehe, wie das Licht unter Wasser die Farbe wechselt. Es ist meine persönliche Kirche …«

»Weit weg von der Welt, nicht wahr?«

»So weit, wie du dir nur vorstellen kannst.«

»Du magst die Menschen nicht besonders, stimmt's?«

»Kommt auf die Menschen an«, antwortete er mit einem Lächeln auf den Lippen.

»Ist das ein Kompliment?«

»Vielleicht.«

Der Junge sah rasch weg und betrachtete den Höhleneingang.

»Wir sollten jetzt besser gehen. Die Flut wird bald kommen.«

»Na und?«

»Bei Flut drückt die Strömung in die Grotte, und die Höhle füllt sich bis zur Decke mit Wasser. Es ist eine tödliche Falle. Dann sitzt du fest und ersäufst wie eine Ratte.«

Plötzlich verwandelte sich die Magie des Ortes in eine Bedrohung. Irene stellte sich vor, wie die Höhle mit eiskaltem Wasser volllief, ohne eine Möglichkeit zu entkommen.

»Kein Grund zur Eile ...«, beschwichtigte Ismael.

Ohne lange abzuwarten, schwamm Irene zum Ausgang und hielt nicht eher inne, bis die Sonne ihr wieder zulachte. Er beobachtete sie dabei und lächelte vor sich hin. Das Mädchen hatte Mut.

Die Rückfahrt verlief schweigend. Die Seiten des Tagebuchs hallten in Irenes Kopf wider wie ein Echo, das nicht verstummen wollte. Eine dichte Wolkenbank war am Himmel aufgezogen, die Sonne war verschwunden, und das Meer hatte einen bleiernen, metallischen Ton angenommen. Der Wind war kühler geworden, und Irene schlüpfte wieder in ihr Kleid. Diesmal sah Ismael kaum hin, als sie sich anzog, ein Zeichen dafür, dass der Junge seinen eigenen Gedanken nachhing, wie auch immer diese aussehen mochten.

Am späten Nachmittag umfuhr die *Kyaneos* das Kap und hielt auf das Haus der Sauvelles zu, während die Leuchtturminsel im Dunst versank. Ismael steuerte das Boot zum Anleger und vertäute es sorgfältig wie immer, obwohl man merkte, dass er mit seinen Gedanken meilenweit entfernt war.

Als der Moment des Abschieds gekommen war, ergriff Irene die Hand des Jungen.

»Danke, dass du mich in die Höhle mitgenommen hast«, sagte sie, während sie an Land sprang.

»Du bedankst dich dauernd, und ich weiß nicht, wofür … Ich danke dir, dass du mitgekommen bist.«

Irene hätte ihn zu gerne gefragt, wann sie sich wiedersehen würden, doch ein weiteres Mal riet ihr Instinkt ihr zu schweigen. Ismael machte das Bugtau los, und die *Kyaneos* wurde von der Strömung davongetragen. Irene blieb an der steinernen Treppe stehen, die die Klippe hinaufführte, und sah zu, wie sich das Segelboot entfernte. Ein Schwarm Möwen begleitete es auf seinem Weg zu den Lichtern der Mole. Der Mond zwischen den Wolken spannte eine silbrig glitzernde Brücke über das Meer, die das Segelboot zurück zum Dorf geleitete.

Auf ihrem Weg die steinerne Treppe hinauf hatte Irene ein Lächeln auf den Lippen, das niemand sehen konnte. Dieser Junge gefiel ihr wahnsinnig gut …

Als sie ins Haus kam, merkte Irene sofort, dass etwas nicht stimmte. Alles war zu aufgeräumt, zu still, zu ruhig. Das Licht im Wohnzimmer leuchtete in der bläulichen Dämmerung dieses wolkenverhangenen Abends. Dorian saß in einem Sessel und starrte schweigend in die Flammen des Kamins. Simone stand mit dem Rücken zur Tür an dem großen Fenster in der Küche und blickte aufs Meer hinaus, eine Tasse kalten Kaffees in der Hand. Das einzige Geräusch war das Säuseln des Windes, der über das Dach strich.

Dorian und seine Schwester wechselten einen Blick. Dann ging Irene zu ihrer Mutter und legte ihr die Hand auf die Schulter. Simone Sauvelle drehte sich um. In ihren Augen standen Tränen.

»Was ist passiert, Mama?«

Ihre Mutter umarmte sie. Irene drückte die Hände ihrer Mutter. Sie waren kalt. Sie zitterten.

»Es ist wegen Hannah«, flüsterte Simone.

Langes Schweigen. Der Wind rüttelte an den Fensterläden des Hauses.

»Sie ist tot«, setzte sie hinzu.

Langsam, wie ein Kartenhaus, brach die Welt rings um Irene zusammen.

7. Ein Weg voller Schatten

Die Straße, die am Strand des Engländers entlangführte, glühte im Licht des Sonnenuntergangs und
wand sich wie eine scharlachrote Schlange dem Dorf
entgegen. Irene, die mit dem Fahrrad ihres Bruders
unterwegs war, sah zum Haus am Kap zurück. Simones Worte und die Angst in ihren Augen, als sie
gesehen hatte, wie ihre Tochter bei Sonnenuntergang
überstürzt das Haus verließ, gingen ihr immer noch
nach, doch der Gedanke an Ismael, der der Nachricht von Hannahs Tod entgegensegelte, war stärker
als jedes schlechte Gewissen.

Simone hatte ihr erklärt, dass einige Stunden zuvor zwei Ausflügler Hannahs Leiche in der Nähe des
Waldes gefunden hätten. Von diesem Moment an
hatte die Nachricht Verzweiflung, Schmerz und Mut-
maßungen bei allen ausgelöst, die das Glück gehabt
hatten, das lebhafte Mädchen zu kennen. Man wusste,
dass ihre Mutter Elisabet einen Nervenzusammen-
bruch erlitten hatte, als sie die Nachricht erhielt, und
von Doktor Giraud Beruhigungsmittel verabreicht
bekam. Aber nicht viel mehr.

Gerüchte über eine frühere Verbrechensserie, die

das Leben im Dorf vor Jahren erschüttert hatte, waren erneut an die Oberfläche gelangt. Einige wollten in dem Unglück eine Neuauflage jener makabren Mordgeschichte sehen, ohne jedoch eine Erklärung dafür zu haben, dass diese sich schon in den zwanziger Jahren im Wald von Cravenmoore ereignet hatte.

Andere warteten lieber ab, bis weitere Einzelheiten über die genauen Umstände der Tragödie bekannt wurden. Doch bei allen Spekulationen kam kein Licht in die mögliche Todesursache. Die beiden Ausflügler, die die Leiche gefunden hatten, waren stundenlang auf dem Gendarmerieposten, um ihre Aussage zu machen, und zwei Gerichtsmediziner, so hieß es, seien auf dem Weg aus La Rochelle. Darüber hinaus war Hannahs Tod ein Mysterium.

Obwohl sie so schnell fuhr, wie sie nur konnte, erreichte Irene das Dorf erst, als die Sonne bereits vollständig hinter dem Horizont verschwunden war. Die Straßen waren verwaist, und die wenigen Gestalten, die unterwegs waren, gingen schweigend ihrer Wege wie herrenlose Schatten. Das Mädchen lehnte das Rad gegen eine alte Straßenlaterne, die den Anfang des Gässchens beleuchtete, in dem das Haus von Ismaels Onkel lag. Es war ein einfaches, bescheidenes Haus, eine Fischerkate an der Bucht. Der letzte Anstrich musste Jahrzehnte zurückliegen, und das warme Licht zweier Öllampen fiel auf eine vom salzigen Seewind zerfressene Fassade.

Mit Magenschmerzen näherte sich Irene der Haustür. Sie hatte Angst anzuklopfen. Mit welchem Recht wagte sie es, in einem solchen Moment den Schmerz einer Familie zu stören? Was dachte sie sich nur dabei?

Sie blieb unvermittelt stehen, unfähig, weiterzugehen oder umzukehren, wie festgenagelt zwischen ihren Bedenken und dem Bedürfnis, Ismael zu sehen, in einem Moment wie diesem bei ihm zu sein. In diesem Augenblick öffnete sich die Haustür, und der dickbäuchige, strenge Dorfarzt Doktor Giraud trat auf die Straße. Die hinter Brillengläsern hervorblitzenden Augen des Arztes entdeckten Irene in der Dunkelheit.

»Du bist doch die Tochter von Madame Sauvelle, stimmt's?«

Sie nickte.

»Wenn du zu Ismael willst, der ist nicht zu Hause«, erklärte Giraud. »Als er das von seiner Cousine erfahren hat, ist er in sein Boot gestiegen und davongesegelt.«

Der Arzt sah, wie das Gesicht des Mädchens blass wurde.

»Er ist ein guter Seemann. Er wird zurückkommen.«

Irene ging bis zum Ende der Mole. Vom Mond beschienen, zeichnete sich die einsame Silhouette der

Kyaneos im Dunst ab. Das Mädchen setzte sich auf den Damm und beobachtete, wie Ismael Kurs auf die Leuchtturminsel nahm. Nichts und niemand konnte ihn jetzt aus der selbstgewählten Einsamkeit retten. Irene wäre zu gerne in eines der Boote gestiegen und dem Jungen bis ans Ende seiner geheimen Welt gefolgt, doch sie wusste, dass jetzt jede Mühe vergebens war.

Sie spürte, wie die Nachricht mit voller Wucht in ihr Bewusstsein rückte, und ihre Augen füllten sich mit Tränen. Als die *Kyaneos* in der Dunkelheit verschwunden war, nahm sie das Fahrrad und machte sich auf den Heimweg.

Während sie die Strandstraße entlangfuhr, stellte sie sich vor, wie Ismael schweigend auf dem Leuchtturm saß, ganz allein mit sich. Sie erinnerte sich an die unzähligen Male, die sie selbst diese Reise in ihr eigenes Inneres unternommen hatte, und sie schwor sich, dass sie, was auch immer geschehen mochte, nicht zulassen würde, dass der Junge auf diesem Weg voller Schatten verlorenging.

Das Abendessen fiel kurz aus. Bei dieser schweigsamen Mahlzeit saß die Trauer mit am Tisch, während Simone und ihre beiden Kinder so taten, als brächten sie tatsächlich einen Bissen herunter, bevor sie sich in ihre Zimmer zurückzogen. Punkt elf war niemand mehr auf dem Korridor unterwegs, und im ganzen Haus brannte nur noch ein einziges Licht: Dorians Nachttischlämpchen.

Ein kühler Wind wehte durch das geöffnete Fenster ins Zimmer. Auf seinem Bett liegend, lauschte Dorian den unheimlichen Stimmen des Waldes, den Blick in der Dunkelheit verloren. Kurz vor Mitternacht löschte er das Licht und trat ans Fenster. Ein dunkles Blättermeer wogte im Wind. Dorian starrte auf das Gewimmel von Schatten, die in den Bäumen tanzten. Er konnte förmlich spüren, wie dieses Wesen durch die Dunkelheit streifte.

Jenseits des Waldes waren die gezackten Umrisse von Cravenmoore zu sehen und das golden erleuchtete Rechteck des letzten Fensters des Nordflügels. Plötzlich brach ein heller, flackernder Strahl durch die Blätter. Lichter im Wald. Eine Laterne oder eine Taschenlampe im Unterholz. Der Junge schluckte. Lichtblitze flammten auf und zogen im Inneren des Waldes ihre Kreise.

Eine Minute später schlich Dorian in einem dicken Pullover und seinen Lederstiefeln leise die Treppe hinunter und öffnete ganz vorsichtig die Verandatür. Die Nacht war kalt, und das Meer brüllte in der Dunkelheit am Fuß der Klippen. Er folgte mit den Augen dem silbrigen Band des Mondlichts, das sich zum Wald spannte. Mit einem Kribbeln im Magen dachte Dorian an die warme Sicherheit seines Zimmers. Er atmete tief durch.

Die Lichter bohrten sich wie weiße Nadeln durch den Nebel am Waldrand. Der Junge setzte einen Fuß vor den anderen, immer weiter. Bevor er sich versah, umfingen ihn die Schatten des Waldes, und das Haus am Kap erschien ihm weit weg, unendlich weit.

Keine Dunkelheit und keine Stille der Welt halfen Irene in dieser Nacht, Schlaf zu finden. Um Mitternacht gab sie schließlich auf und knipste das kleine Nachttischlämpchen an. Alma Maltisse' Tagebuch lag neben dem winzigen Medaillon, das ihr Vater ihr vor Jahren geschenkt hatte, ein kleiner silberner Engel. Irene nahm das Tagebuch zur Hand und schlug es erneut auf der ersten Seite auf.

Die feine, geschwungene Handschrift hieß sie willkommen. Das vergilbte, ockerfarbene Blatt erinnerte an ein Roggenfeld, das im Wind wogte. Während ihr Blick über die Zeilen glitt, machte sich Irene erneut auf die Reise in das geheime Gedächtnis der Alma Maltisse.

Schon als sie die erste Seite umblätterte, führte sie der Zauber der Worte weit weg. Sie hörte weder das Schlagen der Wellen noch den Wind im Wald. Sie war in einer anderen Welt …

… Heute Nacht hörte ich sie in der Bibliothek streiten. Er schrie ihn an, flehte ihn an, ihn in Ruhe zu lassen, das Haus für immer zu verlassen. Er sagte ihm,

er habe kein Recht dazu, das mit unserem Leben zu tun. Ich werde nie dieses wilde Gelächter vergessen, das wütende, rasende Heulen eines Tieres, das durch die Mauern drang. Das Geräusch Tausender Bücher, die aus den Regalen flogen, war im ganzen Haus zu hören. Sein Zorn wird immer größer. Seit ich diese Bestie aus ihrem Bann befreite, ist sie jeden Tag mächtiger geworden.

Er wacht jede Nacht am Fuß meines Bettes. Ich weiß, dass er Angst hat, der Schatten werde mich holen, wenn er mich nur einen Moment alleine lässt. Seit Tagen sagt er mir nicht, was ihm im Kopf herumgeht, aber das ist auch nicht nötig. Er hat seit Wochen nicht geschlafen. Jede Nacht besteht aus furchtbarem, endlosem Warten. Er stellt Hunderte von Kerzen überall im Haus auf, versucht jeden Winkel mit Licht zu füllen, um zu verhindern, dass der Schatten Zuflucht in der Dunkelheit sucht. Sein Gesicht ist in einem Monat um zehn Jahre gealtert.

Manchmal glaube ich, dass alles meine Schuld ist, dass der Fluch sich mit mir auflöste, wenn ich verschwände. Vielleicht ist es das, was ich tun sollte: Von hier fortgehen und mich der unvermeidlichen Begegnung mit dem Schatten stellen. Nur das würde uns Frieden bringen. Das Einzige, was mich von diesem Schritt abhält, ist die Tatsache, dass ich den Gedanken nicht ertrage, ihn zu verlassen. Ohne ihn hat nichts einen Sinn. Weder das Leben noch der Tod ...

Irene sah von dem Tagebuch auf. Das Labyrinth der Zweifel, in dem sich Alma Maltisse befand, kam ihr verstörend vor und zugleich beunruhigend nah. Es schien nur eine feine Linie zwischen Almas Schuldgefühl und ihrem Lebenswillen zu liegen, schmal wie die Schneide eines vergifteten Messers. Irene löschte das Licht. Das Bild ging ihr nicht aus dem Kopf. Ein vergiftetes Messer.

Dorian ging immer tiefer in den Wald, folgte den Lichtern, die er im Gebüsch aufblitzen sah, ein kurzes Aufscheinen, das von überall aus dem Dickicht kommen konnte. Die nebelfeuchten Blätter bildeten einen Fächer unerklärlicher Erscheinungen. Der Klang seiner eigenen Schritte kam ihm nun wie eine beängstigende Warnung vor. Schließlich atmete er tief durch und rief sich sein Vorhaben in Erinnerung: Er würde nicht eher von hier fortgehen, bis er herausgefunden hatte, was sich im Wald verbarg. Das war alles.

Der Junge blieb am Rand der Lichtung stehen, wo er tags zuvor die Fußspuren entdeckt hatte. Die Spur war nun verwischt und kaum noch zu erkennen. Er ging zu dem zerfetzten Baumstamm und betastete die Schrammen. In seiner Vorstellung machte sich der Gedanke an ein Wesen breit, das in rasender Geschwindigkeit die Bäume erklomm, wie eine Raubkatze direkt aus der Hölle. Zwei Sekunden später verriet ihm das erste Knacken hinter seinem Rücken, dass jemand – oder etwas – in der Nähe war.

Dorian verbarg sich im Gebüsch. Nadelspitze Zweige zerkratzten ihm die Haut. Er hielt den Atem an und betete, dass derjenige, der sich dort näherte, sein Herz nicht so laut pochen hörte wie er selbst in diesem Moment. Wenig später tasteten sich die flackernden Lichter, die er aus der Ferne gesehen hatte, durch das Unterholz und verwandelten den wabernden Nebel in einen rötlichen Brodem.

Auf der anderen Seite der Büsche waren Schritte zu hören. Der Junge schloss die Augen, während er zur Statue erstarrte. Die Schritte hielten inne. Dorian ging die Luft aus, aber wenn nötig, konnte er noch die nächsten zehn Jahre durchhalten, ohne zu atmen. Als er schließlich glaubte, seine Lungen würden platzen, schoben zwei Hände die Zweige des Gebüschs auseinander, hinter dem er sich versteckte. Seine Beine wurden zu Pudding. Das Licht einer Laterne blendete ihn. Nach einem Moment, der dem Jungen endlos vorkam, stellte der Unbekannte die Laterne auf den Boden und hockte sich vor ihm nieder. Ein vage vertrautes Gesicht leuchtete vor ihm auf, doch die Panik hinderte ihn daran, es zu erkennen. Der Unbekannte lächelte.

»Sieh an. Darf man erfahren, was du hier machst?«, fragte eine ruhige, freundliche Stimme.

Irgendwann begriff Dorian, dass der Mann dort

vor ihm schlicht und einfach Lazarus war. Erst jetzt atmete er auf.

Es dauerte eine gute Viertelstunde, bis das Zittern in Dorians Händen nachließ. Lazarus reichte ihm eine Schale heiße Schokolade und setzte sich ihm gegenüber. Lazarus hatte ihn zu dem Anbau neben der Spielzeugfabrik geführt. Dort hatte er in aller Ruhe zwei Tassen Schokolade zubereitet.

Beide schlürften laut und sahen sich über die Tassen hinweg an, bis Lazarus schließlich zu lachen begann.

»Du hast mir einen Riesenschreck eingejagt, mein Junge«, sagte er.

»Wenn es Sie tröstet: das war nichts im Vergleich zu dem Schreck, den Sie mir eingejagt haben«, setzte Dorian hinzu, während er spürte, wie die heiße Schokolade in seinem Magen ein warmes Gefühl der Ruhe verbreitete.

»Daran habe ich keinen Zweifel«, lachte Lazarus. »Jetzt sag mir, was du da draußen gemacht hast.«

»Ich habe Lichter gesehen.«

»Du hast meine Laterne gesehen. Und deshalb bist du nach draußen gegangen? Um Mitternacht? Hast du vergessen, was mit Hannah passiert ist?«

Dorian schluckte, und es kam ihm vor, als schluckte er eine großkalibrige Bleikugel.

»Nein, Monsieur.«

»Gut. Dann vergiss es nicht. Es ist gefährlich, im

Dunkeln hier herumzulaufen. Ich habe seit Tagen das Gefühl, dass sich jemand im Wald herumtreibt.«

»Haben Sie auch die Spuren gesehen?«

»Welche Spuren?«

Dorian erzählte ihm von seinen Ängsten und Befürchtungen bezüglich dieses seltsamen Wesens, das er im Wald vermutete. Anfangs glaubte er, er sei nicht dazu in der Lage, doch Lazarus flößte ihm die nötige Ruhe und das nötige Vertrauen ein, um seine Zunge zu lösen. Während der Junge erzählte, hörte Lazarus aufmerksam zu, doch bei den phantastischsten Details seiner Schilderung konnte er ein gewisses Erstaunen und auch das eine oder andere Lächeln nicht verbergen.

»Ein Schatten?«, fragte Lazarus plötzlich.

»Sie glauben kein Wort von dem, was ich gesagt habe«, stellte Dorian fest.

»Doch, doch. Ich glaube dir. Oder ich versuche dir zu glauben. Du musst verstehen, dass das, was du mir erzählst, ein wenig … sonderbar klingt«, sagte Lazarus.

»Aber Sie haben doch auch etwas gesehen. Deshalb sind Sie im Wald gewesen. Ist es nicht so?«

Lazarus lächelte.

»Ja. Ich hatte auch den Eindruck, etwas gesehen zu haben, aber ich kann es nicht so detailliert beschreiben wie du.«

Dorian trank seine Schokolade aus.

»Noch mehr?«, bot Lazarus an.

Der Junge nickte. Die Gesellschaft des Spielzeugfabrikanten war ihm angenehm. Mitten in der Nacht bei einer Tasse Schokolade mit ihm zusammenzusitzen erschien ihm aufregend und lehrreich.

Als er einen Blick in die Werkstatt warf, in der sie sich befanden, bemerkte Dorian auf einer der Werkbänke eine riesige Figur mit weit ausgebreiteten Armen, die unter einem Tuch verborgen war.

»Arbeiten Sie an etwas Neuem?«

Lazarus nickte bestätigend.

»Soll ich es dir zeigen?«

Dorians Augen wurden riesengroß. Eine Antwort war nicht nötig.

»Nun, du musst berücksichtigen, dass es eine unvollendete Arbeit ist …«, sagte der Mann, während er zu dem Tuch ging und eine Laterne hochhielt.

»Ist es ein Automat?«, wollte der Junge wissen.

»In gewisser Weise, ja. Eigentlich ist es ein ziemlich außergewöhnliches Stück, wie ich finde. Die Idee ging mir seit Jahren durch den Kopf. Es war ein Junge ungefähr in deinem Alter, der mich vor langer Zeit darauf gebracht hat.«

»Ein Freund von Ihnen?«

Lazarus lächelte wehmütig.

»Bereit?«, fragte er.

Dorian nickte lebhaft mit dem Kopf. Lazarus zog

das Tuch weg, das die Gestalt verhüllte … und der Junge wich erschreckt einen Schritt zurück.

»Es ist nur eine Maschine, Dorian. Du brauchst keine Angst zu haben.«

Dorian betrachtete die wuchtige Figur. Lazarus hatte einen Engel aus Metall gebaut, einen Koloss von fast zwei Metern Höhe mit zwei gewaltigen Schwingen. Das aus Stahl getriebene Gesicht glänzte unter einer Kapuze hervor. Die riesigen Hände hätten seinen Kopf mit einer Faust umfassen können.

Lazarus drückte eine Feder im Nacken des Engels, und das mechanische Geschöpf öffnete die Augen, zwei Rubine, die leuchteten wie glühende Kohlen. Sie sahen ihn an. Ihn.

Dorian spürte, wie sich sein Magen verkrampfte.

»Bitte, stellen Sie ihn ab …«, bat er.

Lazarus bemerkte den angsterfüllten Blick des Jungen und deckte den Automaten rasch wieder zu.

Dorian seufzte erleichtert auf, als der dämonische Engel nicht mehr zu sehen war.

»Es tut mir leid«, sagte Lazarus. »Ich hätte ihn dir nicht zeigen sollen. Es ist nur eine Maschine, Dorian. Metall. Lass dich nicht von seinem Aussehen erschrecken. Es ist nur ein Spielzeug.«

Der Junge nickte ohne jede Überzeugung.

Lazarus schenkte ihm rasch eine weitere Tasse dampfender Schokolade ein. Dorian schlürfte geräuschvoll die dicke, stärkende Flüssigkeit unter dem aufmerksamen Blick des Spielzeugfabrikanten. Als er die Tasse halb ausgetrunken hatte, sah er Lazarus an, und die beiden tauschten ein Lächeln.

»War ein ordentlicher Schreck, was?«, fragte der Mann.

Der Junge lachte unsicher.

»Sie müssen mich für einen Angsthasen halten.«

»Im Gegenteil. Nur wenige würden sich trauen, da draußen im Wald herumzulaufen, nach dem, was mit Hannah passiert ist.«

»Was, glauben Sie, ist denn passiert?«

Lazarus zuckte mit den Schultern.

»Schwer zu sagen. Vermutlich müssen wir abwarten, bis die Polizei ihre Untersuchungen abgeschlossen hat.«

»Ja, aber …«

»Aber was?«

»Und wenn wirklich etwas im Wald ist?«, fragte Dorian.

»Der Schatten?«

Dorian nickte ernst.

»Hast du schon einmal von *Doppelgängern* gehört?«, fragte Lazarus.

Der Junge schüttelte den Kopf. Lazarus beobachtete ihn unauffällig.

»Es ist ein deutscher Begriff«, erklärte er. »Er wird verwendet, um den Schatten einer Person zu beschreiben, der sich aus irgendeinem Grund von seinem Besitzer gelöst hat. Willst du eine merkwürdige Geschichte hören?«

»Gerne …«

Lazarus machte es sich dem Jungen gegenüber in einem Sessel bequem und zog eine dicke Zigarre hervor. Dorian wusste aus dem Kino, dass diese Art Torpedo den Namen *Havanna* trug und, obwohl sie ein Vermögen kostete, einen beißenden, durchdringenden Gestank verbreitete. Nach Greta Garbo war Groucho Marx sein Held der Sonntagnachmittagsvorstellungen. Die einfachen Leute im Dorf mussten sich damit zufriedengeben, den Rauch aus zweiter Hand zu schnuppern. Lazarus betrachtete die Zigarre und steckte sie unangezündet wieder weg, um dann mit seiner Erzählung zu beginnen.

»Also gut. Die Geschichte hat mir vor langer Zeit ein Kollege erzählt. Wir schreiben das Jahr 1915. Wir befinden uns in Berlin …

Von allen Uhrmachern in Berlin war keiner mit so viel Hingabe bei der Arbeit und strebte so sehr nach Vollkommenheit wie Hermann Blöcklin. In seiner Besessenheit, die präzisesten Uhrwerke zu schaffen, hatte er sogar eine Theorie über das Verhältnis zwischen der Zeit und der Geschwindigkeit entwickelt, mit der sich das Licht im Universum fortbewegt. Blöcklin lebte umgeben von Uhren im Hinterzimmer seiner Werkstatt in der Henrichstraße. Er war ein einsamer Mann. Er hatte keine Familie. Er hatte keine Freunde.

Seine einzige Gesellschaft war ein alter Kater, Salman, der stundenlang reglos neben ihm lag, während Blöcklin Stunden und Tage mit seiner Wissenschaft in der Werkstatt zubrachte. Im Laufe der Jahre wurde aus Interesse Besessenheit. Es kam nicht selten vor, dass er seinen Laden tagelang zusperrte. Tage, an denen er vierundzwanzig Stunden ohne Pause an seinem größten Vorhaben arbeitete: der perfekten Uhr, dem universellen Zeitmessgerät.

An einem solchen Tag, als seit zwei Wochen ein eisiger Schneesturm über Berlin tobte, erhielt der Uhrmacher Besuch von einem sonderbaren Kunden, einem vornehmen Herrn namens Andreas Corelli. Corelli trug einen teuren, blütenweißen Anzug, und seine langen, seidig glänzenden Haare waren silbergrau. Seine Augen waren hinter schwarzen Brillengläsern verborgen. Blöcklin wies ihn darauf hin, dass der Laden für Kundschaft geschlossen sei, doch Corelli ließ nicht locker, sondern erzählte, er sei von weit her angereist, nur um ihn aufzusuchen. Er erklärte ihm, er sei über seine technischen Errungenschaften auf dem Laufenden, und beschrieb diese sogar detailliert, was den Uhrmacher außerordentlich aufregte, war er doch überzeugt, dass seine Entdeckungen bis dahin ein Geheimnis für die Welt waren.

Corellis Ansinnen war nicht weniger sonderbar. Blöcklin sollte ihm eine Uhr machen, jedoch eine besondere Uhr. Ihre Zeiger sollten sich entgegen der üblichen Richtung bewegen. Der Grund für diesen Auftrag sei, dass Corelli an einer tödlichen Krankheit leide, die ihm nur noch wenige Monate zu leben lasse. Aus diesem Grund wolle er eine Uhr haben, die die Stunden, Minuten und Sekunden zähle, die ihm noch blieben.

Dieses außergewöhnliche Ansinnen war von einem mehr als großzügigen finanziellen Angebot begleitet. Darüber hinaus garantierte Corelli ihm ausreichend Geldmittel, um seine Forschungen lebenslänglich bezahlen zu können. Als Gegenleistung müsse er lediglich einige Wochen auf den Bau dieses Uhrwerks verwenden.

Keine Frage, dass Blöcklin auf den Handel einging. Es vergingen zwei Wochen intensiver Arbeit in seiner Werkstatt. Blöcklin war ganz in seine Aufgabe vertieft, als Tage später erneut Andreas Corelli an seine Tür klopfte. Die Uhr war fertig. Corelli begutachtete sie lächelnd, und nachdem er die Arbeit des Uhrmachers gelobt hatte, sagte er, dieser habe seinen Lohn mehr als verdient. Blöcklin bekannte erschöpft, dass er seine ganze Seele in diesen Auftrag gesteckt habe. Corelli nickte. Dann zog er die Uhr auf und setzte ihren Mechanismus in Gang. Er überreichte Blöcklin einen Beutel mit Goldmünzen und verabschiedete sich.

Außer sich vor Freude und Gier, zählte der Uhrmacher gerade seine Goldmünzen, als sein Blick auf sein Abbild im Spiegel fiel. Er sah älter aus, abgezehrt. Er hatte zu viel gearbeitet. Mit dem Entschluss, sich einige Tage freizunehmen, legte er sich schlafen.

Am nächsten Morgen schien eine strahlende Sonne durchs Fenster. Noch müde, stand Blöcklin auf, um sich das Gesicht zu waschen, und betrachtete erneut sein Spiegelbild. Doch diesmal lief es ihm kalt den Rücken hinunter. Als er sich am Abend zuvor schlafen gelegt hatte, war sein Gesicht das eines einundvierzigjährigen Mannes gewesen, müde und erschöpft zwar, aber noch jugendlich. An diesem Tag nun sah er sich dem Abbild eines Mannes um die sechzig gegenüber. Erschrocken ging er in den Park, um frische Luft zu schnappen. Als er in den Laden zurückkehrte, nahm er erneut sein Äußeres in Augenschein. Aus dem Spiegel blickte ihm ein Greis entgegen. Von Panik gepackt, stürzte er auf die Straße und stieß mit einem Nachbarn zusammen, der ihn fragte, ob er den Uhrmacher Blöcklin gesehen habe. Hysterisch rannte Hermann davon.

Diese Nacht verbrachte er in Gesellschaft von Kriminellen und zweifelhaften Gestalten in einem Winkel einer elenden Kaschemme. Lieber das, als alleine zu sein. Er fühlte, wie seine Haut mit jeder Minute runzliger wurde. Seine Knochen kamen ihm brüchig vor. Sein Atem ging schwer.

Es ging auf Mitternacht zu, als ihn ein Unbekannter fragte, ob er sich zu ihm setzen dürfe. Blöcklin sah ihn an. Es war ein junger, gutaussehender Mann von knapp zwanzig Jahren. Sein Gesicht kam ihm fremd vor, bis auf die dunkle Brille, die seine Augen verbarg. Blöcklin spürte, wie ihm das Herz stehenblieb. Corelli …

Andreas Corelli setzte sich ihm gegenüber und zog die Uhr hervor, die Blöcklin Tage zuvor angefertigt hatte. Verzweifelt fragte der Uhrmacher, was das für ein seltsames Phänomen sei, unter dem er leide. Weshalb nur altere er in Sekundenschnelle? Corelli zeigte ihm die Uhr. Die Zeiger drehten sich langsam gegen den Uhrzeigersinn. Corelli erinnerte ihn an seine Worte, dass er seine ganze Seele in diese Uhr gesteckt habe. Aus diesem Grund alterten sein Körper und seine Seele mit jeder Minute, die verstreiche.

Außer sich vor Angst, flehte Blöcklin ihn um Hilfe an. Er sei bereit, alles zu tun, auf alles zu verzichten, wenn er nur seine Jugend und seine Seele wiederbekäme. Corelli lächelte ihn an und fragte, ob er sich da sicher sei. Der Uhrmacher beteuerte noch einmal: zu allem sei er bereit.

Daraufhin willigte Corelli ein, ihm die Uhr und damit seine Seele zurückzugeben, wenn er dafür etwas bekomme, das Blöcklin im Grunde von keinerlei Nutzen sei: seinen Schatten. Überrascht fragte der Uhrmacher, ob das der ganze Preis sei, den er zu zahlen habe: ein Schatten. Corelli bejahte, und Blöcklin ging auf den Handel ein.

Der seltsame Kunde zog einen Glasflakon hervor, öffnete den Verschluss und stellte ihn auf den Tisch. In der nächsten Sekunde sah Blöcklin, wie sein Schatten in dem Flakon verschwand wie ein Wirbel aus Gas. Corelli verschloss die Flasche, und nachdem er sich von Blöcklin verabschiedet hatte, verschwand er in der Nacht. Kaum hatte er die Tür der Kneipe durchschritten, als die Zeiger der Uhr, die Blöcklin in den Händen hielt, ihre Richtung änderten.

Als Blöcklin im Morgengrauen nach Hause kam, war sein Gesicht wieder das eines jungen Mannes. Der Uhrmacher atmete erleichtert auf. Doch es wartete noch eine weitere Überraschung auf ihn. Salman, sein Kater, war nirgendwo zu sehen. Er suchte ihn in der ganzen Wohnung, und als er ihn schließlich fand, packte ihn das kalte Grausen. Das Tier baumelte an einer Lampe in der Werkstatt, ein Kabel um den Hals. Seine Werkbank war umgestoßen und sein Werkzeug im ganzen Raum verstreut. Man hätte meinen können, ein Tornado sei durch das Zimmer gefegt. Alles war zerstört. Doch da war noch etwas: Zeichen an den Wänden. Jemand hatte ungelenk ein unverständliches Wort auf die Wände gekritzelt:

Nilkcölb

Der Uhrmacher betrachtete lange diese Schmiererei, aber es dauerte, bis er ihren Sinn verstand. Es war sein eigener Name, nur rückwärts. Nilkcölb. Blöcklin. Eine Stimme raunte hinter seinem Rücken, und als Blöcklin sich umdrehte, stand er einem dunklen Abbild seiner selbst gegenüber, einem teuflischen Trugbild seines eigenen Gesichts.

Da begriff der Uhrmacher. Es war sein Schatten, der ihn beobachtete. Sein eigener Schatten, der ihn herausfordernd anstarrte. Er versuchte ihn festzuhalten, doch der Schatten lachte keckernd wie eine Hyäne und huschte über die Wände. Entsetzt sah Blöcklin, wie der Schatten ein langes Messer ergriff und durch die Tür floh, bevor er in der Dunkelheit verschwand.

Das erste Verbrechen in der Henrichstraße ereignete sich noch in dieser Nacht. Mehrere Zeugen sagten aus, gesehen zu haben, wie der Uhrmacher Blöcklin kaltblütig einen Soldaten erstochen habe, der in den frühen Morgenstunden die Straße entlanggegangen sei. Die Polizei nahm ihn fest und unterzog ihn einem langen Verhör. In der folgenden Nacht ereigneten sich zwei weitere Todesfälle, während Blöcklin unter Bewachung in seiner Zelle saß. Die Leute begannen über einen geheimnisvollen Mörder zu sprechen, der sich in der Dunkelheit der Berliner Nacht bewege. Blöcklin versuchte den Beamten zu erklären, was da vor sich ging, doch niemand wollte ihm zuhören. Die Zeitungen spekulierten über die Möglichkeit, dass ein Mörder Nacht für Nacht auf rätselhafte Weise aus seiner Hochsicherheitszelle entwich, um die abscheulichsten Verbrechen zu begehen, an die sich Berlin erinnern konnte.

Der Terror des Schattens von Berlin dauerte genau fünfundzwanzig Tage. Das Ende dieses sonderbaren Falls kam genauso unerwartet und unerklärlich, wie er begonnen hatte. In der Nacht des 12. Januar 1916 drang Hermann Blöcklins Schatten in das düstere Gefängnis der Kriminalpolizei ein. Ein Beamter, der vor der Zelle Wache hielt, schwor, er habe Blöcklin mit einem Schatten kämpfen gesehen, und irgendwann während des Gerangels habe der Uhrmacher auf den Schatten eingestochen. Am Morgen fand die Wachablösung Blöcklin tot in seiner Zelle, eine Wunde klaffte in seinem Herzen.

Einige Tage später erbot sich ein Unbekannter namens Andreas Corelli, sämtliche Kosten für Blöcklins Beerdigung in einem Gemeinschaftsgrab auf einem Berliner Friedhof zu übernehmen. Außer dem Bestatter und einer sonderbaren Gestalt, die eine dunkle Brille trug, nahm niemand an der Trauerfeier teil.

Die Mordfälle aus der Henrichstraße liegen immer noch ungelöst in den Akten der Berliner Polizei …«

»Puh …«, flüsterte Dorian, als Lazarus zu Ende erzählt hatte. »Und das ist wirklich passiert?«

Der Spielzeugfabrikant lächelte.

»Nein. Aber ich wusste, dass dir die Geschichte gefallen würde.«

Dorian versenkte den Blick in seine Tasse. Er begriff, dass sich Lazarus diese Geschichte nur ausgedacht hatte, um ihn die Angst vor dem mechanischen Engel vergessen zu lassen. Ein guter Trick, aber eben ein Trick. Lazarus klopfte ihm sportlich auf die Schulter.

»Ich finde, es ist ein bisschen spät geworden, um Detektiv zu spielen«, bemerkte er. »Komm, ich begleite dich nach Hause.«

»Versprechen Sie mir, meiner Mutter nichts zu sagen?«, bat Dorian.

»Nur wenn du mir versprichst, nicht mehr alleine bei Nacht durch den Wald zu spazieren, solange nicht geklärt ist, was mit Hannah passiert ist.«

Die beiden sahen sich in die Augen.

»Abgemacht«, willigte der Junge ein.

Lazarus streckte ihm die Hand entgegen wie ein richtiger Geschäftsmann. Dann ging der Spielzeugfabrikant mit einem geheimnisvollen Lächeln zu einem Schrank und nahm ein Holzkästchen heraus. Er reichte es Dorian.

»Was ist das?«, fragte der Junge neugierig.

»Geheimnis. Öffne es.«

Dorian klappte das Kästchen auf. Im Licht der Lampen kam eine silberne Figur von der Größe seiner Handfläche zum Vorschein. Dorian sah Lazarus staunend an. Der Spielzeugfabrikant lächelte.

»Komm, ich zeige dir, wie sie funktioniert.«

Lazarus nahm die Figur und stellte sie auf den Tisch. Auf Knopfdruck entfaltete die Figur ihre Flügel und verriet ihre wahre Natur. Ein Engel. Genau wie der, den er zuvor gesehen hatte, maßstabsgetreu.

»In dieser Größe macht er dir keine Angst, oder?«

Dorian schüttelte begeistert den Kopf.

»Dann soll er dein Schutzengel sein. Um dich vor dunklen Schatten zu beschützen …«

Lazarus begleitete Dorian durch den Wald bis zum Haus am Kap, während er ihm von den Geheimnissen und der Funktionsweise von Automaten und mechanischen Objekten erzählte, die Dorian in ihrer Vertracktheit und ihrem Einfallsreichtum an Magie zu grenzen schienen. Lazarus schien alles zu wissen und hatte selbst auf die gewieftesten und hintergründigsten Fragen eine Antwort. Man bekam ihn einfach nicht zu packen. Als sie die andere Seite des Waldes erreicht hatten, war Dorian fasziniert und stolz auf seinen neuen Freund.

»Denk an unsere Abmachung, ja?«, flüsterte Lazarus. »Keine nächtlichen Ausflüge mehr.«

Dorian schüttelte den Kopf und ging zum Haus. Der Spielzeugfabrikant wartete draußen und ging nicht eher, bis der Junge in seinem Zimmer war und ihm vom Fenster aus zuwinkte. Lazarus winkte zurück und verschwand dann wieder in der Dunkelheit des Waldes.

Als Dorian im Bett lag, hatte er immer noch ein Lächeln auf dem Gesicht. All seine Sorgen und Ängste schienen sich in Luft aufgelöst zu haben. Beschwingt öffnete der Junge das Kästchen und nahm den mechanischen Engel heraus, den Lazarus ihm geschenkt hatte. Es war eine perfekte Arbeit von außergewöhnlicher Schönheit. Der komplizierte Mechanismus verriet eine geheimnisvolle, fesselnde Wissenschaft. Dorian stellte die Figur auf den Fußboden vor seinem Bett und löschte das Licht. Lazarus war ein Genie. Das war das richtige Wort. Dorian hatte es Hunderte Male gehört und war jedes Mal erstaunt, dass es so oft verwendet wurde, wo es doch in Wahrheit in keinem der Fälle auf den so Bezeichneten passte. Am Ende hatte er doch ein wahres Genie kennengelernt. Und außerdem war er sein Freund.

Die Begeisterung machte einer unüberwindlichen Schläfrigkeit Platz. Dorian überließ sich der Müdigkeit, und seine Gedanken trieben einem Abenteuer entgegen, in dem er als Lazarus' Nachfolger eine Maschine erfand, die Schatten fing und die Welt von einer finsteren, verbrecherischen Vereinigung befreite.

Dorian schlief schon, als die Figur ohne jede Vorankündigung langsam ihre Flügel auszubreiten begann. Der metallene Engel wackelte mit dem Kopf und hob einen Arm. Seine schwarzen Augen glänzten in der Dunkelheit wie zwei Tränen aus Obsidian.

8. Inkognito

Drei Tage vergingen, ohne dass Irene etwas von Ismael hörte. Im Dorf war keine Spur von dem Jungen zu sehen, und sein Segelboot lag nicht an der Mole. Eine Sturmfront fegte über die Küste der Normandie hinweg und breitete ein aschgraues Tuch über die Bucht, das sich fast eine Woche halten sollte.

Die Straßen des Dorfes lagen schläfrig unterm Nieselregen, als Hannah ihre letzte Reise auf den kleinen Friedhof antrat, der auf einer Anhöhe nordöstlich von Baie Bleue lag. Die Prozession hielt am Tor des Gottesackers, denn auf ausdrücklichen Wunsch der Familie fand die Aussegnung im engsten Kreis statt, während die Leute aus dem Dorf schweigend durch den Regen zu ihren Häusern zurückgingen, überschattet von der Erinnerung an das Mädchen.

Lazarus erbot sich, Simone und ihre Kinder zum Haus am Kap zurückzufahren, als sich die Trauergemeinde auflöste wie eine Nebelbank im Morgengrauen. In diesem Moment entdeckte Irene die einsame Gestalt von Ismael auf der obersten Spitze der Klippen, die den Friedhof begrenzten. Er sah auf das bleierne Meer hinaus. Ein kurzer Blickwechsel zwischen ihr und ihrer Mutter genügte. Simone nickte und ließ sie gehen. Wenig später fuhr Lazarus' Wagen über die Straße an der Kapelle Saint Roland davon, und Irene stieg den Pfad hinauf, der zu den Klippen führte.

Am Horizont war ein Wetterleuchten über dem Meer zu sehen, Vorhänge aus Licht flammten zwischen den Wolken auf, die an Panzer aus weißglühendem Stahl erinnerten. Das Mädchen fand Ismael auf einem Felsen sitzend, den Blick auf dem Ozean verloren. In der Ferne versanken die Leuchtturminsel und das Kap im Nebel.

Auf dem Rückweg ins Dorf erzählte Ismael Irene ganz unvermittelt, wo er in den letzten drei Tagen gesteckt hatte. Der Junge begann mit dem Moment, als er die Nachricht erhalten hatte.

Er war mit der *Kyaneos* zur Leuchtturminsel aufgebrochen, um vor seinen Gefühlen zu fliehen, vor denen es kein Entrinnen zu geben schien. In den folgenden Stunden bis zum Morgengrauen gelang es ihm, einen klaren Kopf zu bekommen und seine Aufmerksamkeit auf ein neues Ziel zu richten: dem Verantwortlichen für dieses Unglück die Maske vom Gesicht zu reißen und ihn für seine Tat bezahlen zu lassen. Der Drang nach Rache schien das einzige Gegenmittel zu sein, das den Schmerz zu lindern vermochte.

Die Erklärungen der Gendarmerie stellten ihn absolut nicht zufrieden. Die Geheimniskrämerei, mit der die örtlichen Behörden den Fall behandelten, kam ihm zumindest verdächtig vor. Irgendwann, bevor der nächste Morgen anbrach, hatte Ismael bereits beschlossen, seine eigenen Nachforschungen anzustellen. Um jeden Preis. Von nun an galten keine Regeln mehr. Noch in derselben Nacht schlich er sich in das provisorische forensische Labor von Doktor Giraud ein. Mit Hilfe seines Muts und einer Zange überwand er Vorhängeschlösser und alles, was sich ihm in den Weg stellte.

Halb staunend, halb ungläubig hörte Irene zu, wie sich Ismael in die unheimlichen Räumlichkeiten eingeschlichen und gewartet hatte, bis Giraud verschwand, um dann im Formalinnebel und einem gespenstischen Zwielicht die Archive des Arztes eingehend nach Hannahs Akte zu durchsuchen.

Woher er die Kaltblütigkeit für diesen Coup genommen hatte, blieb unklar, aber offenbar hatte er sich nicht von den beiden Leichen abschrecken lassen, die, mit Tüchern bedeckt, dort lagen. Es handelte sich um zwei Taucher, die das Pech gehabt hatten, in der Nacht zuvor in der Meerenge von La Rochelle in eine Unterwasserströmung zu geraten, als sie versucht hatten, die Ladung eines auf dem Riff aufgelaufenen Segelschiffes zu bergen.

Bleich wie eine Porzellanpuppe, hörte sich Irene die

schaurige Geschichte von vorne bis hinten an, auch, wie Ismael mit einem der Seziertische zusammengestoßen war. Als die Erzählung des Jungen wieder im Freien anlangte, atmete sie erleichtert auf. Ismael hatte die Akte auf sein Boot mitgenommen und zwei Stunden lang versucht, sich durch den Dschungel von Doktor Girauds Wortgeklingel und Medizinerjargon zu kämpfen.

Irene schluckte.

»Wie ist sie gestorben?«, flüsterte sie.

Ismael sah ihr direkt in die Augen. In den seinen lag ein seltsames Glitzern.

»Sie wissen es nicht. Aber sie wissen, woran. Dem Bericht zufolge war die offizielle Todesursache ein Herzstillstand«, erklärte er. »In seiner abschließenden Analyse erklärt Doktor Giraud, dass Hannah seiner persönlichen Meinung nach im Wald etwas gesehen hat, das sie in Panik versetzte.«

Panik. Das Wort hallte in ihrem Kopf wider. Ihre Freundin Hannah war vor Angst gestorben, und was immer diese Angst ausgelöst hatte, befand sich noch im Wald.

»Es war am Sonntag, oder?«, sagte Irene. »Etwas muss an diesem Tag passiert sein ...«

Ismael nickte bedächtig. Es war offensichtlich, dass der Junge diesen Gedanken schon lange vor ihr gehabt hatte.

»Oder in der Nacht davor«, fügte er hinzu.

Irene warf ihm einen fragenden Blick zu.

»Hannah hat diese Nacht auf Cravenmoore verbracht. Am nächsten Tag war sie spurlos verschwunden. Bis man sie tot im Wald gefunden hat«, sagte der Junge.

»Was willst du damit sagen?«

»Ich war im Wald. Es gibt Spuren. Abgeknickte Äste. Es hat ein Kampf stattgefunden. Jemand hat Hannah vom Haus aus verfolgt.«

»Von Cravenmoore?«

Ismael nickte erneut.

»Wir müssen herausfinden, was in der Nacht vor ihrem Verschwinden passiert ist. Vielleicht erklärt das, wer oder was sie im Wald verfolgt hat.«

»Und wie sollen wir das anstellen? Ich meine, die Polizei …«, warf Irene ein.

»Ich weiß nur einen Weg.«

»Cravenmoore«, murmelte sie.

»Genau. Heute Nacht …«

Die untergehende Sonne brach rotglühend zwischen den Sturmwolken hervor, die am Horizont vorüberjagten. Während sich die Dunkelheit über die Bucht breitete, war eine aufklarende Stelle am Himmel zu sehen, durch die in einem nahezu vollkommenen Kreis das Licht des zunehmenden Mondes fiel. Sein silbriges Leuchten bahnte sich einen Weg in Irenes Zimmer. Das Mädchen sah kurz von Alma Maltisse'

Tagebuch auf und betrachtete den Himmelskörper, der ihr vom Firmament aus zulächelte. Noch vierundzwanzig Stunden, und seine Scheibe würde vollkommen sein. Der dritte Vollmond des Sommers. Die Nacht der Masken in der Blauen Bucht.

Doch in diesem Moment hatte der Mond eine andere Bedeutung für sie. In wenigen Minuten würde sie zu ihrem heimlichen Treffen mit Ismael am Waldrand gehen. Die Idee, durch die stockfinstere Nacht zu streifen und sich in die unergründlichen Tiefen von Cravenmoore zu wagen, erschien ihr nun unbesonnen. Oder vielmehr ziemlich dumm. Andererseits fühlte sie sich in diesem Augenblick genauso wenig in der Lage, Ismael zu enttäuschen, wie am Nachmittag, als er von seiner Absicht erzählt hatte, auf Lazarus Janns Anwesen nach Antworten auf Hannahs Tod zu suchen. Da das Mädchen seine Gedanken nicht ordnen konnte, nahm es erneut Alma Maltisse' Tagebuch zur Hand und flüchtete sich in seine Seiten.

… Seit drei Tagen habe ich nichts mehr von ihm gehört. Er ist überstürzt um Mitternacht aufgebrochen, überzeugt, dass der Schatten ihm folgen werde, wenn er von mir fortginge. Er wollte mir nicht sagen, wohin er geht, aber ich vermute, dass er auf der Leuchtturminsel Zuflucht gesucht hat. Er hat sich immer an diesen einsamen Ort zurückgezogen, um Frieden zu finden, und ich habe den Eindruck, dass er diesmal dorthin

zurückgekehrt ist, wie ein verängstigtes Kind, um sich seinem Albtraum zu stellen. Doch seine Abwesenheit lässt mich an allem zweifeln, was ich bisher geglaubt habe. Der Schatten ist in diesen drei Tagen nicht wiedergekommen. Ich habe mich in meinem Zimmer eingeschlossen, umgeben von Lampen, Kerzen und Öllichtern. Jeder Winkel des Raumes ist erleuchtet. Ich habe kaum geschlafen.

Während ich mitten in der Nacht diese Zeilen schreibe, kann ich von meinem Fenster aus die Leuchtturminsel im Nebel liegen sehen. Ein Licht leuchtet zwischen den Felsen auf. Ich weiß, das ist er, ganz allein, eingeschlossen in dem Kerker, zu dem er sich verurteilt hat. Ich kann keine Stunde länger hierbleiben. Wenn wir uns diesem Albtraum stellen müssen, dann will ich, dass wir es gemeinsam tun. Und wenn wir bei dem Versuch sterben sollen, dann werden wir auch das gemeinsam tun.

Es ist mir gleichgültig, ob mein Leben in diesem Irrsinn einen Tag länger oder kürzer dauert. Der Schatten wird uns keine Ruhe lassen. Eine weitere Woche wie diese ertrage ich nicht. Ich habe ein reines Gewissen, und ich habe meinen Frieden mit mir gemacht. Die Angst der ersten Tage ist Müdigkeit und Verzweiflung gewichen.

Morgen, wenn die Leute im Ort den Maskenball auf dem Dorfplatz feiern, werde ich im Hafen ein Boot nehmen und zu ihm fahren. Die Folgen sind mir egal.

Ich bin bereit, sie zu akzeptieren. Es genügt mir, an seiner Seite zu sein und ihm bis zum letzten Augenblick beizustehen.

Etwas in mir sagt mir, dass es vielleicht doch noch eine Möglichkeit für uns gibt, ein normales, glückliches, friedliches Leben zu führen. Mehr erhoffe ich mir nicht …

Irene wurde von einem winzigen Steinchen, das gegen ihr Fenster flog, aus der Lektüre gerissen. Sie klappte das Buch zu und sah nach draußen. Ismael wartete am Waldrand. Während sie eine dicke Strickjacke überzog, verschwand langsam der Mond hinter den Wolken.

Irene blieb oben an der Treppe stehen und betrachtete aufmerksam ihre Mutter. Simone war wieder einmal in ihrem Lieblingssessel vor dem großen Fenster eingeschlafen, das auf die Bucht hinausging. Ein Buch ruhte in ihrem Schoß, und die Lesebrille war ihr von der Nase gerutscht. Aus dem Radio in der Zimmerecke, dessen Holzgehäuse mit verspielten Jugendstilornamenten verziert war, drangen leise die unheimlichen Auftaktakkorde einer Kriminalgeschichte. Diese Deckung nutzend, schlich Irene auf Zehenspitzen an Simone vorbei und huschte in die Küche, die zum Hof des Hauses hinausführte. Die ganze Aktion dauerte kaum fünfzehn Sekunden.

Ismael erwartete sie draußen. Er trug eine schlichte

Lederjacke, Arbeitshose und Stiefel, die aussahen, als wäre jemand in ihnen ein halbes Dutzend Mal nach Konstantinopel und zurück gegangen. Die nächtliche Brise trieb kalten Nebel von der Bucht heran, der sich wie eine Girlande aus tanzenden Schatten über den Wald legte.

Irene knöpfte ihre Jacke bis oben hin zu und nickte Ismael, der sie aufmerksam ansah, stumm zu. Wortlos schlugen die beiden den Pfad zwischen den Bäumen ein. Verborgene Geräusche bevölkerten die Schatten des Waldes. Das Wispern der Blätter im Wind übertönte das Rauschen des Meeres, das sich an den Klippen brach. Irene ging hinter Ismael her durch den dichten Wald. Das Gesicht des Mondes ließ sich flüchtig zwischen den Wolken blicken, die über die Bucht dahinjagten und den Wald in ein gespenstisch flackerndes Helldunkel tauchten. Auf halber Strecke nahm Irene Ismaels Hand und ließ sie nicht mehr los, bis die Umrisse von Cravenmoore vor ihnen auftauchten.

Auf ein Zeichen des Jungen hin blieben sie hinter einem toten Baum stehen, in den einmal ein Blitz eingeschlagen hatte. Für Sekunden zerriss der Mond den samtenen Wolkenvorhang, und ein Lichtfleck huschte über die Fassade von Cravenmoore. Im Schlagschatten wurde jedes einzelne Relief und jede Kontur sichtbar, und es entstand das faszinierende Bild einer wundersamen, in der Tiefe eines verwunschenen Waldes verlorenen Kathedrale. Dann versank die flüchtige Vision in einem See aus Dunkelheit, und von goldenem Licht umrahmt, zeichnete sich die Silhouette von Lazarus Jann vor dem Hauptportal ab. Der Spielzeugfabrikant schloss die Tür hinter sich, ging langsam die Treppenstufen hinunter und schlug den Weg zum Waldrand ein.

»Das ist Lazarus. Er geht jede Nacht im Wald spazieren«, wisperte Irene.

Ismael nickte schweigend und hielt das Mädchen zurück, die Augen auf die Gestalt des Spielzeugfabrikanten gerichtet, der auf den Wald zukam, genau in ihre Richtung. Irene warf Ismael einen fragenden Blick zu. Der Junge seufzte und sah sich nervös um. Lazarus' Schritte wurden hörbar. Ismael packte Irene am Arm und zog sie ins Innere des toten Baumstamms.

»Da lang. Schnell!«, flüsterte er.

Im Innern des Baumstamms roch es feucht und modrig. Helligkeit fiel durch kleine Öffnungen im toten Holz und bildete eine unwirkliche Stufenleiter aus Licht, die in dem hohlen Baumstamm nach oben führte. Irene hatte ein flaues Gefühl im Magen. Zwei Meter über ihnen bemerkte sie eine Reihe winziger glänzender Punkte. Augen. Sie war kurz davor zu schreien. Ismaels Hand kam ihr zuvor. Der Junge presste sie fest an sich, um ihren Schrei zu ersticken.

»Das sind nur Fledermäuse! Sei still!«, flüsterte er

ihr zu, während sich Lazarus' Schritte an dem Baumstamm vorbei in Richtung Wald entfernten.

In weiser Voraussicht lockerte Ismael den Knebel vor Irenes Mund erst, als die Schritte des Herrn von Cravenmoore sich im Wald verloren. Die unsichtbaren Schwingen der Fledermäuse flatterten in der Dunkelheit. Irene spürte den Lufthauch auf ihrem Gesicht und nahm den beißenden Geruch der Tiere wahr.

»Ich dachte, du hast keine Angst vor Fledermäusen«, sagte Ismael. »Los, weiter.«

Irene folgte ihm durch den Park von Cravenmoore zum rückwärtigen Trakt des Hauses. Bei jedem Schritt sagte sich das Mädchen, dass niemand zu Hause war und das Gefühl, beobachtet zu werden, nur eine Sinnestäuschung sein konnte.

Sie erreichten den Flügel, der zu Lazarus' ehemaliger Spielzeugfabrik führte, und blieben vor einer Tür stehen, die zu einer Werkstatt oder einer Montagehalle zu gehören schien. Ismael zog ein Messer hervor und klappte es auseinander. Die Klinge blitzte in der Dunkelheit auf. Der Junge führte die Messerspitze in das Türschloss ein und ertastete vorsichtig den Schließmechanismus.

»Geh mal zur Seite. Ich brauche mehr Licht.«

Irene trat ein paar Schritte zurück und spähte in die Dunkelheit, die im Inneren der Spielzeugfabrik herrschte. Die Scheiben waren vom jahrelangen Leerstand wie beschlagen, und es war nahezu unmöglich zu erkennen, was sich auf der anderen Seite befand.

»Los, komm schon«, murmelte Ismael vor sich hin, während er das Schloss bearbeitete.

Irene sah ihm zu und brachte die innere Stimme zum Schweigen, die ihr zuzuflüstern begann, dass es keine gute Idee war, unbefugt in fremdes Eigentum einzudringen. Schließlich gab das Schloss mit einem leisen Klacken nach. Ein Lächeln huschte über Ismaels Gesicht. Die Tür öffnete sich ein paar Zentimeter.

»Das hätten wir«, sagte er, während er sie langsam aufstieß.

»Wir sollten uns beeilen«, bemerkte Irene. »Lazarus wird nicht lange wegbleiben.«

Ismael trat ein. Irene atmete tief durch und folgte ihm dann. Das Innere war in ein trübes Licht getaucht, in dem ein dichter Staubschleier hing. Der Geruch chemischer Mittel lag in der Luft. Ismael schloss die Tür hinter sich, und die beiden betraten eine Welt voller unergründlicher Schatten. Die Überreste von Lazarus Janns Spielzeugfabrik lagen in ewigen Schlaf versunken.

»Man sieht gar nichts«, wisperte Irene, während sie den Drang unterdrückte, diesen Ort so schnell wie möglich zu verlassen.

»Wir müssen warten, bis sich unsere Augen an die Dunkelheit gewöhnt haben. Es ist eine Sache von Sekunden«, erklärte Ismael nicht sehr überzeugt.

Die Sekunden verstrichen, doch der schwarze Vorhang, der über Lazarus' Fabrik lag, lichtete sich nicht. Irene versuchte, einen Weg auszumachen, dem sie folgen konnten, als ihr Blick auf eine große, reglose Gestalt fiel, die ein paar Meter weiter weg stand.

Vor Angst verkrampfte sich ihr Magen.

»Ismael, da ist jemand«, sagte das Mädchen, während es den Arm des Jungen umklammerte.

Ismael spähte in die Dunkelheit. Dort schwebte mit ausgebreiteten Armen eine Gestalt. Die Figur schwang langsam hin und her, wie ein Pendel, langes Haar fiel ihr über die Schultern. Mit zitternden Händen tastete der Junge in seiner Jackentasche und zog eine Streichholzschachtel hervor. Die Figur verharrte reglos, wie eine lebende Statue, bereit, sich auf sie zu stürzen, sobald er das Licht entzündete.

Ismael riss das Streichholz an, und die aufscheinende Flamme blendete sie für einen kurzen Augenblick. Irene klammerte sich fest an ihn.

Der Anblick, der sich ihnen Sekunden später bot, ließ ihre Knie weich werden. Eine eisige Kältewelle durchflutete Irene. Vor ihr baumelte im flackernden Licht der Flamme der Körper ihrer Mutter Simone mit ausgebreiteten Armen von der Decke.

»Mein Gott …«

Die Figur drehte sich langsam um sich selbst und gab den Blick auf die andere Seite ihres Gesichts frei. Drähte und Zahnräder blitzten im schwachen Licht auf. Das Gesicht war in zwei Hälften geteilt, und erst eine von ihnen war fertiggestellt.

»Es ist eine Maschine, einfach nur eine Maschine«, versuchte Ismael sie zu beruhigen.

Irene betrachtete das makabre Ebenbild von Simone. Ihre Gesichtszüge. Die Farbe ihrer Augen, ihrer Haare. Jedes Mal ihrer Haut, jede Linie ihres Gesichts war zu einer ausdruckslosen, schaurigen Maske nachgebildet.

»Was geht hier vor?«, fragte sie.

Ismael deutete auf eine Tür am anderen Ende der Werkstatt, die ins Haus zu führen schien.

»Da entlang«, sagte er und zog Irene von diesem Ort und der unheimlichen, in der Luft baumelnden Figur fort. Das Mädchen, das immer noch unter dem Eindruck dieser Erscheinung stand, folgte ihm verwirrt und verängstigt. Einen Augenblick später verlosch das Streichholz, das Ismael hielt, und um sie herum wurde es wieder dunkel.

Als sie zu der Tür kamen, die ins Innere von Cravenmoore führte, wuchs die dunkle Masse, die sich zu ihren Füßen ausgebreitet hatte, hinter ihnen in die Höhe wie eine schwarze Blume und kroch über die Wände. Der Schatten wanderte zu den Arbeitstischen der Werkstatt und glitt über das weiße Tuch, das den mechanischen Engel bedeckte, den Lazarus Dorian in der Nacht zuvor gezeigt hatte. Langsam kroch der Schatten unter die Falten des Tuches, und seine wabernde Masse drang durch die Ritzen der Metallkonstruktion.

Das schwarze Wesen verschwand vollständig im Inneren des Metallkörpers. Ein frostiger Hauch überzog die mechanische Figur und formte ein Spinnennetz aus Eis. Dann öffneten sich die Augen des Engels langsam in der Dunkelheit, zwei Rubine, die unter dem Tuch hervorglühten.

Die riesenhafte Gestalt richtete sich allmählich auf und breitete ihre Flügel aus. Schwerfällig stellte sie beide Füße auf den Boden. Ihre Klauen krallten sich in die Oberfläche des Holzes und hinterließen tiefe Scharten. Das seltsame bläuliche Licht, das in der Luft schwebte, erstickte die Rauchspirale, die von dem Streichholz aufstieg, das Ismael fallen gelassen hatte. Der Engel schritt darüber hinweg und verschwand in der Dunkelheit, Ismael und Irene auf den Fersen.

9. Die verwandelte Nacht

Der ferne Widerhall eines hartnäckigen Klopfens riss Simone aus einer Welt voller tanzender Bilder und Monde, die zu glühenden Silbermünzen verschmolzen. Das Geräusch drang erneut an ihre Ohren, und diesmal wurde Simone endgültig wach und begriff, dass die Müdigkeit stärker gewesen war als ihr Vorsatz, vor Mitternacht noch ein paar Kapitel zu lesen. Als sie ihre Lesebrille aufhob, hörte sie es wieder. Jemand klopfte leise an das Fenster, das zur Veranda hinausging. Simone stand auf und erkannte Lazarus' lächelndes Gesicht auf der anderen Seite der Scheibe. Sofort spürte sie, wie ihr das Blut in die Wangen schoss. Während sie die Tür öffnete, betrachtete sie sich im Spiegel im Vorraum. Ein Desaster.

»Guten Abend, Madame Sauvelle. Vielleicht komme ich ungelegen …«, sagte Lazarus.

»Überhaupt nicht. Ich … Ehrlich gesagt, habe ich gelesen und bin fest eingeschlafen.«

»Das heißt, Sie sollten das Buch wechseln«, bemerkte Lazarus.

»Vermutlich. Aber kommen Sie doch herein.«

»Ich möchte Ihnen nicht lästig fallen.«

»Reden Sie keinen Unsinn. Bitte, treten Sie näher.«

Lazarus nickte höflich und trat ins Haus. Seine Augen schweiften rasch durch den Raum.

»Das Haus war nie in einem besseren Zustand«, stellte er fest. »Gratuliere.«

»Das ist allein Irenes Verdienst. Sie ist die Dekorateurin in der Familie. Eine Tasse Tee? Kaffee?«

»Ein Tee wäre perfekt, aber …«

»Kein Wort mehr. Mir wird er auch guttun.«

Ihre Blicke begegneten sich für einen Moment. Lazarus lächelte freundlich. Simone senkte verwirrt den Blick und konzentrierte sich darauf, den Tee für sie beide zuzubereiten.

»Sie werden sich nach dem Grund meines Besuchs fragen«, begann der Spielzeugfabrikant.

In der Tat, dachte Simone bei sich.

»Ich mache jeden Abend einen kleinen Spaziergang durch den Wald bis zu den Klippen. Es hilft mir, mich zu entspannen«, hörte sie Lazarus sagen.

Es entstand eine Pause zwischen ihnen, während das Wasser im Teekessel summte.

»Haben Sie schon von dem jährlichen Maskenball in Baie Bleue gehört, Madame Sauvelle?«

»Am letzten Vollmond im August …«, rief Simone sich in Erinnerung.

»So ist es. Ich habe mich gefragt … Nun, Sie sollen wissen, dass mein Vorschlag Sie zu nichts verpflichtet, andernfalls würde ich es nicht wagen, ihn auszusprechen. Also, ich weiß nicht, ob ich mich verständlich mache ...«

Lazarus schien mit sich zu ringen wie ein nervöser Pennäler. Sie lächelte ihm aufmunternd zu.

»Ich habe mich gefragt, ob Sie wohl Lust hätten, mich dieses Jahr zu begleiten«, schloss der Mann schließlich.

Simone schluckte. Lazarus' Lächeln erstarb.

»Es tut mir leid. Ich hätte Sie nicht fragen sollen. Nehmen Sie meine Entschuldigung an ...«

»Mit oder ohne Zucker?«, warf Simone freundlich ein.

»Bitte?«

»Der Tee. Mit oder ohne Zucker?«

»Zwei Löffel.«

Simone nickte und rührte die beiden Löffel Zucker langsam um. Dann reichte sie Lazarus lächelnd die Tasse.

»Womöglich habe ich Sie beleidigt ...«

»Das haben Sie nicht. Ich bin es nur nicht mehr gewöhnt, dass mich jemand einlädt, mit ihm auszugehen. Aber ich würde gerne mit Ihnen zu diesem Ball gehen«, antwortete sie, überrascht über ihre eigene Entscheidung.

Auf Lazarus' Gesicht erschien ein strahlendes Lächeln. Für einen Augenblick fühlte sich Simone dreißig Jahre jünger. Es war ein zwiespältiges Gefühl, auf halbem Wege zwischen erhebend und lächerlich. Ein gefährlich berauschendes Gefühl. Ein Gefühl, das stärker war als Scham, Bedenken oder ein schlechtes Gewissen. Sie hatte vergessen, wie beflügelnd es war, zu spüren, dass sich jemand für sie interessierte.

Zehn Minuten später ging das Gespräch auf der Veranda des Hauses am Kap weiter. Die Öllampen, die an der Wand hingen, schaukelten im Seewind. Lazarus saß auf der hölzernen Brüstung und sah zu den Baumkronen des Waldes hinüber, die rauschten wie ein schwarzes, wogendes Meer.

Simone betrachtete das Gesicht des Spielzeugfabrikanten.

»Es freut mich zu hören, dass Sie sich in dem Haus wohl fühlen«, bemerkte Lazarus. »Wie leben sich Ihre Kinder in der Blauen Bucht ein?«

»Ich kann nicht klagen. Im Gegenteil. Irene scheint schon mit einem Jungen aus dem Dorf angebandelt zu haben. Einem gewissen Ismael. Kennen Sie ihn?«

»Ismael … Ja, natürlich. Ein anständiger Junge, scheint mir«, sagte Lazarus zurückhaltend.

»Das hoffe ich. Offen gestanden warte ich noch darauf, dass sie ihn mir vorstellt.«

»So sind die jungen Leute. Man muss sich in sie hineinversetzen …«, warf Lazarus ein.

»Wahrscheinlich mache ich mich wie alle Mütter lächerlich, indem ich meine fast fünfzehnjährige Tochter überbehüte.«

»Das ist doch nur natürlich.«

»Ich weiß nicht, ob sie das genauso sieht.«

Lazarus lächelte, sagte aber nichts.

»Was wissen Sie über ihn?«, fragte Simone.

»Über Ismael? Nun ja, nicht sehr viel«, begann er. »Fest steht, dass er ein guter Seemann ist. Ich halte ihn für einen in sich gekehrten jungen Mann, der sich nicht leicht damit tut, Freunde zu finden. Ehrlich gesagt, kenne ich mich im Dorfleben auch nicht besonders gut aus … Aber ich glaube nicht, dass Sie sich Sorgen machen müssen.«

Das Stimmengemurmel stieg in unregelmäßigen Spiralen zu seinem Fenster herauf wie der Rauch einer schlecht ausgedrückten Zigarette. Es zu ignorieren war unmöglich. Das Rauschen des Meeres übertönte kaum die Worte von Lazarus und seiner Mutter dort unten auf der Veranda, obwohl sich Dorian für einen Moment wünschte, dass es so wäre und er diese Unterhaltung niemals mit angehört hätte. Da war etwas in jedem Satz, in jeder Betonung, das ihn beunruhigte. Etwas Unbestimmbares, Unsichtbares, das jede Wendung des Gesprächs zu durchdringen schien.

Womöglich war es einfach die Vorstellung, seine Mutter vergnügt mit einem Mann plaudern zu hören, der nicht sein Vater war, selbst wenn es sich bei diesem Mann um Lazarus handelte, den Dorian als Freund betrachtete. Vielleicht war es diese Vertrautheit, die jedes Wort zwischen den beiden zu durchtränken schien. Vielleicht, sagte sich Dorian schließlich, war es nur Eifersucht und der dumme, trotzige Anspruch, dass seine Mutter nie wieder Freude an einem Gespräch mit einem anderen erwachsenen Mann empfinden dürfe. Und das war ziemlich egoistisch. Egoistisch und ungerecht. Schließlich war Simone nicht nur seine Mutter, sondern eine Frau aus Fleisch und Blut, die sich vermutlich Freunde wünschte und andere Gesellschaft als nur die ihrer Kinder. Das konnte man in jedem Buch lesen, das etwas auf sich hielt. Dorian ging das Ganze noch einmal theoretisch durch. Auf dieser Ebene erschien ihm alles bestens. In der Praxis allerdings sah das ganz anders aus.

Ohne das Licht in seinem Zimmer anzumachen, trat Dorian vorsichtig ans Fenster und warf einen flüchtigen Blick auf die Terrasse. »Ein Egoist, und darüber hinaus auch noch ein Spion«, schien eine Stimme in seinem Inneren zu flüstern. Aus seinem bequemen Versteck in der Dunkelheit sah Dorian den Schatten seiner Mutter, der auf die Veranda fiel. Lazarus stand schwarz und reglos daneben und blickte aufs Meer hinaus. Dorian schluckte. Der Wind bewegte die Vorhänge, hinter denen er sich verbarg, und der Junge trat instinktiv einen Schritt zurück. Die Stimme seiner Mutter formte einige unverständliche Wörter. Es ging ihn nichts an, beschloss er, beschämt darüber, dass er heimlich spioniert hatte.

Der Junge wollte gerade leise seinen Platz am Fenster verlassen, als er aus dem Augenwinkel eine Bewegung im Zimmer wahrnahm. Dorian fuhr herum, während er spürte, wie sich ihm sämtliche Nackenhaare aufstellten. Das Zimmer lag im Dunkeln, nur durchzogen von schmalen, bläulichen Lichtstreifen, die durch die wehenden Vorhänge sickerten. Seine Hand tastete langsam über den Nachttisch, um nach dem Lichtschalter zu suchen. Das Holz war kalt. Erst nach einigen Sekunden fanden seine Finger den Knopf. Die Metallspirale im Inneren der Glühbirne flammte kurz auf und erlosch dann zischend. Das plötzliche Aufleuchten blendete ihn für einen Augenblick. Danach wurde die Dunkelheit noch finsterer, wie ein tiefer, schwarzer Brunnen.

»Die Glühbirne ist durchgebrannt«, sagte er sich. »Nichts Besonderes. Das Wolfram, aus dem der Glühfaden gemacht wird, hat eben nur eine begrenzte Lebensdauer.« Das hatte er in der Schule gelernt.

All diese beruhigenden Gedanken versagten, als Dorian erneut diese Bewegung in der Dunkelheit wahrnahm. Genauer gesagt war es die Dunkelheit selbst, die sich bewegte.

Es überlief ihn eiskalt, als er bemerkte, dass sich in der Schwärze vor ihm eine Gestalt herauszubilden schien. Der schwarze, dichte Schemen verharrte in der Zimmermitte. »Er beobachtet mich«, flüsterte die Stimme in seinem Inneren. Der Schatten schien in der Dunkelheit näher zu kommen, und Dorian stellte fest, dass es nicht der Boden war, der sich bewegte, sondern seine Knie, die beim Anblick dieser gespenstischen Gestalt, die Schritt für Schritt näher kam, vor lauter Angst schlotterten.

Dorian wich einige Schritte zurück, bis er in dem schwachen Lichtfleck stand, der durchs Fenster fiel. Der Schatten hielt an der Schwelle der Dunkelheit inne. Der Junge spürte, wie seine Zähne klapperten, aber er presste die Kiefer fest aufeinander und unterdrückte seinen Drang, die Augen zu schließen. Plötzlich schien jemand etwas zu sagen. Es dauerte einige Sekunden, bis er begriff, dass er selbst es war. Mit fester Stimme und ohne eine Spur von Angst.

»Verschwinde«, sagte er in die Dunkelheit hinein. »Verschwinde, habe ich gesagt.«

Ein furchterregendes Geräusch war zu hören, ein Geräusch, das wie das ferne Echo eines grausamen, bösartigen Lachens klang. Im gleichen Augenblick tauchten die Gesichtszüge des Schattens aus der Dunkelheit auf wie ein Spiegelbild auf tiefschwarzem Wasser. Düster. Dämonisch.

»Verschwinde«, hörte Dorian sich selbst sagen.

Die schwarze Nebelgestalt löste sich vor seinen Augen auf, und der Schatten bewegte sich rasend schnell wie eine Wolke aus glühendem Gas durch das Zimmer zur Tür. Dort verwandelte sich das Gebilde in eine schwebende Spirale, die von einer unsichtbaren Kraft durch das Schlüsselloch gesogen wurde wie ein Tornado aus dunkelster Schwärze.

Erst jetzt flammte die Glühbirne wieder auf und tauchte das Zimmer in warmes Licht. Der Junge schrie beinahe vor Schreck. Sein Blick schoss in jeden Winkel des Zimmers, doch nirgendwo war eine Spur der Erscheinung zu entdecken, die er Sekunden zuvor zu sehen geglaubt hatte.

Dorian atmete tief durch und ging zur Tür. Als er die Hand auf den Türgriff legte, war das Metall eiskalt. Entschlossen öffnete er die Tür und spähte in den dunklen Flur. Nichts.

Leise schloss er sie wieder und trat erneut ans Fenster. Unten auf der Veranda verabschiedete sich Lazarus von seiner Mutter. Bevor er sich auf den Weg machte, beugte sich der Spielzeugfabrikant hinunter und küsste sie auf die Wange. Es war ein kurzer Kuss, beinahe hingehaucht. Dorian spürte, wie sich sein Magen zur Größe einer Erbse zusammenkrampfte. In diesem Moment blickte der Mann aus der Dunkelheit zu ihm auf und lächelte ihm zu. Das Blut gefror ihm in den Adern.

Im Mondlicht ging der Spielzeugfabrikant langsam auf den Wald zu, doch sosehr Dorian sich auch bemühte, er konnte nicht sehen, wohin Lazarus' Schatten fiel. Kurz darauf verschluckte ihn die Dunkelheit.

Nachdem sie einem langen Korridor gefolgt waren, der die Spielzeugfabrik mit dem Wohnhaus verband, betraten Ismael und Irene das Innerste von Cravenmoore.

Unter dem Mantel der Nacht wirkte Lazarus' Anwesen wie ein Palast der Finsternis, dessen von unzähligen mechanischen Geschöpfen bevölkerte Galerien in alle Himmelsrichtungen in die Dunkelheit abzweigten. Die bunte Laterne, die über der spindelförmigen Treppe in der Mitte des Hauses hing, versprühte einen Regen aus roten, goldenen und blauen Lichtreflexen, die im Inneren von Cravenmoore zurückstrahlten wie aus einem Kaleidoskop entwichene Glasperlen.

Irene musste bei den erstarrten Figuren der Automaten und den ausdruckslosen Gesichtern entlang der Wände an einen unheimlichen Zauber denken, der die Seelen früherer Hausbewohner gefangen hielt. Ismael war da nüchterner und sah in ihnen lediglich den verworrenen, unergründlichen Geist ihres Schöpfers. Doch das beruhigte ihn keinesfalls; im Gegenteil, je weiter sie in Lazarus Janns Privatgemächer vordrangen, desto intensiver war die unsichtbare Gegenwart des Spielzeugfabrikanten zu spüren. Seine Persönlichkeit steckte in jedem kleinen Detail dieses barocken Baus, von den mit Fresken bemalten Decken, die Szenen aus bekannten Märchen zeigten, bis zu dem Boden, über den sie gingen, ein nicht enden wollendes Schachbrett, dessen hypnotisches Muster dem Auge in einem raffinierten optischen Effekt endlose Tiefe vortäuschte. Durch Cravenmoore zu streifen war, als wandelte man durch einen atemberaubenden und zugleich beängstigenden Traum.

Ismael blieb am Fuß der Treppe stehen und staunte, wie sie sich in die Höhe wand. Unterdessen bemerkte Irene, wie eines von Lazarus' mechanischen Uhrengesichtern in Form einer Sonne die Augen aufschlug und ihnen zulächelte. Als der Stundenzeiger auf Mitternacht wanderte, drehte sich die Scheibe um und an die Stelle der Sonne trat ein Mond, von dem ein gespenstisches Leuchten ausging. Die dunkel glänzenden Augen des Mondes wanderten langsam hin und her.

»Gehen wir rauf«, flüsterte Ismael. »Hannahs Zimmer war im zweiten oder dritten Stock.«

»Hier gibt es Dutzende von Zimmern, Ismael. Woher sollen wir wissen, welches ihres war?«

»Hannah hat mir mal erzählt, dass ihr Zimmer am Ende eines Korridors lag. Mit Blick auf die Bucht, glaube ich.«

Irene nickte, obwohl sie diese Erklärung nicht sehr erhellend fand. Der Junge schien von der Atmosphäre dieses Ortes genauso beeindruckt zu sein wie sie, aber das würde er in hundert Jahren nicht zugeben. Beide warfen einen letzten Blick auf die Uhr.

»Es ist schon Mitternacht. Lazarus wird bald zurück sein«, sagte Irene.

»Dann mal los.«

Die Treppe wand sich in einer byzantinischen Spirale nach oben, die das Gesetz der Schwerkraft aufzuheben schien. Nach einem schwindelerregenden Aufstieg ließen sie den ersten Stock hinter sich. Ismael packte Irenes Hand und stieg weiter hinauf. Die Wölbung der Wände wurde nun stärker, und der Weg glich allmählich einem in den Stein gehauenen, klaustrophobischen Schlund.

»Nur noch ein kleines Stück«, sagte der Junge, der Irenes ängstliches Schweigen richtig deutete.

Eine Ewigkeit später – in Wirklichkeit waren es dreißig Sekunden – konnten die beiden die beklemmende Treppe hinter sich lassen und erreichten den Zugang zum zweiten Stockwerk von Cravenmoore. Vor ihnen lag der Hauptkorridor des Ostflügels. Eine Schar versteinerter Figuren lauerte in der Dunkelheit.

»Am besten, wir teilen uns auf«, stellte Ismael fest.

»Ich wusste, dass du das sagen würdest.«

»Dafür darfst du dir aussuchen, welchen Teil du dir vornimmst«, versuchte Ismael zu scherzen.

Irene sah sich um. Nach Osten waren drei in Kapuzen gehüllte Figuren rings um einen riesigen Kessel zu erkennen: Hexen. Das Mädchen zeigte in die entgegengesetzte Richtung.

»Diesen.«

»Es sind nur Maschinen, Irene«, sagte Ismael. »Sie sind leblos. Nichts weiter als Spielzeug.«

»Erzähl mir das morgen früh.«

»In Ordnung, ich sehe mir diesen Teil an. Wir treffen uns in fünfzehn Minuten hier. Wenn wir nichts gefunden haben, Pech. Dann gehen wir, versprochen.«

Sie nickte. Ismael reichte ihr seine Streichholz-schachtel.

»Für alle Fälle.«

Irene steckte sie in ihre Jackentasche und warf Ismael einen letzten Blick zu. Der Junge beugte sich vor und küsste sie sacht auf den Mund.

»Viel Glück«, murmelte er.

Bevor sie antworten konnte, ging er den Korridor hinunter, der in tiefschwarze Finsternis getaucht war. »Viel Glück«, dachte Irene.

Die Schritte des Jungen verhallten hinter ihr. Irene atmete tief durch und ging zum entgegengesetzten Ende der Galerie, die durch die zentrale Kuppel des Hauses lief. Die Galerie teilte sich, als sie auf die Treppe traf. Irene beugte sich leicht über den Abgrund, der bis ins Erdgeschoss reichte. Ein Bündel gebrochenen Lichts fiel senkrecht von der Laterne in der Kuppel herab und formte einen Regenbogen, der durch die Dunkelheit brach.

An diesem Punkt gabelte sich die Galerie in zwei Richtungen, nach Süden und nach Westen. Der Westflügel war der einzige, der Sicht auf die Bucht bot. Ohne einen Augenblick zu zögern, betrat Irene den langen Gang und ließ die beruhigende Helligkeit hinter sich, die von der Laterne ausging. Plötzlich bemerkte das Mädchen, dass ein durchscheinender Stoff den Gang abtrennte, ein dünner Gazevorhang, hinter dem der Korridor auffällig anders aussah als überall sonst. Es waren keine Figuren mehr zu sehen, die in der Dunkelheit lauerten. Ein Buchstabe war auf den Ring gestickt, der den trennenden Vorhang hielt. Eine Initiale:

A

Irene schlug den Vorhang mit den Händen beiseite und passierte diese sonderbare Grenze, die den Westflügel zweizuteilen schien. Ein kalter Hauch streifte ihr Gesicht, und das Mädchen bemerkte zum ersten Mal, dass die Wände über und über mit Holzschnitzereien bedeckt waren. Es waren nur drei Türen zu sehen. Zwei zu beiden Seiten des Korridors und eine dritte, größere, an der Stirnseite, auch sie verziert mit der Initiale, die sie auf dem Vorhang gesehen hatte.

Irene ging langsam auf die Tür zu. Die Holzreliefs ringsum zeigten geheimnisvolle Szenen, die von merkwürdigen Kreaturen bevölkert waren. Eine ging in die nächste über, einen Ozean aus Hieroglyphen bildend, deren Bedeutung ihr vollständig verborgen blieb. Als Irene die Tür am Ende des Flurs erreichte, war sie bereits zu der Überzeugung gelangt, dass Hannah unmöglich ein Zimmer in diesem Trakt bewohnt haben konnte. Doch die Anziehungskraft dieses Ortes war stärker als die unheimliche Aura des Verbotenen, die von ihm ausging. Eine intensive Präsenz schien in der Luft zu liegen. Eine fast greifbare Präsenz.

Irene spürte, wie ihr Puls raste. Sie legte ihre zitternde Hand auf den Türknauf. Etwas hielt sie zurück. Eine Vorahnung. Noch war Zeit, umzukehren, zu Ismael zurückzugehen und das Haus zu verlassen, bevor Lazarus ihr Eindringen bemerkte. Der Türknauf drehte sich sachte unter ihren Fingern, glitt an ihrer Haut entlang. Irene schloss die Augen. Es gab keinen Grund, dort hineinzugehen. Sie brauchte nur umzukehren. Es gab keinen Grund, dieser unwirklichen, traumhaften Aura nachzugeben, die ihr einflüsterte, die Tür zu öffnen und unwiderruflich die Schwelle zu übertreten. Das Mädchen öffnete die Augen.

Der Korridor wies den Weg zurück durch die Dunkelheit. Irene seufzte, und ihr Blick blieb an den Lichtschlieren hängen, die über den Gazevorhang huschten. In diesem Moment zeichnete sich eine dunkle Gestalt hinter dem Vorhang ab und blieb auf der anderen Seite stehen.

»Ismael?«, flüsterte Irene.

Die Gestalt verharrte einige Sekunden reglos, dann zog sie sich lautlos in die Dunkelheit zurück.

»Ismael, bist du's?«, fragte sie noch einmal.

Das langsame Gift der Panik begann sich in ihre Adern zu schleichen. Ohne den Blick von jenem Punkt abzuwenden, öffnete sie die Tür zu dem Zimmer, schlüpfte hinein und schloss sie wieder hinter sich. Für einen Moment wurde sie von dem saphirblauen Licht geblendet, das durch die hohen, schmalen Fenster drang. Als sich ihre Augen an die schillernde Helligkeit im Zimmer gewöhnt hatten, gelang es ihr, mit zitternden Händen eines der Streichhölzer zu entzünden, die Ismael ihr überlassen hatte. Im rötlichen Schein der Flamme wurde ein feudaler Salon sichtbar, dessen Luxus und Pracht einem Märchenbuch zu entstammen schienen.

Der überbordende Stuck der Decke lief in der Zimmermitte zu einem barocken Strudel zusammen. Am anderen Ende des Raumes stand ein kostbares Himmelbett mit langen, goldfarbenen Vorhängen. In der Mitte des Zimmers befand sich ein Marmortisch mit einem großen Schachspiel darauf, dessen Figuren aus Kristall geschliffen waren. Am anderen Ende des Raumes entdeckte Irene eine weitere Lichtquelle, die zu der unwirklichen Atmosphäre beitrug: der tiefe Rachen eines Kamins, in dem dicke Holzscheite glühten. Darüber hing ein großes Porträt. Ein blasses Antlitz mit den feinsten Gesichtszügen, die man sich vorstellen konnte, umrahmte die unergründlichen, traurigen Augen einer hinreißend schönen Frau. Die Dame auf dem Bild trug ein langes weißes Kleid, und im Hintergrund sah man die Leuchtturminsel in der Bucht liegen.

Irene ging langsam auf das Gemälde zu, wobei sie das brennende Streichholz hochhielt, bis die Flamme ihr die Finger verbrannte. Als sie die Wunde ableckte, sah sie einen Kerzenleuchter auf einem Schreibtisch stehen. Sie brauchte ihn nicht unbedingt, aber sie entzündete dennoch mit einem weiteren Streichholz die

Kerze. Die Flamme verbreitete einen hellen Schein ringsum. Auf dem Schreibtisch lag ein ledergebundenes Buch. Es war in der Mitte aufgeschlagen.

Irene erkannte die so vertraute Handschrift auf dem pergamentartigen Papier wieder, bedeckt von einer Staubschicht, die es fast unmöglich machte, die Seiten zu lesen. Das Mädchen pustete vorsichtig, und eine Wolke aus Tausenden glitzernder Teilchen breitete sich auf dem Tisch aus. Sie nahm das Buch zur Hand und blätterte, bis sie auf der ersten Seite angelangt war. Sie hielt das Buch ans Licht und las die silbergeprägten Buchstaben. Während ihr Verstand allmählich erfasste, was das alles bedeutete, setzte sich langsam das Grauen in ihrem Nacken fest wie eine eisige Nadel.

Alexandra Alma Maltisse
Lazarus Joseph Jann
1915

Ein brennendes Holzscheit knackte im Feuer und versprühte kleine Funken, die auf dem Boden verglommen. Irene schloss das Buch und legte es auf den Tisch. In diesem Moment bemerkte sie, dass sie jemand vom anderen Ende des Zimmers durch den Vorhang des Himmelbetts beobachtete. Eine zierliche Gestalt lag auf dem Bett. Eine Frau. Irene trat einige Schritte auf sie zu. Die Frau hob eine Hand.

»Alma?«, wisperte Irene, erschreckt über den Klang ihrer eigenen Stimme.

Sie ging bis zum Bett und blieb auf der anderen Seite der Vorhänge stehen. Das Herz schlug ihr bis zum Hals, und ihr Atem ging stoßweise. Langsam zog sie die Vorhänge beiseite. Im gleichen Augenblick wehte ein eisiger Lufthauch durchs Zimmer und ließ die Kerzen flackern. Irene blickte zur Tür. Ein Schatten breitete sich auf dem Boden aus wie ein großer Tintenfleck, der unter der Tür hindurchsickerte. Ein gespenstisches Geräusch, eine ferne, hasserfüllte Stimme schien etwas aus der Dunkelheit zu flüstern.

Im nächsten Augenblick flog die Tür mit gewaltiger Kraft auf und schlug innen ins Zimmer, wobei sie beinahe die Angeln aus der Wand riss, die sie hielten. Als eine Hand mit langen, messerscharfen stählernen Klauen aus der Dunkelheit auftauchte, schrie Irene, so laut sie konnte.

Ismael begann zu vermuten, dass ihm bei der Lagebestimmung von Hannahs Zimmer ein Fehler unterlaufen war. Als sie ihm das Haus beschrieben hatte, hatte sich der Junge seinen eigenen Plan von Cravenmoore gemacht. Doch einmal in seinem Inneren, kam ihm der labyrinthähnliche Aufbau des Anwesens undurchschaubar vor. Alle Zimmer in dem Flügel, den er erkunden wollte, waren fest verschlossen. Kein einziges Schloss hatte bei seinen Versuchen nachgegeben, und die Uhr schien angesichts seines völligen Scheiterns keinerlei Erbarmen mit ihm zu haben.

Die vereinbarten fünfzehn Minuten waren ergebnislos verstrichen, und die Vorstellung, die Suche für diese Nacht abzubrechen, erschien ihm verlockend. Ein Blick auf das düstere Innenleben bot ihm tausenderlei Vorwände, von hier zu verschwinden. Sein Entschluss, das Haus zu verlassen, stand bereits fest, als er Irenes Schrei hörte, kaum mehr als ein dünnes Stimmchen, das von irgendeinem entfernten Ort durch die Dunkelheit von Cravenmoore hallte. Das Echo breitete sich in verschiedene Richtungen aus. Ismael spürte, wie ihm das Adrenalin in die Adern schoss, und er rannte zum anderen Ende des endlosen Korridors, so schnell ihn seine Beine trugen.

Er hatte kaum einen Blick für den unheimlichen, von dunklen Schemen bevölkerten Tunnel, der an ihm vorbeizog. Er lief unter dem gebrochenen Licht der Kuppellaterne hindurch und ließ die Abzweigungen zu den Gängen rings um die zentrale Treppe hinter sich. Das Muster der Bodenfliesen schien sich unter seinen Füßen auszudehnen, und die schwindelerregende Flucht des Korridors wurde vor seinen Augen immer länger, als dehnte er sich ins Endlose aus.

Erneut waren Irenes Schreie zu hören, näher diesmal. Ismael durchquerte den durchsichtigen Vorhang und entdeckte schließlich das Zimmer am Ende des

Westflügels. Ohne lange zu überlegen, stürzte der Junge hinein, ohne zu wissen, was ihn dort erwartete.

Im Widerschein des Feuers, das im Kamin knisterte, erkannte er undeutlich ein riesiges Zimmer. Irenes Silhouette, die sich vor einem großen, in blaues Licht getauchten Fenster abzeichnete, beruhigte ihn zunächst, doch dann sah er das blanke Entsetzen in den Augen des Mädchens. Ismael drehte sich instinktiv um, und das, was er dort vor sich sah, vernebelte ihm den Verstand, lähmte ihn wie der hypnotisierende Tanz einer Schlange.

Aus der Dunkelheit löste sich eine gewaltige Gestalt und breitete zwei große, schwarze Schwingen aus. Wie eine Fledermaus. Oder ein Dämon.

Der Engel streckte seine langen Arme aus, die in spitzen Klauen mit langen, schwarzen Fingern ausliefen. Die stählernen Klingen seiner Nägel blitzten vor seinem unter einer Kapuze verborgenen Gesicht.

Ismael wich einen Schritt in Richtung Feuer zurück, und der Engel sah auf, offenbarte im Schein der Flammen seine Gesichtszüge. Diese unheimliche Gestalt war mehr als nur eine Maschine. Etwas hatte sich in ihr Inneres zurückgezogen und verwandelte sie in eine teuflische Marionette, ein greifbares, bösartiges Wesen. Der Junge riss sich zusammen, um nicht die Augen zu schließen, und packte das Ende eines halbverkohlten Holzscheits. Das brennende Holzscheit vor dem Engel hin und her schwenkend, deutete er zur Zimmertür.

»Geh langsam zur Tür«, flüsterte er Irene zu.

Das Mädchen, vor Angst wie gelähmt, reagierte nicht auf seine Worte.

»Tu, was ich dir sage«, befahl Ismael energisch.

Der Ton seiner Stimme riss Irene aus ihrer Erstarrung. Sie nickte zitternd und machte sich auf den Weg in Richtung Tür. Sie war kaum zwei Schritte gegangen, als der Engel ihr das Gesicht zuwandte wie ein geduldig lauerndes Raubtier. Irene hatte das Gefühl, am Boden festgenagelt zu sein.

»Sieh ihn nicht an und geh weiter«, befahl Ismael, während er unaufhörlich mit dem Holzscheit vor dem Engel herumfuchtelte.

Irene machte einen weiteren Schritt vorwärts. Das Geschöpf folgte ihr mit dem Kopf, und das Mädchen begann zu schluchzen.

Ismael nutzte die Ablenkung und zog dem Engel das Holzstück über den Kopf. Der Aufprall ließ glühende Funken regnen. Bevor er das Holzscheit wieder zurückziehen konnte, packte eine Pranke das Holz, und fünf Zentimeter lange Krallen, scharf wie Jagdmesser, zerfetzten es vor seinen Augen zu Spänen. Der Engel machte einen Schritt auf Ismael zu. Der Junge spürte, wie der Fußboden unter dem Gewicht seines Widersachers vibrierte.

»Du bist nur eine verdammte Maschine. Ein verdammter Haufen Blech ...«, murmelte er, während er den schrecklichen Anblick der scharlachroten Augen zu verdrängen versuchte, die unter der Kapuze des Engels hervorblitzten.

Die dämonischen Pupillen der Gestalt verengten sich langsam zu blutroten Schlitzen in kohlenschwarzer Hornhaut, bis sie an die Augen einer großen Raubkatze erinnerten. Der Engel machte einen weiteren Schritt auf ihn zu. Ismael warf einen raschen Blick zur Tür. Es waren mehr als acht Meter bis dorthin. Für ihn gab es kein Entkommen, für Irene hingegen schon.

»Wenn ich es dir sage, rennst du zur Tür und bleibst nicht eher stehen, bis du aus dem Haus heraus bist.«

»Was redest du da?«

»Keine Diskussionen jetzt«, befahl Ismael, ohne den Blick von dem Wesen abzuwenden. »Lauf!«

Ismael überschlug gerade, wie lange er brauchen würde, um zum Fenster zu gelangen und über die Gesimse der Fassade zu entkommen, als das Unerwartete geschah. Statt zu fliehen, packte Irene ein brennendes Holzscheit aus dem Kamin und stellte sich dem Engel gegenüber.

»Sieh mich an, du Ungeheuer«, brüllte sie und setzte mit dem flackernden Holzstück den Umhang des Engels in Brand. Der Schatten, der sich in seinem Inneren verbarg, ließ einen wütenden Schrei los.

Entsetzt warf sich Ismael auf Irene und riss sie gerade noch rechtzeitig zu Boden, bevor die messerscharfen Krallen sie in der Luft zerfetzen konnten. Der Umhang des Engels ging in Flammen auf, und die riesige Gestalt verwandelte sich in eine Feuerspirale. Ismael packte Irene am Arm und zog sie hoch. Gemeinsam versuchten sie zum Ausgang zu laufen, doch der Engel stellte sich ihnen in den Weg, nachdem er sich von dem lichterloh brennenden Umhang befreit hatte, der ihn verhüllte. Ein Gerippe aus geschwärztem Stahl kam unter den Flammen zum Vorschein.

In Erwartung weiterer sinnloser Heldentaten ließ Ismael das Mädchen keine Sekunde los, zog sie zum Fenster und warf einen Sessel in die Scheibe. Ein Scherbenregen prasselte herunter, und der kalte Nachtwind wehte die Vorhänge bis an die Decke. Sie hörten die Schritte des Engels hinter sich.

»Schnell! Spring auf den Mauervorsprung!«, schrie der Junge.

»Was?«, wimmerte Irene ungläubig.

Ohne lange zu zögern, drängte er sie nach draußen. Das Mädchen taumelte durch das klaffende Loch in der Scheibe und sah sich einem Abgrund von fast vierzig Metern gegenüber. Ihr blieb beinahe das Herz stehen, überzeugt, dass sie in Sekundenbruchteilen in die Tiefe stürzen werde. Doch Ismael lockerte seinen Griff keinen Millimeter und zog sie mit Schwung wieder auf das schmale Sims, das an der Fassade entlanglief wie ein Laufgang in den Wolken. Dann kletterte er hinterher und schob sie vorwärts. Der Wind kühlte den Schweiß, der ihm übers Gesicht rann.

»Schau nicht nach unten!«, brüllte er.

Sie waren noch nicht weit gekommen, als in dem Fenster hinter ihnen die Klaue des Engels erschien; seine Krallen fegten einen Schauer aus Glasscherben auf den Stein und hinterließen vier tiefe Scharten in den Quadern. Irene schrie auf, als sie spürte, dass ihre Füße auf dem Sims zitterten und ihr Körper gefährlich auf den Abgrund zuzuwanken schien.

»Ich kann nicht weitergehen, Ismael«, verkündete sie. »Wenn ich noch einen Schritt mache, werde ich fallen.«

»Du kannst. Und du wirst. Los«, nötigte er sie und umklammerte ihre Hand. »Wenn du fällst, fallen wir beide.«

Das Mädchen versuchte zu lächeln. Plötzlich zerbarst ein paar Meter vor ihnen ein Fenster, und Tausende Glassplitter wurden nach außen geschleudert. Die Krallen des Engels erschienen in der Öffnung, und einen Augenblick später klammerte sich der Körper des Ungeheuers an die Fassade wie eine Spinne.

»Mein Gott …«, wimmerte Irene.

Ismael versuchte zurückzuweichen und zog sie hinter sich her. Der Engel kroch über den Stein; seine Gestalt verschmolz beinahe mit den teuflischen Fratzen der Wasserspeier, die den Dachfries der Fassade von Cravenmoore zierten.

Der Junge sondierte in fliegender Hast die Möglichkeiten, die sich ihnen boten. Unterdessen kam das Geschöpf Handbreit für Handbreit näher.

»Ismael …«

»Ja, ich weiß!«

Der Junge wägte ihre Chancen ab, einen Sprung aus dieser Höhe zu überleben. Sie lagen bei null, großzügig betrachtet. Ins Zimmer zurückzuklettern dauerte zu lange. In der Zeit, die sie brauchten, um auf dem Gesims umzukehren, würde der Engel sie erwischen. Er wusste, dass ihm nur ein paar Sekunden blieben, um eine Entscheidung zu treffen, wie auch immer diese ausfiel. Irenes Hand umklammerte die seine; sie zitterte. Der Junge warf einen letzten Blick auf den Engel, der langsam, aber unausweichlich auf sie zukroch. Er schluckte und sah in die andere Richtung. Neben ihnen führte das Fallrohr der Regenrinne nach unten. Die eine Hälfte seines Hirns fragte sich, ob diese Konstruktion das Gewicht zweier Personen aushalten würde, während die andere Hälfte darüber nachsann, wie man dieses dicke Rohr zu packen bekommen könnte. Ihre letzte Chance.

»Klammere dich ganz fest an mich«, flüsterte er.

Irene sah ihn an, dann schaute sie nach unten in den Abgrund und erriet seinen Gedanken.

»Oh, mein Gott!«

Ismael zwinkerte ihr zu. »Viel Glück«, sagte er leise.

Die Klaue des Engels bohrte sich nur wenige Zentimeter von seinem Gesicht entfernt in den Stein. Irene schrie auf und umklammerte mit geschlossenen Augen Ismaels Rücken. In schwindelerregendem Fall ging es abwärts. Als das Mädchen die Augen wieder öffnete, befanden sie sich über dem Nichts. Ismael rutschte praktisch ungebremst das Fallrohr hinunter. Der Magen hing ihm bis zum Hals. Über ihnen rüttelte der Engel an dem Rohr und schlug es gegen die Fassade. Ismael spürte, wie ihm die Reibung erbarmungslos die Haut von den Händen und Unterarmen riss und eine starke Hitze erzeugte, die sich binnen Sekunden in einen rasenden Schmerz verwandeln würde. Der Engel kroch auf sie zu, er versuchte das Rohr zu umklammern … und riss es mit seinem Eigengewicht aus der Wand.

Die metallische Masse des Ungeheuers stürzte in die Tiefe und riss das ganze Regenrohr mit sich, das sich mitsamt Ismael und Irene durch die Luft bis zum Boden bog. Der Junge versuchte, nicht die Kontrolle zu verlieren, doch der Schmerz und die Geschwindigkeit, mit der sie fielen, waren stärker.

Das Rohr entglitt seinen Händen, und die beiden stürzten auf den großen Teich zu, der neben dem Westflügel von Cravenmoore lag. Der Aufprall auf die kalte, schwarze Wasserfläche war sehr heftig. Die Geschwindigkeit des Falls beförderte sie bis auf den glitschigen Grund des Sees. Irene spürte, wie das eiskalte Wasser in ihre Nase drang und in ihrer Kehle brannte. Eine Welle panischer Angst überrollte sie. Sie öffnete die Augen unter Wasser und sah vor lauter Brennen nur ein schwarzes Loch. Da tauchte neben ihr eine Gestalt auf: Ismael. Der Junge packte sie und brachte sie an die Oberfläche. Prustend tauchten die beiden auf.

»Schnell«, drängte Ismael.

Irene bemerkte die Abschürfungen und Wunden an seinen Händen und Armen.

»Das ist nichts«, log der Junge, während er aus dem Teich kletterte.

Sie folgte ihm. Ihre Kleider waren klatschnass und klebten in der nächtlichen Kälte an ihrer Haut wie ein schmerzender Panzer aus Eis. Ismael spähte in die Dunkelheit.

»Wo ist er?«, fragte Irene.

»Vielleicht ist er beim Aufprall um –«

Etwas bewegte sich im Gebüsch. Sie erkannten die glutroten Augen sofort. Der Engel war immer noch da, und was auch immer ihn antrieb, er war nicht bereit, sie lebend davonkommen zu lassen.

»Renn!«

Die beiden stürzten, so schnell sie konnten, auf den Waldrand zu. Ihre nassen Kleider behinderten sie, und die Kälte begann ihnen in die Knochen zu dringen. Die Geräusche des Engels folgten ihnen durchs Unterholz. Ismael zog das Mädchen hinter sich her, immer tiefer in den Wald hinein, wo der Nebel dichter wurde.

»Wohin laufen wir?«, keuchte Irene, als sie merkte, dass sie einen Teil des Waldes betraten, den sie nicht kannte.

Ismael hielt sich nicht damit auf, zu antworten, und zog sie verzweifelt hinter sich her. Irene spürte, wie das Gestrüpp ihre Knöchel zerkratzte und die Erschöpfung schwer an ihren Muskeln zehrte. Sie konnte dieses Tempo nicht mehr lange durchhalten. Es war nur noch eine Frage von Sekunden, bis das Ungeheuer sie mitten im Wald einholte und mit seinen Klauen zerfleischte.

»Ich kann nicht mehr …«

»Doch, du kannst!«

Der Junge zerrte sie hinter sich her. Ihr Kopf spielte verrückt, und nur wenige Meter hinter ihnen hörte sie das Knacken der Zweige. Für einen kurzen Moment dachte sie, es würde verschwinden, doch ein stechender Schmerz im Bein brachte ihr die Wirklichkeit schmerzlich ins Bewusstsein. Eine Klaue des Engels war aus dem Gebüsch hervorgeschnellt und hatte ihr den Oberschenkel aufgeschlitzt. Das Mädchen schrie auf. Das Gesicht des Ungeheuers erschien hinter ihnen. Irene versuchte die Augen zu schließen, aber sie konnte den Blick nicht von diesem teuflischen Raubtier abwenden.

In diesem Moment tauchte der Eingang einer hinter Büschen verborgenen Höhle vor ihnen auf. Ismael rannte hinein und zog sie mit sich. Das war also der Ort, zu dem er sie führte. Eine Höhle. Glaubte Ismael etwa, der Engel werde zögern, sie auch dorthin zu verfolgen? Als einzige Antwort vernahm Irene das Geräusch, mit dem die Klauen an den Felswänden der Höhle entlangkratzten. Ismael zog sie durch den engen Gang, bis er schließlich vor einem Loch im Boden stehen blieb, einer Öffnung in die Tiefe. Ein kalter, salziger Wind strömte daraus hervor. Unten in der Dunkelheit war ein lautes Rauschen zu hören. Wasser. Das Meer.

»Spring!«, befahl ihr der Junge.

Irene starrte in das schwarze Loch. Der direkte Weg in die Hölle wäre einladender gewesen.

»Was ist da unten?«

Ismael keuchte erschöpft. Die Schritte des Engels klangen nah. Sehr nah.

»Die Fledermausgrotte.«

»Das ist der zweite Zugang? Du hast gesagt, der ist gefährlich!«

»Wir haben keine andere Wahl ...«

Die Blicke der beiden trafen sich im Halbdunkel. Zwei Meter weiter ließ der schwarze Engel seine Krallen knirschen. Ismael nickte. Das Mädchen nahm seine Hand und sprang mit geschlossenen Augen ins Leere. Der Engel folgte ihnen und stürzte sich ebenfalls in die Höhle.

Der Fall durch die Dunkelheit erschien endlos. Als sie schließlich ins Meer eintauchten, drang eine beißende Kälte in jede ihrer Poren. Als sie wieder an die Oberfläche kamen, fiel nur ein schwacher Lichtstrahl durch die Öffnung in der Kuppel der Grotte. Die Brandung spülte sie gegen schroffe Felswände.

»Wo ist er?«, fragte Irene, bemüht, das durch das eisige Wasser ausgelöste Zittern zu unterdrücken.

Die beiden umarmten sich schweigend, während sie jeden Moment damit rechneten, dass diese Ausgeburt der Hölle aus dem Wasser auftauchte und ihnen in der dunklen Höhle den Garaus machte. Doch dieser Moment kam nicht. Ismael entdeckte ihn zuerst.

Die scharlachroten Augen des Engels leuchteten vom Grund der Grotte herauf. Sein enormes Gewicht hinderte ihn am Auftauchen. Ein wütendes Brüllen drang durch das Wasser zu ihnen. Das Wesen, das sich des Engels bediente, wand sich vor Zorn, als es feststellte, dass seine mörderische Marionette in eine Falle gegangen war, die sie unbrauchbar machte. Dieser Metallklumpen würde nie wieder an die Oberfläche gelangen. Er war dazu verdammt, auf dem Grund der Grotte zu liegen, bis das Meer einen Haufen rostigen Schrotts aus ihm gemacht hatte.

Die beiden beobachteten, wie das Glühen der Augen verblasste und schließlich im Wasser für immer erlosch. Ismael seufzte erleichtert auf. Irene weinte still vor sich hin.

»Es ist vorbei«, murmelte das Mädchen zitternd. »Es ist vorbei.«

»Nein«, sagte Ismael. »Das war nur eine leblose, willenlose Maschine. Etwas hat sie von innen heraus gelenkt. Das, was versucht hat, uns zu töten, ist immer noch da …«

»Aber was soll das sein?«

»Ich weiß es nicht …«

In diesem Moment gab es eine Explosion auf dem Grund der Grotte. Eine Wolke schwarzer Bläschen stieg an die Oberfläche und verschmolz zu einem schwarzen Gebilde, das über die Felswände bis zum Eingang in der Kuppel der Grotte glitt. Dort hielt der Schatten inne, um sie zu beobachten.

»Ist er weg?«, fragte Irene verängstigt.

Ein grausames, giftiges Lachen hallte durch die Grotte. Ismael schüttelte langsam den Kopf.

»Er lässt uns hier zurück …«, sagte der Junge, »damit die Flut den Rest erledigt …«

Der Schatten schlüpfte durch den Eingang der Höhle.

Ismael atmete auf und brachte Irene zu einem kleinen Felsen, der aus dem Wasser ragte und gerade genügend Platz für sie beide bot. Er hievte sie auf den Stein und schlang die Arme um sie. Sie zitterten vor Kälte und waren verletzt, aber für einige Minuten lagen sie einfach nur still da und atmeten tief durch. Irgendwann merkte Ismael, dass das Wasser wieder ihre Füße berührte, und er begriff, dass die Flut kam. Nicht dieses Wesen, das sie verfolgte, war in die Falle gegangen, sondern sie selbst …

Der Schatten hatte sie einem langsamen, schrecklichen Tod überlassen.

10. In der Falle

Das Meer brach sich donnernd am Eingang der Fledermausgrotte. Die kalte Strömung aus der Schwarzen Bucht floss gurgelnd in die Rinnen im Fels, ein beängstigendes Geräusch, das in der in Dunkelheit getauchten Grotte widerhallte. Über ihnen war in unerreichbarer Ferne die Öffnung im Fels zu sehen, die an das Auge einer Kuppel erinnerte. In wenigen Minuten war der Wasserstand um mehrere Zentimeter gestiegen. Irene stellte bald fest, dass die Felsfläche, auf der sie wie Schiffbrüchige kauerten, immer kleiner wurde. Millimeter für Millimeter.

»Die Flut kommt«, murmelte sie.

Ismael nickte nur niedergeschlagen.

»Was wird jetzt mit uns geschehen?«, fragte sie, auch wenn sie die Antwort erahnte. Aber sie hoffte, der Junge, der doch immer für eine Überraschung gut war, werde im letzten Augenblick irgendeinen Trumpf aus dem Ärmel schütteln.

Er warf ihr einen düsteren Blick zu, der Irenes Hoffnungen augenblicklich zunichtemachte.

»Wenn das Wasser steigt, versperrt es den Höhleneingang«, erklärte Ismael. »Und dann bleibt kein anderer Ausweg mehr als die Öffnung in der Höhlendecke, aber die ist von hier aus unerreichbar.«

Er machte eine Pause, und sein Gesicht versank in der Dunkelheit.

»Wir sitzen in der Falle, draußen ist die Strömung zu stark«, sagte er schließlich.

Die Vorstellung der langsam ansteigenden Flut, die sie in einem dunklen, kalten Albtraum wie Ratten ertränkte, ließ Irene das Blut in den Adern gefrieren. Auf ihrer Flucht vor dem mechanischen Ungeheuer hatte die Aufregung so viel Adrenalin in ihre Adern gepumpt, dass sie nicht mehr klar denken konnte. Während sie nun in der Dunkelheit vor Kälte zitterte, kam ihr die Aussicht auf einen langsamen Tod unerträglich vor.

»Es muss doch einen Weg geben, hier herauszukommen«, wandte sie ein.

»Nein, gibt es nicht.«

»Und was machen wir jetzt?«

»Fürs Erste abwarten …«

Irene begriff, dass sie den Jungen auf der Suche nach Antworten nicht weiter bedrängen durfte. Wahrscheinlich stand er, der die Gefahren der Höhle kannte, größere Ängste aus als sie. Und recht betrachtet, konnte ihnen ein Themenwechsel nicht schaden.

»Noch etwas …«, begann sie. »In Cravenmoore … Als ich in dieses Zimmer kam, habe ich dort etwas gesehen. Etwas über Alma Maltisse …«

Ismael warf ihr einen unergründlichen Blick zu.

»Ich glaube … Ich glaube, Alma Maltisse und Alexandra Jann sind ein und dieselbe Person. Alma Maltisse war Alexandras Mädchenname, bevor sie Lazarus heiratete«, erklärte Irene.

»Das ist unmöglich. Alma Maltisse ist vor Jahren vor der Leuchtturminsel ertrunken«, wandte Ismael ein.

»Aber ihre Leiche wurde nie gefunden …«

»Es ist unmöglich«, beharrte der Junge.

»Als ich in diesem Zimmer war, habe ich ein Bild von ihr gesehen … Und da lag jemand im Bett. Eine Frau.«

Ismael rieb sich die Augen und versuchte seine Gedanken zu ordnen.

»Einen Moment. Mal angenommen, du hättest recht. Mal angenommen, Alma Maltisse und Alexandra Jann wären ein und dieselbe Person. Wer ist dann die Frau, die du auf Cravenmoore gesehen hast? Wer ist die Frau, die all diese Jahre unter der Identität von Lazarus' kranker Frau dort gelebt hat?«, fragte er.

»Ich weiß es nicht. Je mehr wir über diese Sache herausfinden, desto weniger verstehe ich«, sagte Irene. »Und da ist noch etwas, das mich beschäftigt. Was hat diese Figur zu bedeuten, die wir in der Spielzeugfabrik gesehen haben? Es war eine Nachbildung meiner Mutter. Schon bei dem Gedanken stehen mir die Haare zu Berge. Lazarus baut eine Puppe mit dem Gesicht meiner Mutter …«

Eiskaltes Wasser umspülte ihre Knöchel. Seit sie dort saßen, war der Meeresspiegel mindestens eine Handbreit angestiegen. Die beiden wechselten einen erschreckten Blick. Das Meer donnerte erneut, und ein Wasserschwall schwappte in den Höhleneingang. Es versprach eine sehr lange Nacht zu werden.

Um Mitternacht hatte sich ein Nebelschleier über die Klippen gelegt, der nun Stufe für Stufe vom Anleger zum Haus am Kap hinaufkroch. Auf der Veranda baumelte noch die Öllampe, deren Licht nur noch müde flackerte. Abgesehen vom Rauschen des Meeres und dem Rascheln der Blätter im Wald, herrschte absolute Stille. Dorian lag im Bett, in der Hand ein kleines Glas mit einer brennenden Kerze darin. Er wollte nicht, dass seine Mutter das Licht sah, und außerdem hatte er nach dem Vorgefallenen kein Vertrauen mehr in seine Nachttischlampe. Die Flamme flackerte launisch in seinem Atem wie eine tanzende Feuerelfe. Lichtreflexe ließen in jeder Ecke unerwartete Formen erstehen. Dorian seufzte. In dieser Nacht würde er für kein Geld der Welt ein Auge zutun können.

Kurz nachdem Lazarus sich verabschiedet hatte, hatte Simone einen Blick in sein Zimmer geworfen, um sich zu vergewissern, dass es ihm gutging. Dorian hatte sich, vollständig angezogen, unter die Bettdecke gekauert und eine seiner Glanzvorstellungen vom süßen Schlaf der Gerechten gegeben. Daraufhin war seine Mutter zufrieden in ihrem Schlafzimmer verschwunden, um seinem Beispiel zu folgen. Seitdem waren Stunden vergangen, wenn nicht gar Jahre, wie es dem Jungen vorkam. Die nicht enden wollende Nacht hatte ihm Gelegenheit gegeben, sich darüber klarzuwerden, dass seine Nerven gespannt waren wie die Saiten eines Klaviers. Bei jedem Lichtschein, jedem Knarren, jedem Schatten begann sein Herz wie wild zu rasen.

Langsam wurde das Licht der Kerze schwächer, bis nur noch ein blaues Flämmchen übrig blieb, dessen fahler Schein kaum noch die Dunkelheit durchdrang. Augenblicklich legte sich wieder Finsternis über den Raum, aus dem sie nur widerstrebend gewichen war. Dorian konnte spüren, wie das heiße Wachs hinuntertropfte und in dem Glas erkaltete. Vom Nachttisch aus beobachtete ihn schweigend der Bleiengel, den Lazarus ihm geschenkt hatte. »Ist ja schon gut«, dachte Dorian und beschloss, zu seinem bevorzugten Mittel gegen Schlaflosigkeit und Albträume zu greifen: etwas zu essen.

Er schlug die Bettdecke zurück und stand auf. Er hatte entschieden, auf Schuhe zu verzichten, um das Knarren, Knarzen und Knacken zu vermeiden, das seine Füße förmlich anzuziehen schienen, wann immer er vorhatte, lautlos durch das Haus am Kap zu schleichen, und nun nahm er seinen ganzen Mut zusammen und tappte auf Zehenspitzen quer durchs

Zimmer zur Tür. Die Klinke herunterzudrücken, ohne dass das übliche Mitternachtskonzert rostiger Türangeln einsetzte, kostete ihn zehn lange Sekunden, aber es war die Mühe wert. In Zeitlupe öffnete er die Tür und prüfte, ob die Luft rein war. Der Flur lag im Dunkeln, und die Treppe zeichnete sich als Schatten an der Wand ab. Kein Staubkörnchen regte sich in der Luft. Dorian zog die Tür hinter sich zu und schlich vorsichtig bis zum Treppenabsatz, an Irenes Zimmer vorbei.

Seine Schwester war vor Stunden unter dem Vorwand, sie habe rasende Kopfschmerzen, schlafen gegangen, obwohl Dorian vermutete, dass sie noch las oder alberne Liebesbriefe an diesen Fischer schrieb, mit dem sie neuerdings mehr Stunden verbrachte, als ein Tag lang war. Seit er sie in Simones Kleid gesehen hatte, wusste er, dass von ihr nur noch eines zu erwarten war: Probleme. Während er wie ein Indianer auf der Pirsch die Treppe hinunterschlich, schwor sich Dorian, dass er mehr Haltung an den Tag legen würde, sollte er eines Tages die Dummheit begehen, sich zu verlieben. Frauen wie Greta Garbo machten sich nichts aus solchem Blödsinn wie Liebesbriefchen und Blumen. Er mochte ein Feigling sein; aber ein Lackaffe, niemals.

Im Erdgeschoss angelangt, stellte Dorian fest, dass eine Nebelbank das Haus umgab und die Schwaden den Blick aus allen Fenstern verwehrten. Das Lächeln, mit dem er sich auf Kosten seiner Schwester lustig gemacht hatte, verflog. »Kondensiertes Wasser«, sagte er sich. »Es ist nur kondensiertes Wasser, das sich niederschlägt. Elementare Chemie.« Nach dieser beruhigenden wissenschaftlichen Erklärung achtete er nicht weiter auf den Nebel, der durch die Fensterritzen kroch und in die Küche waberte. Dort stellte er fest, dass die Romanze zwischen Irene und ihrem Schwarzen Korsaren auch ihre positiven Seiten hatte: Seit sie sich mit ihm traf, hatte seine Schwester die Schachtel mit der köstlichen Schweizer Schokolade nicht mehr angerührt, die Simone in der zweiten Schublade des Vorratsschranks aufbewahrte.

Er leckte sich über die Lippen wie eine Katze und machte sich über das erste Praliné her. Die köstliche Geschmacksexplosion von Trüffel, Mandel und Kakao trübte ihm die Sinne. Was ihn betraf, war Schokolade nach der Kartographie die wohl großartigste Erfindung der Menschheit. Insbesondere Pralinen. »Ein erfinderisches Volk, die Schweizer«, dachte Dorian. »Uhren und Schokolade, die Essenz des Lebens.« Ein plötzliches Geräusch riss ihn auf einen Schlag aus seinen angenehmen Überlegungen. Wie erstarrt hörte Dorian erneut das Geräusch, und die zweite Praline glitt ihm aus den Fingern. Jemand klopfte an die Tür.

Der Junge versuchte zu schlucken, aber sein Mund war ganz trocken. Erneut waren zwei präzise Schläge gegen die Haustür zu vernehmen. Dorian ging ins

Wohnzimmer, ohne den Blick vom Eingang abzuwenden. Nebel kroch unter der Türschwelle hindurch. Wieder wurde zweimal an die Tür geklopft. Dorian blieb davor stehen und zögerte kurz.

»Wer ist da?«, fragte er mit gebrochener Stimme.

Erneutes zweimaliges Klopfen war die einzige Antwort, die er erhielt. Der Junge trat ans Fenster, doch durch die Nebeldecke war nichts zu sehen. Es waren auch keine Schritte auf der Veranda zu hören. Der Unbekannte war gegangen. Vielleicht ein Wanderer, der sich verlaufen hatte, dachte Dorian. Er wollte gerade in die Küche zurückgehen, als das zweimalige Klopfen erneut zu vernehmen war, diesmal jedoch an der Fensterscheibe, kaum zehn Zentimeter von seinem Gesicht entfernt. Ihm blieb fast das Herz stehen. Dorian wich langsam in die Mitte des Wohnzimmers zurück, bis er rückwärts gegen einen Sessel stieß. Instinktiv packte der Junge einen Kerzenleuchter aus Metall und hielt ihn vor sich.

»Geh weg …«, flüsterte er.

Für Sekundenbruchteile schien sich in dem Nebel auf der anderen Seite der Fensterscheibe ein Gesicht zu formen. Dann plötzlich stieß ein heftiger Windstoß das Fenster auf. Eisige Kälte drang Dorian durch Mark und Bein, und entsetzt beobachtete er, wie sich ein schwarzer Fleck auf dem Boden ausbreitete.

Ein Schatten.

Die Masse kroch auf ihn zu und nahm allmählich

Gestalt an, richtete sich vom Boden auf wie eine Marionette aus Finsternis, die von unsichtbaren Fäden gehalten wurde. Der Junge versuchte mit dem Kerzenleuchter nach dem Eindringling zu schlagen, doch das Metall ging einfach durch den dunklen Schemen hindurch. Dorian trat einen Schritt zurück, und der Schatten legte sich über ihn. Zwei Hände aus schwarzem Nebel umfassten seinen Hals; er spürte die eisige Berührung auf seiner Haut. Die Umrisse eines Gesichts zeichneten sich vor ihm ab. Ein Schauder durchlief seinen ganzen Körper. Eine knappe Handbreit vor seinem Gesicht erschien das Antlitz seines Vaters. Armand Sauvelle lächelte ihm zu. Ein Wolfsgrinsen, grausam und voller Hass.

»Hallo, Dorian. Ich bin gekommen, um Mama zu holen. Bringst du mich zu ihr, Dorian?«, raunte der Schatten.

Der Klang dieser Stimme ließ ihm das Blut in den Adern gefrieren. Das war nicht die Stimme seines Vaters. Diese dämonisch glühenden Lichtpunkte waren nicht seine Augen. Und auch diese langen, spitzen Zähne, die zwischen den Lippen hervorblickten, gehörten nicht Armand Sauvelle.

»Du bist nicht mein Vater ...«

Das Wolfsgrinsen des Schattens erlosch, und das Gesicht zerfloss wie Wachs in der Flamme.

Ein hasserfülltes tierisches Brüllen gellte ihm in den Ohren, und eine unsichtbare Kraft schleuderte ihn ans andere Ende des Zimmers. Dorian krachte gegen einen der Sessel, der dabei umfiel.

Benommen rappelte sich der Junge wieder auf, um gerade noch zu sehen, wie der Schatten die Treppe hinaufkroch, eine zum Leben erwachte Teerpfütze, die nun die Stufen erklomm.

»Mama!«, schrie Dorian und stürzte zur Treppe.

Der Schatten blieb stehen und starrte ihn an. Seine Obsidianlippen formten unhörbar ein Wort. Seinen Namen.

Da zerbarsten die Fensterscheiben im ganzen Haus in einem Schauer tödlicher Scherben, und der Nebel strömte heulend in das Haus am Kap, während der Schatten weiter in den ersten Stock hinaufglitt. Dorian stürzte hinter diesem gespenstischen Gebilde her, das über den Boden auf Simones Schlafzimmertür zukroch.

»Nein!«, brüllte der Junge. »Fass meine Mutter nicht an!«

Der Schatten grinste, und im nächsten Moment wurde die schwarze Masse zu einem Strudel, der im Türschloss des Schlafzimmers verschwand. Danach folgte eine Sekunde tödlicher Stille.

Dorian rannte auf die Tür zu, doch noch bevor er sie erreichen konnte, wurde sie mit der Stärke eines Hurrikans aus den Angeln gehoben und zerschellte mit Wucht am Ende des Flurs. Dorian warf sich zur Seite und konnte um Haaresbreite ausweichen.

Als er sich wieder aufrichtete, bot sich seinen Augen ein albtraumhafter Anblick. Der Schatten wanderte über die Wände von Simones Zimmer. Die Umrisse seiner Mutter, die schlafend auf dem Bett lag, zeichneten sich gleichfalls als Schatten an der Wand ab. Dorian beobachtete, wie der dunkle Schemen die Wände entlangglitt und die Lippen dieser Erscheinung diejenigen des Schattens seiner Mutter berührten. Simone wälzte sich im Schlaf hin und her, auf geheimnisvolle Weise in einem Albtraum gefangen. Zwei unsichtbare Hände packten sie und hoben sie vom Laken hoch. Dorian stellte sich ihnen in den Weg. Wieder wurde er mit unbezähmbarer Wut weggestoßen und aus dem Zimmer geschleudert. Mit Simone in den Armen verschwand der Schatten rasch die Treppe hinunter. Dorian kämpfte darum, nicht das Bewusstsein zu verlieren, rappelte sich wieder auf und verfolgte ihn ins Erdgeschoss. Die Erscheinung wandte sich um, und für einen Moment starrten sich beide an.

»Ich weiß, wer du bist«, murmelte der Junge.

Ein neues, ihm unbekanntes Gesicht wurde sichtbar: Das Antlitz eines jungen, gutaussehenden Mannes mit leuchtenden Augen.

»Gar nichts weißt du«, sagte der Schatten.

Dorian beobachtete, wie die Augen der Erscheinung durch den Raum schweiften und an der Kellertür haften blieben. Die alte Holztür öffnete sich plötzlich, und der Junge spürte, wie er von einer unsichtbaren Macht dorthin geschoben wurde, ohne dass er etwas tun konnte, um es zu verhindern. Er stürzte die Treppe hinunter, der Finsternis entgegen. Die Tür schloss sich wieder, wie eine unverrückbare Grabplatte.

Dorian wusste, dass er in den nächsten Sekunden bewusstlos werden würde. Er hörte den Schatten lachen wie einen Schakal, während er seine Mutter durch den Nebel zum Wald schleppte.

Je höher die Flut in der Höhle stieg, desto deutlicher spürten Irene und Ismael, wie sich die tödliche Schlinge immer enger um sie zog, eine erstickende, tödliche Falle. Irene hatte schon den Moment vergessen, als das Wasser ihnen ihre vorläufige Zuflucht auf dem Felsen genommen hatte. Ihre Füße fanden keinen Halt mehr. Sie waren nun auf die Gezeiten und ihr eigenes Durchhaltevermögen angewiesen. Die Kälte verursachte starke Schmerzen in den Muskeln, ein Schmerz wie von tausend Nadeln, die sich in ihr Innerstes bohrten. Sie begann das Gefühl in den Händen zu verlieren, und die Erschöpfung griff mit bleiernen Krallen nach ihr, die sie an den Knöcheln zu packen und nach unten zu ziehen schienen. Eine innere Stimme flüsterte ihr zu, aufzugeben und sich dem friedlichen Schlaf zu überlassen, der sie unter Wasser erwartete. Ismael hielt das Mädchen an der

Wasseroberfläche und merkte, wie ihr Körper in seinen Armen zitterte. Wie lange er so durchhalten würde, hätte er nicht sagen können. Und noch weniger, wie lange es noch dauerte, bis der Morgen kam und sich die Flut zurückzog.

»Nicht die Arme hängen lassen. Beweg dich. Hör nicht auf, dich zu bewegen«, keuchte er.

Irene nickte, am Rand der Bewusstlosigkeit.

»Ich bin müde …«, murmelte sie beinahe im Delirium.

»Nein. Du darfst jetzt nicht einschlafen«, befahl ihr Ismael.

Irene blickte ihn aus halbgeöffneten Augen an, ohne ihn wirklich zu sehen. Er streckte den Arm aus und tastete an der felsigen Decke entlang, bis zu der sie die Flut emporgetragen hatte. Die Binnenströmung trieb sie von der Öffnung in der Kuppel weg, immer tiefer in die Höhle hinein, und verwehrte ihnen so den einzig möglichen Fluchtweg. Sosehr er sich auch anstrengte, sich unter der Öffnung zu halten, es gab keine Möglichkeit, sich festzuklammern und so zu verhindern, dass die Strömung sie mit unaufhaltsamer Kraft davontrieb. Sie hatten kaum noch Raum zum Atmen. Und die Flut stieg erbarmungslos weiter.

Irenes Gesicht sank auf das Wasser. Ismael packte sie und zog sie an sich. Das Mädchen war völlig benommen. Er wusste von stärkeren und erfahreneren Männern, die so den Tod gefunden hatten, draußen auf dem Meer. Gegen die Kälte war man machtlos. Dieser tödliche Mantel lähmte die Muskeln und vernebelte den Verstand, während er geduldig abwartete, dass sich das Opfer seinem Ende ergab.

Ismael schüttelte das Mädchen und drehte es zu sich um. Sie stammelte sinnentleert vor sich hin. Ohne lange zu zögern, gab Ismael ihr eine kräftige Ohrfeige. Irene öffnete die Augen und schrie entsetzt auf. Für einige Sekunden wusste sie nicht, wo sie war. Im Dunkeln von eisigem Wasser umgeben und in den Armen eines Fremden, glaubte sie in ihrem schlimmsten Albtraum aufzuwachen. Dann fiel ihr alles wieder ein. Cravenmoore. Der Engel. Die Grotte. Als Ismael sie umarmte, konnte sie die Tränen nicht zurückhalten. Sie schluchzte wie ein verängstigtes Kind.

»Lass mich nicht hier sterben«, flüsterte sie.

Für den Jungen waren ihre Worte wie ein vergifteter Dolchstich.

»Du wirst nicht hier sterben. Ich verspreche es dir. Das werde ich nicht zulassen. Die Flut wird bald zurückgehen, und vielleicht läuft die Höhle nicht ganz voll … Wir müssen noch ein bisschen durchhalten. Nur noch ein kleines bisschen, dann kommen wir hier raus.«

Irene nickte und umarmte ihn noch fester. Ismael hätte seinen Worten gerne genauso geglaubt wie seine Begleiterin.

Lazarus Jann stieg langsam die Stufen der Haupttreppe von Cravenmoore hinauf. Die Aura einer fremden Gegenwart schwebte unter dem Lichtkegel der Kuppellaterne. Er bemerkte es am Geruch der Luft, an dem Gewirr aus silbrigen Staubteilchen, das sichtbar wurde, wenn das Licht darauf fiel. Als er den zweiten Stock erreichte, fiel sein Blick auf die Tür am Ende des Korridors, auf der anderen Seite des Vorhangs. Die Tür stand offen. Seine Hände begannen zu zittern.

»Alexandra?«

Der kalte Lufthauch bewegte die Vorhänge in dem finsteren Korridor. Eine dunkle Vorahnung überkam ihn. Lazarus schloss die Augen und fasste sich an die Seite. Ein stechender Schmerz durchfuhr seine Brust und breitete sich in den rechten Arm aus wie Feuer, das seine Nerven zu brennendem Staub verglühen ließ.

»Alexandra?«, stieß er erneut hervor.

Lazarus rannte zu der Tür und blieb auf der Schwelle stehen, als er die Spuren des Kampfes und die zerschmetterten Fenster sah, durch die ungehindert der kalte Nebel eindringen konnte, der vom Wald herüberwehte. Er ballte die Faust, bis er merkte, wie sich die Fingernägel in die Handfläche bohrten.

»Verflucht sollst du sein …«

Nachdem er sich den kalten Schweiß von der Stirn gewischt hatte, trat er an das Bett und schlug mit unendlicher Behutsamkeit die Vorhänge beiseite.

»Es tut mir leid, mein Liebling …«, sagte er, während er sich auf die Bettkante setzte. »Es tut mir leid …«

Ein merkwürdiges Geräusch fesselte seine Aufmerksamkeit. Die Zimmertür schwang langsam hin und her. Lazarus stand auf und näherte sich vorsichtig der Tür.

»Wer ist da?«, fragte er.

Er erhielt keine Antwort, aber die Tür bewegte sich nicht mehr. Lazarus trat ein paar Schritte in den Flur hinaus und spähte in die Dunkelheit. Als er das Zischen hinter sich hörte, war es schon zu spät. Ein heftiger Schlag ins Genick ließ ihn halb bewusstlos zu Boden gehen. Er spürte, wie er an den Schultern gepackt und durch den Flur geschleift wurde. Für einen flüchtigen Moment nahmen seine Augen eine Gestalt wahr: Es war Christian, der das Hauptportal bewachte. Der Automat wandte ihm das Gesicht zu. Ein grausamer Glanz lag in seinen Augen.

Dann verlor Lazarus das Bewusstsein.

Als sich die Strömung zurückzog, die sie die ganze Nacht hindurch erbarmungslos ins Innere der Grotte gezogen hatte, wusste Ismael, dass der Morgen nicht mehr weit war. Die unsichtbaren Hände des Meeres ließen ihre Beute allmählich los, so dass es ihm nun möglich war, die bewusstlose Irene in den höher gelegenen Teil der Grotte zu bringen, wo der Wasserspiegel ihnen eine kleine Luftblase zum Atmen übrig ließ. Als die Helligkeit draußen, die von dem sandigen Grund zurückgeworfen wurde, einen schwachen Lichtstrahl ins Innere der Höhle schickte und die Flut den Rückzug antrat, stieß Ismael einen Freudenschrei aus, den niemand hören konnte, nicht einmal seine Begleiterin. Der Junge wusste, dass die Höhle selbst ihnen den Weg nach draußen in die Lagune weisen würde, sobald der Wasserspiegel zu sinken begann.

Bereits seit mehreren Stunden, zwei vielleicht, hielt sich Irene nur noch mit Ismaels Hilfe über Wasser. Dem Mädchen gelang es kaum noch, wach zu bleiben. Ihr Körper zitterte nicht mehr, sondern wiegte sich einfach nur auf den Wellen wie ein lebloser Gegenstand. Während er geduldig abwartete, dass die Ebbe den Eingang freigab, wurde Ismael klar, dass Irene, wäre er nicht da gewesen, schon vor Stunden gestorben wäre.

Während er sie über Wasser hielt und ihr aufmunternde Worte zuflüsterte, die das Mädchen nicht verstehen konnte, erinnerte sich der Junge an die Geschichten, die die Seeleute über Begegnungen mit dem Tod erzählten, und dass, wenn einer einem anderen auf See das Leben rettete, ihre Seelen für immer durch ein unsichtbares Band verbunden blieben.

Allmählich wurde die Strömung schwächer, und Ismael konnte mit Irene im Schlepptau durch den Ausgang der Grotte in die Lagune schwimmen. Im bernsteinfarbenen Licht des Sonnenaufgangs, das sich den Horizont entlangzog, brachte der Junge sie ans Ufer. Als das Mädchen benommen die Augen aufschlug, blickte sie in Ismaels Gesicht, der sie lächelnd ansah.

»Wir sind am Leben«, murmelte er.

Irene fielen vor Erschöpfung die Augen wieder zu.

Ismael blickte ein letztes Mal in den Himmel und betrachtete das Morgenlicht über dem Wald und den Klippen. Es war das schönste Schauspiel, das er je in seinem Leben gesehen hatte. Dann sank er langsam neben Irene in den weißen Sand und überließ sich der Müdigkeit. Nichts hätte sie aus diesem Schlaf aufwecken können. Nichts.

11. Das Gesicht unter der Maske

Das Erste, was Irene sah, als sie aufwachte, waren zwei dunkle, undurchdringliche Augen, die sie eingehend musterten. Das Mädchen zuckte zusammen, und die Möwe flog erschreckt davon. Irenes Lippen fühlten sich rissig und trocken an, ihre Haut brannte, und es juckte sie am ganzen Körper. Ihre Muskeln kamen ihr wie Pudding vor und der Kopf wie aus Watte. Eine Welle der Übelkeit stieg ihr von der Magengrube bis in den Kopf. Als sie sich aufsetzte, stellte sie fest, dass dieses merkwürdige Brennen, das ihren Körper wie Säure zu zerfressen schien, von der Sonne kam. Sie hatte einen bitteren Geschmack auf den Lippen. Das undeutliche Bild einer kleinen Felsbucht drehte sich um sie wie ein Karussell. Sie hatte sich noch nie im Leben schlechter gefühlt.

Als sie sich erneut streckte, entdeckte sie Ismael neben sich. Hätte er nicht stoßweise geatmet, Irene hätte geschworen, dass er tot war. Sie rieb sich die Augen und legte dann ihre mit Schürfwunden übersäte Hand an den Hals ihres Gefährten. Puls. Sie streichelte Ismaels Gesicht, und wenig später schlug der Junge die Augen auf. Die Sonne blendete ihn einen Augenblick.

»Du siehst furchtbar aus«, murmelte er und lächelte mühsam.

»Du müsstest dich mal sehen«, erwiderte das Mädchen.

Wie zwei Schiffbrüchige, die der Sturm am Strand ausgespien hat, standen die beiden taumelnd auf und flüchteten sich in den Schatten eines herabgestürzten Baumstamms zwischen den Klippen. Die Möwe, die ihren Schlaf bewacht hatte, ließ sich erneut im Sand nieder. Ihre Neugier war noch nicht befriedigt.

»Wie spät mag es sein?«, fragte Irene, während sie gegen das wilde Pochen ankämpfte, das bei jedem Wort gegen ihre Schläfen hämmerte.

Ismael zeigte ihr seine Uhr. Das Zifferblatt stand voller Wasser, und der abgerissene Sekundenzeiger erinnerte an einen versteinerten Aal in einem Fischglas. Der Junge hielt beide Hände schützend vor die Augen und beobachtete die Sonne.

»Es ist Mittag vorbei.«

»Wie lange haben wir geschlafen?«, fragte sie.

»Nicht lange genug«, entgegnete Ismael. »Ich könnte eine ganze Woche am Stück schlafen.«

»Zum Schlafen ist jetzt keine Zeit«, drängte Irene.

Er nickte und suchte die Klippen nach einem möglichen Fluchtweg ab.

»Das wird nicht leicht. Ich kenne nur den Weg übers Meer in die Lagune …«, begann er.

»Was ist hinter den Felsen?«

»Der Wald, durch den wir gekommen sind.«

»Worauf warten wir dann noch?«

Ismael betrachtete erneut die Klippen. Eine Wand aus spitzen steinernen Nadeln ragte vor ihnen auf. Diese Felsen zu erklimmen würde seine Zeit brauchen, ganz zu schweigen von den zahllosen Möglichkeiten, Bekanntschaft mit dem Gesetz der Schwerkraft zu machen und sich den Kopf zu zerschmettern. »Wie ein Ei, das auf dem Boden zerschellt«, dachte er. »Ein perfektes Ende.«

»Kannst du klettern?«, fragte er dann.

Irene zuckte mit den Schultern. Der Junge betrachtete ihre nackten, von Sand bedeckten Füße. Die weiße Haut an Armen und Beinen war völlig ungeschützt.

»Ich hatte Sport in der Schule und war eine der Besten beim Seilklettern«, sagte sie. »Ich nehme an, das ist dasselbe.«

Ismael seufzte. Ihre Probleme waren noch nicht ausgestanden.

Für Sekunden war Simone Sauvelle wieder acht Jahre alt. Sie sah wieder die kupferfarbenen und silbernen Lichter, die flüchtige Bilder aus Rauch in die Luft malten. Sie nahm den intensiven Duft des verbrennenden Wachses wahr, die flüsternden Stimmen im Halbdunkel, das unsichtbare Flackern Hunderter Kerzen, die in diesem geheimnisvollen, wundersamen Palast

223

brannten, der die Erinnerungen ihrer Kindheit verzaubert hatte: die altehrwürdige Kathedrale Saint Etienne. Doch der Zauber währte nur diese paar Sekunden.

Als ihre müden Augen wenig später durch die unheimliche Finsternis irrten, die sie umgab, begriff Simone, dass diese Kerzen nicht in einer Kapelle standen, dass die Lichtflecken, die auf den Wänden tanzten, alte Fotografien waren und die Stimmen ein fernes Flüstern, das nur in ihrem Kopf existierte. Ihr Gefühl sagte ihr, dass sie sich weder im Haus am Kap befand noch an irgendeinem anderen Ort, an den sie sich erinnern konnte. In ihrem Kopf hallte ein unscharfes Echo der vergangenen Stunden wider. Sie wusste noch, dass sie sich mit Lazarus auf der Veranda unterhalten hatte. Sie wusste noch, dass sie sich ein Glas heiße Milch gemacht hatte, bevor sie zu Bett gegangen war, und sie erinnerte sich noch an die letzten Worte, die sie in dem Buch gelesen hatte, das auf ihrem Nachttisch lag.

Nachdem sie das Licht gelöscht hatte, erinnerte sie sich vage, von einem schreienden Kind geträumt zu haben, und an das merkwürdige Gefühl, mitten in der Nacht aufzuwachen und zu beobachten, wie die Schatten durch die Dunkelheit zu wandern schienen. Darüber hinaus verschwammen ihre Erinnerungen wie die Ränder einer unvollendeten Zeichnung. Ihre Hände berührten einen Baumwollstoff, und Simone wurde klar, dass sie noch ihr Nachthemd trug. Sie stand auf und näherte sich langsam der Wand, von der das Licht Dutzender weißer Kerzen zurückstrahlte, die sorgfältig in von wächsernen Tränen überzogenen Kandelabern aufgestellt waren.

Die Flammen knisterten gleichmäßig. Dieses Geräusch waren die Stimmen, die sie zu hören geglaubt hatte. Der goldene Widerschein all dieser brennenden Lichter weitete ihre Pupillen, und eine seltsame Helligkeit durchflutete ihren Geist. Die Erinnerungen kamen tropfenweise, wie ein Regenschauer bei Tagesanbruch. Mit ihnen kam der erste Panikanfall.

Sie erinnerte sich an die Berührung unsichtbarer Hände, die sie durch die Dunkelheit trugen. Sie erinnerte sich an eine Stimme, die ihr etwas ins Ohr flüsterte, während jede Faser ihres Körpers erstarrt war, unfähig zu reagieren. Sie erinnerte sich an eine schemenhafte Gestalt, die sie durch den Wald trug. Sie erinnerte sich, wie dieser gespenstische Schatten ihren Namen geflüstert hatte und wie sie, starr vor Angst, begriffen hatte, dass all dies kein Albtraum war. Simone schloss die Augen und schlug die Hände vor den Mund, um einen Schrei zu unterdrücken.

Ihr erster Gedanke galt ihren Kindern. Was war mit Irene und Dorian geschehen? Waren sie noch im Haus? Hatte diese unbeschreibliche Erscheinung sie geholt? Mit herzzerreißender Macht brannten ihr diese Fragen auf der Seele. Sie lief dorthin, wo sie die

Tür vermutete, und rüttelte vergeblich an der Klinke, sie schrie und heulte, bis Erschöpfung und Verzweiflung sie übermannten. Allmählich brachte eine kalte Gleichgültigkeit sie in die Wirklichkeit zurück.

Sie war gefangen. Wer auch immer sie mitten in der Nacht entführt hatte, hatte sie in diesem Raum eingesperrt und womöglich auch ihre Kinder in seine Gewalt gebracht. Der Gedanke, er könne ihnen weh getan oder sie verletzt haben, lag außerhalb ihrer Vorstellungskraft. Wenn sie etwas für sie tun wollte, dann musste sie jeden neuen Anflug von Panik unterdrücken und die Kontrolle über ihre Gedanken behalten. Simone ballte die Fäuste, während sie sich diese Worte immer wieder vorsagte. Sie atmete mit geschlossenen Augen tief durch, bis sie spürte, wie ihr Herz wieder im normalen Rhythmus schlug.

Dann öffnete sie die Augen wieder und sah sich aufmerksam um. Je rascher sie verstand, was hier vor sich ging, desto schneller würde sie hier rauskommen und Irene und Dorian zu Hilfe kommen können.

Das Erste, was ihr ins Auge fiel, waren die kleinen, schlichten Möbel. Kindermöbel, einfach geschreinert, fast schon ärmlich. Sie war in einem Kinderzimmer, aber ihr Gefühl sagte ihr, dass dort schon lange kein Kind mehr lebte. Die Persönlichkeit, die diesen Ort fast greifbar durchdrang, strahlte Alter und Verfall aus. Simone trat ans Bett und setzte sich hin, um das Zimmer von dort aus zu betrachten. In diesem

Zimmer gab es keine Unschuld. Was sie spürte, war Dunkelheit. Bosheit.

Das schleichende Gift der Angst begann ihre Adern zu durchströmen, doch Simone ignorierte ihre Warnzeichen, ergriff einen der Kerzenleuchter und näherte sich der Wand. Unzählige Zeitungsausschnitte und Fotografien bildeten eine Collage, die sich im Dunkel verlor. Ihr fiel auf, mit welcher Sorgfalt all diese Bilder an die Wand geheftet worden waren. Ein düsteres Museum der Erinnerungen entfaltete sich vor ihren Augen, und jeder dieser Ausrisse schien stumm von der Bedeutung zu erzählen, die hinter alldem steckte. Eine Stimme, die sich aus der Vergangenheit bemerkbar zu machen versuchte. Simone hielt die Kerze eine knappe Handbreit vor die Wand und ließ die Flut von Fotografien und Abbildungen, Wörtern und Illustrationen auf sich einströmen.

Beim Überfliegen der Berichte blieben ihre Augen an einem vertrauten Namen hängen: Daniel Hoffmann. Der Name kam wie ein Schlaglicht aus ihrer Erinnerung zum Vorschein. Die geheimnisvolle Person aus Berlin, deren Korrespondenz sie Lazarus' Anweisungen zufolge aussortieren sollte. Die merkwürdige Gestalt, deren Briefe, wie Simone durch Zufall herausgefunden hatte, in den Flammen gelandet waren. Doch etwas stimmte an der ganzen Sache nicht. Der Mann, von dem in diesen Artikeln die Rede war, lebte nicht in Berlin, und den Erscheinungsdaten der

Zeitungen zufolge musste er mittlerweile in einem unwahrscheinlich hohen Alter sein. Verwirrt vertiefte sich Simone in den Text des Berichts.

Der Hoffmann aus den Zeitungsartikeln war ein reicher Mann, unfassbar reich. Ein paar Zentimeter weiter berichtete *Le Figaro* auf der ersten Seite von einem Brand in einer Spielzeugfabrik. Hoffmann war bei dem Unglück ums Leben gekommen. Flammen schlugen aus dem Gebäude, und davor drängte sich eine Menschenmenge, die gebannt das grauenvolle Schauspiel beobachtete. Unter ihnen befand sich ein Junge, der mit verängstigten Augen verloren in die Kamera blickte.

Derselbe Blick war auf einem anderen Ausschnitt zu sehen. Diesmal schilderte der Artikel die düstere Geschichte eines Jungen, der sieben Tage in völliger Dunkelheit in einem Keller eingesperrt gewesen war. Polizeibeamte hatten ihn entdeckt, nachdem sie seine Mutter tot in einer der Wohnungen vorgefunden hatten. Das Gesicht des Jungen, der knapp sieben oder acht Jahre zählen mochte, war ein bodenloser Abgrund.

Ein heftiger Schauder durchlief ihren Körper, während sich die Bruchstücke eines unheimlichen Rätsels in ihrem Kopf zusammenzufügen begannen. Doch da war noch mehr, und die faszinierende Macht dieser Bilder war hypnotisierend. Die Zeitungsausschnitte schritten in der Zeit voran. In vielen war von verschwundenen Personen die Rede, Menschen, von denen Simone noch nie gehört hatte. Unter ihnen stach ein strahlend schönes Mädchen hervor, Alexandra Alma Maltisse, Erbin eines Stahlimperiums aus Lyon, die einer Zeitschrift aus Marseille zufolge die Verlobte eines jungen, aber angesehenen Ingenieurs und Spielzeugerfinders war, Lazarus Jann. Neben diesem Bericht zeigte eine Reihe von Fotografien das glückliche Paar beim Verteilen von Spielzeug in einem Waisenhaus in Montparnasse. Die beiden strahlten förmlich vor Glück. »Es ist mein fester Vorsatz, dass alle Kinder in diesem Land ungeachtet ihrer Lebenssituation ein Spielzeug besitzen sollen«, erklärte der Erfinder unter der Fotografie.

Daneben zeigte eine andere Zeitung die Vermählung von Lazarus Jann und Alexandra Maltisse an. Das offizielle Verlobungsfoto war am Fuß der Freitreppe von Cravenmoore gemacht worden.

Ein vor Jugend strotzender Lazarus umarmte seine Braut. Keine einzige Wolke trübte dieses traumhafte Bild. Der junge, umtriebige Lazarus Jann hatte das prächtige Anwesen erworben, um dort seinen ehelichen Hausstand zu gründen. Mehrere Bilder von Cravenmoore illustrierten den Artikel.

Immer mehr Bilder und Zeitungsausschnitte reihten sich aneinander und vergrößerten diese Galerie von Personen und Ereignissen aus der Vergangenheit. Simone blieb stehen und machte kehrt. Das Gesicht dieses verlorenen, verängstigten Jungen ließ sie nicht los. Ihre Augen versanken in diesem verzweifelten Blick, und langsam erkannte sie darin den Blick wieder, in den sie Hoffnungen und Freundschaft gesetzt hatte. Es war nicht der Blick dieses Jean Neville, von dem Lazarus ihr erzählt hatte. Dieser Blick war ihr vertraut, schmerzlich vertraut. Es war der Blick von Lazarus Jann.

Eine schwarze Wolke breitete einen Schleier über ihr Herz. Sie atmete tief durch und schloss die Augen. Aus irgendeinem Grund wusste Simone schon, dass sich noch jemand im Zimmer befand, noch bevor die Stimme hinter ihrem Rücken erklang.

Um kurz vor vier am Nachmittag standen Ismael und Irene oben auf den Klippen. Die blauen Flecke und Schnittwunden, die der Stein ihnen an Armen und Beinen beigebracht hatte, zeugten von dem schwierigen Aufstieg. Das war der Preis dafür, dass sie diesen verbotenen Pfad betreten hatten. Ismael hatte damit gerechnet, dass der Aufstieg schwierig werden würde, doch die Wirklichkeit hatte sich als noch schlimmer und gefährlicher erwiesen als befürchtet. Irene hatte, ohne eine Sekunde zu zögern und ohne auch nur einmal den Mund aufzumachen, um sich über die Kratzer zu beklagen, die ihr die Haut aufrissen, einen Mut an den Tag gelegt, den er noch nie zuvor bei einem Menschen gesehen hatte.

Das Mädchen war nach oben geklettert und hatte sich auf Felsvorsprünge gewagt, auf die niemand bei klarem Verstand einen Fuß gesetzt hätte. Als sie schließlich den Waldrand erreichten, umarmte Ismael sie nur schweigend. Die Stärke, die in diesem Mädchen brannte, konnte nicht einmal ein ganzer Ozean löschen.

»Müde?«

Atemlos schüttelte Irene den Kopf.

»Hat dir schon mal jemand gesagt, dass du der sturste Mensch auf diesem Planeten bist?«

Ein leises Lächeln erschien auf den Lippen des Mädchens.

»Warte, bis du meine Mutter kennenlernst.«

Bevor Ismael etwas erwidern konnte, nahm sie ihn bei der Hand und zog ihn in den Wald. Hinter ihnen glitzerte in schwindelerregender Tiefe die Lagune.

Wenn ihm einer gesagt hätte, dass er eines Tages diese teuflischen Klippen hinaufklettern würde, hätte er ihm nicht geglaubt. Was allerdings Irene anging, so war er bereit, alles zu glauben.

Simone wandte sich langsam der Dunkelheit zu. Sie konnte die Gegenwart des Eindringlings spüren, sie konnte sogar das Hauchen seines langsamen Atems hören. Aber sehen konnte sie ihn nicht. Der Schein der Kerzen verschwamm zu einem undurchdringlichen Lichtkreis, hinter dem sich das Zimmer in einen dunklen, bodenlosen Bühnenraum verwandelte. Simone starrte in die Finsternis. Eine seltsame Ruhe überkam sie und ließ sie so klar denken, dass sie selbst überrascht war. Ihre Sinne schienen mit unheimlicher Genauigkeit jedes kleine Detail ihrer Umgebung zu erfassen. Sie nahm jede Regung der Luft, jedes Geräusch, jeden Lichtreflex wahr. Hinter diesem Zustand merkwürdiger Ruhe verschanzt, stand sie schweigend der Dunkelheit gegenüber und wartete, dass sich der Besucher zu erkennen gab.

»Ich hatte nicht erwartet, Sie hier zu sehen«, sagte schließlich eine Stimme aus der Dunkelheit, eine leise, distanzierte Stimme. »Haben Sie Angst?«

Simone schüttelte den Kopf.

»Gut. Das brauchen Sie auch nicht.«

»Wollen Sie sich weiter dort verstecken, Lazarus?«

Auf ihre Frage folgte ein langes Schweigen. Lazarus' Atmen war deutlicher zu hören.

»Ich ziehe es vor, hierzubleiben«, antwortete er schließlich.

»Warum?«

Etwas blitzte im Dunkeln auf. Ein flüchtiges, fast unmerkliches Funkeln.

»Weshalb setzen Sie sich nicht, Madame Sauvelle?«

»Ich ziehe es vor, stehen zu bleiben.«

»Wie Sie wollen.« Der Mann machte erneut eine Pause. »Wahrscheinlich werden Sie sich fragen, was geschehen ist.«

»Unter anderem«, sagte Simone brüsk. Die Entrüstung war aus ihrem Tonfall herauszuhören.

»Vielleicht ist es am einfachsten, wenn Sie mir Ihre Fragen stellen und ich versuche, sie zu beantworten.«

Simone ließ ein wütendes Schnaufen vernehmen.

»Meine erste und einzige Frage lautet, wie ich hier rauskomme«, sagte sie knapp.

»Ich fürchte, die Antwort darauf ist mir nicht möglich. Noch nicht.«

»Warum nicht?«

»Ist das eine weitere Frage?«

»Wo bin ich?«

»Auf Cravenmoore.«

»Wie bin ich hierhergekommen und weshalb?«

»Jemand hat Sie hergebracht …«

»Sie?«

»Nein.«

»Wer dann?«

»Jemand, den Sie nicht kennen … noch nicht.«

»Wo sind meine Kinder?«

»Ich weiß es nicht.«

Simone ging langsam auf die Dunkelheit zu, das Gesicht zorngerötet.

»Sie verdammtes Scheusal!«

Sie ging auf die Stelle zu, von wo die Stimme kam. Allmählich nahmen ihre Augen eine Gestalt in einem Lehnsessel wahr. Lazarus. Aber etwas an seinem Gesicht war seltsam. Simone blieb stehen.

»Es ist eine Maske«, sagte Lazarus.

»Wozu?«, fragte sie, während sie spürte, wie sich die Ruhe, die sie empfunden hatte, mit atemberaubender Geschwindigkeit verflüchtigte.

»Masken enthüllen das wahre Gesicht eines Menschen …«

Simone bemühte sich, die Ruhe zu bewahren. Ihrer Wut freien Lauf zu lassen würde zu nichts führen.

»Wo sind meine Kinder? Bitte …«

»Ich habe es Ihnen doch schon gesagt, Madame Sauvelle. Ich weiß es nicht.«

»Was haben Sie mit mir vor?«

Lazarus streckte eine Hand aus, die in einem Satinhandschuh steckte. Die Oberfläche der Maske blitzte erneut auf. Das war das Funkeln, das sie zuvor bemerkt hatte.

»Ich tue Ihnen nichts, Simone. Sie brauchen keine Angst vor mir zu haben. Sie müssen mir vertrauen.«

»Ein etwas unpassendes Ansinnen, finden Sie nicht?«

»Es ist zu Ihrem eigenen Besten. Ich versuche Sie zu beschützen.«

»Vor wem?«

»Setzen Sie sich doch, bitte.«

»Was zum Teufel geht hier vor? Warum sagen Sie mir nicht, was los ist?« Simone merkte, wie ihre Stimme zu einem dünnen, kindlichen Wispern wurde. Weil sie merkte, dass sie sich am Rand der Hysterie bewegte, ballte sie die Fäuste und atmete tief durch.

Dann trat sie ein paar Schritte zurück und nahm in einem der Sessel Platz, die rings um ein leeres Tischchen standen.

»Danke«, flüsterte Lazarus.

Eine Träne rollte ihr die Wange hinab.

»Zunächst einmal sollen Sie wissen, dass ich es zutiefst bedaure, dass Sie in all das hineingezogen wurden. Ich hätte nie gedacht, dass es so weit kommen würde«, erklärte der Spielzeugfabrikant.

»Es gab nie einen Jungen namens Jean Neville, nicht wahr?«, fragte Simone. »Dieser Junge waren Sie. Die Geschichte, die ich ihnen erzählt haben ... Das war die halbe Wahrheit Ihrer eigenen Geschichte.«

»Ich sehe, Sie haben meine Sammlung von Zeitungsausschnitten gelesen. Das hat Sie wahrscheinlich zu einigen interessanten, aber falschen Schlussfolgerungen kommen lassen.«

»Die einzige Schlussfolgerung, die ich gezogen habe, Monsieur Jann, ist die, dass Sie ein kranker Mann sind, der Hilfe braucht. Ich weiß nicht, wie Sie es geschafft haben, mich hierherzubringen, aber ich versichere Ihnen, dass mich mein erster Gang zur Gendarmerie führen wird, sobald ich hier herauskomme. Entführung ist ein Verbrechen ...«

Ihre Worte kamen ihr ebenso lächerlich wie fehl am Platz vor.

»Darf ich daraus schließen, dass Sie beabsichtigen, Ihre Stelle aufzugeben, Madame Sauvelle?«

Diese merkwürdige Form von Ironie ließ Simone hellhörig werden. Diese Bemerkung passte so gar nicht zu dem Lazarus, den sie kannte. Aber wenn etwas klar war, dann, dass sie ihn eigentlich überhaupt nicht kannte.

»Ich ahne, was Sie wollen«, gab sie kühl zurück.

»Gut. In diesem Fall gestatten Sie mir, bevor Sie zur Polizei gehen – meine Erlaubnis dazu haben Sie –, dass ich die fehlenden Teile der Geschichte ergänze, die Sie sich zweifellos bereits in Ihrem Kopf zurechtgelegt haben.«

Simone betrachtete die fahle, völlig ausdruckslose Maske. Ein Porzellangesicht, aus dem diese kalte, distanzierte Stimme hervordrang. Seine Augen waren zwei dunkle Höhlen.

»Sie werden sehen, meine liebe Simone, die einzige Moral, die sich aus dieser und jeder anderen Geschichte ziehen lässt, ist die, dass im wahren Leben, anders als in Romanen, nichts so ist, wie es scheint …«

»Versprechen Sie mir eines, Lazarus«, unterbrach sie ihn.

»Wenn es in meiner Macht steht …«

»Versprechen Sie mir, dass Sie mich mit meinen Kindern von hier fortgehen lassen, wenn ich mir Ihre Geschichte anhöre. Ich schwöre Ihnen, dass ich nicht zur Polizei gehen werde. Ich werde nur meine Familie nehmen und das Dorf für immer verlassen. Sie werden nie wieder von mir hören«, bat Simone.

Die Maske schwieg einige Sekunden.

»Das ist es, was Sie wollen?«

Sie nickte und schluckte die Tränen hinunter.

»Sie enttäuschen mich, Simone. Ich dachte, wir seien Freunde. Gute Freunde.«

»Bitte …«

Die Maske ballte die Faust.

»Gut. Wenn es Ihr Wunsch ist, mit Ihren Kindern vereint zu sein, soll es so sein. Zu seiner Zeit …«

»Erinnern Sie sich an Ihre Mutter, Madame Sauvelle? Alle Kinder haben in ihrem Herzen einen Platz für die Frau reserviert, die ihnen das Leben schenkte. Sie ist wie ein Lichtpunkt, der nie erlischt. Ein Stern am Firmament. Ich habe den größten Teil meines Lebens mit dem Versuch verbracht, diesen Punkt zu löschen. Ihn völlig zu vergessen. Doch das ist nicht leicht. Wirklich nicht leicht. Ich hoffe, dass Sie sich meine Geschichte anhören, bevor Sie über mich urteilen, mich verurteilen. Ich werde mich kurzfassen. Gute Geschichten kommen mit wenigen Worten aus …

Ich kam in der Nacht des 26. Dezember 1882 in einem heruntergekommenen Haus in der finstersten Gasse des Gobelins-Viertels von Paris zur Welt. Ein düsterer, ungesunder Ort. Haben Sie Victor Hugo gelesen, Madame Sauvelle? Wenn ja, dann wissen

Sie, wovon ich rede. Dort also brachte meine Mutter mit Hilfe ihrer Nachbarin Nicole ein kleines Baby zur Welt. Es war ein so bitterkalter Winter, dass es offenbar Minuten dauerte, bis ich zu schreien begann, wie man es von einem Baby erwartet. So kam es, dass meine Mutter zunächst überzeugt war, ich sei tot geboren worden. Als sie feststellte, dass dem nicht so war, glaubte die Ärmste an ein Wunder und beschloss – Ironie des Schicksals –, mich auf den Namen Lazarus zu taufen.

Rückblickend gesehen, ist meine Kindheit für mich eine einzige Abfolge von lärmendem Geschrei in den Gassen und langen Krankheiten meiner Mutter gewesen. In einer meiner frühesten Erinnerungen sitze ich auf den Knien von Nicole, der Nachbarin, und höre zu, wie die gute Frau mir erzählt, dass meine Mutter sehr krank sei und sich nicht um mich kümmern könne, ich solle so gut sein und zu den anderen Kindern spielen gehen. Bei den anderen Kindern, von denen sie sprach, handelte es sich um eine Horde zerlumpter Jungs, die den lieben langen Tag bettelten und mit sieben Jahren bereits gelernt hatten, dass man im Viertel nur überlebte, wenn man Krimineller oder Polizist wurde. Unnötig zu erklären, welche der beiden Möglichkeiten die bevorzugte war.

Der einzige Hoffnungsschimmer in jenen Tagen im Viertel war eine geheimnisvolle Gestalt, die uns bis in unsere Träume beschäftigte. Ihr Name war Daniel

Hoffmann, und dieser Name war für uns alle so phantastisch, dass viele sogar an der Existenz des Mannes zweifelten. Der Legende zufolge streifte Hoffmann in unterschiedlichen Verkleidungen und unter verschiedenen Identitäten durch die Straßen von Paris, um Spielzeug an die armen Kinder zu verteilen, das er in seiner Fabrik hergestellt hatte. Alle Kinder in Paris hatten von ihm gehört und träumten davon, dass eines Tages sie die Glücklichen sein würden.

Hoffmann war der Herrscher über Magie und Phantasie. Nur eines konnte die Faszination für ihn zunichtemachen: das Alter. Wenn die Kinder älter wurden und die Fähigkeit verloren, zu träumen und zu spielen, verschwand der Name Daniel Hoffmann aus ihrem Gedächtnis, bis sie ihn eines Tages, nun erwachsen, nicht mehr wiedererkannten, wenn sie ihn aus dem Munde ihrer eigenen Kinder hörten …

Daniel Hoffmann war der größte Spielzeugfabrikant, den es je gegeben hatte. Er besaß eine riesige Fabrik im Gobelins-Viertel. Seine Spielzeugmanufaktur erinnerte an eine mächtige Kathedrale, die sich aus der Finsternis dieses unheimlichen, von Gefahren und Armut heimgesuchten Viertels erhob. Mittendrin ragte ein spitzer Turm empor, der bis zu den Wolken reichte. Von dort erklangen jeden Tag des Jahres die Morgen- und die Abendglocken. Das Läuten dieser Glocken war in der ganzen Stadt zu hören. Jedes Kind im Viertel kannte dieses Gebäude, die Erwachsenen hingegen konnten es nicht sehen und glaubten, an dieser Stelle befände sich ein riesiges, undurchdringliches Sumpfgelände, eine Brache im dunklen Herzen von Paris.

Niemand hatte jemals Daniel Hoffmanns wahres Gesicht gesehen. Es hieß, der Spielzeugmacher bewohne einen Raum ganz oben im Turm, den er kaum je verlasse, außer wenn er in der Abenddämmerung verkleidet durch die Straßen von Paris streife, um den notleidenden Kindern der Stadt Spielzeug zu schenken. Als Gegenleistung verlange er nur eines: das Herz der Kinder, die ihm auf ewig Liebe und Gehorsam versprechen mussten. Jeder Junge aus dem Viertel hätte ihm, ohne zu zögern, sein Herz gegeben. Aber nicht alle hörten den Ruf. Gerüchte sprachen von Hunderten unterschiedlicher Verkleidungen, hinter denen Hoffmann sein wahres Ich verberge. Einige verstiegen sich zu der Behauptung, Daniel Hoffmann verwende keine Aufmachung ein zweites Mal.

Aber kehren wir zu meiner Mutter zurück. Die Krankheit, von der Nicole sprach, ist für mich noch heute ein Rätsel. Ich habe den Eindruck, dass manche Menschen wie Spielzeug mit einem Fabrikationsfehler zur Welt kommen. In gewisser Weise macht uns das alle zu kaputtem Spielzeug, finden Sie nicht? Jedenfalls ging mit dem Leiden meiner Mutter mit der Zeit ein zunehmender Verlust ihrer geistigen Fähigkeiten einher. Wenn der Körper versehrt ist, kommt nach kurzer Zeit auch der Geist vom Weg ab. So ist das Leben.

So wuchs ich also auf, und die Einsamkeit war mein einziger Begleiter, während ich davon träumte, dass eines Tages Daniel Hoffmann auftauchen werde, um mir zu helfen. Ich erinnere mich, dass ich jeden Abend vor dem Einschlafen zu meinem Schutzengel betete, er möge mich zu ihm führen. Jeden Abend. Und so kam es, dass ich, wahrscheinlich geleitet von meinen Hoffmann-Phantasien, mein eigenes Spielzeug herzustellen begann.

Dazu verwendete ich Schrott, den ich im Müll des Viertels fand. Ich baute meinen ersten Zug und eine dreistöckige Burg. Auf diese folgten ein Drache aus Pappmaché und noch später eine Flugmaschine, lange bevor Flugzeuge eine alltägliche Erscheinung am Himmel wurden. Mein liebstes Spielzeug allerdings war Gabriel. Gabriel war ein Engel. Ein wunderschöner Engel, den ich eigenhändig gebastelt hatte, damit er mich vor der Finsternis und den Gefahren des Schicksals bewahre. Ich fertigte ihn aus den Resten eines Bügeleisens und Eisenteilen, die ich in einer leerstehenden Weberei zwei Straßen von unserer Wohnung entfernt auftrieb. Doch meinem Schutzengel Gabriel war nur ein kurzes Leben beschieden.

An dem Tag, als meine Mutter mein gesamtes Spielzeugarsenal entdeckte, war Gabriel dem Tod geweiht.

Meine Mutter brachte mich in den Keller des Hauses, und dort erzählte sie mir im Flüsterton, dass jemand im Schlaf zu ihr spreche. Dabei blickte sie sich ständig um, als fürchtete sie, jemand könne in der Dunkelheit lauern. Dieser Einflüsterer habe ihr mitgeteilt, Spielzeug – jedes Spielzeug – sei das Werk des Teufels, mit dem dieser die Seelen der Kinder der Welt verderben wolle. Noch in dieser Nacht landeten Gabriel und mein gesamtes Spielzeug im Küchenherd.

Meine Mutter bestand darauf, dass wir die Spielsachen gemeinsam vernichteten, um sicherzugehen, dass sie zu Asche verbrannten. Andernfalls, so erklärte sie, werde mich der Schatten meiner verdammten Seele heimsuchen. Jedes Missverhalten, jeder Fehler, jeder Ungehorsam falle auf diesen Schatten zurück, den ich stets in mir trüge, sei er doch ein Spiegelbild meines schlechten, rücksichtslosen Verhaltens ihr und der ganzen Welt gegenüber …

Damals war ich sieben Jahre alt.

Um diese Zeit herum spitzte sich die Krankheit meiner Mutter zu. Sie fing an, mich im Keller einzusperren, wo mich der Schatten nicht finden könne, wenn er mich holen käme. Während dieser langen Gefangenschaften wagte ich kaum zu atmen, aus lauter Angst, mein Schluchzen könne den Schatten auf mich aufmerksam machen, diesen bösartigen Spiegel meiner schwachen Seele, und mich direkt in die Hölle bringen. Das alles mag Ihnen komisch oder vielleicht traurig erscheinen, Madame Sauvelle, doch für den kleinen Jungen von damals war es schauriger Alltag.

Ich will Sie nicht mit schnöden Details aus jener Zeit langweilen. Es genügt, zu erzählen, dass während eines solchen Arrests meine Mutter den letzten Rest Verstand verlor, der ihr noch geblieben war, und ich eine ganze Woche alleine in diesem stockfinsteren Keller saß. Sie werden es bereits in dem Zeitungsartikel gelesen haben, nehme ich an. Eine dieser Geschichten, die die Leute von der Presse gerne auf die Titelseite ihrer Blätter heben. Schlechte Nachrichten, besonders wenn sie ungeheuerlich und haarsträubend sind, tragen mit erstaunlichem Erfolg dazu bei, die Geldbörsen des Publikums zu öffnen. Ach ja, Sie werden sich bestimmt fragen, was ein Kind macht, das sieben Tage und Nächte in einem dunklen Keller eingesperrt ist?

Zunächst einmal erlauben Sie mir die Feststellung, dass der Mensch nach einigen Stunden ohne Licht das Zeitgefühl verliert. Stunden werden zu Minuten und Sekunden. Oder Wochen, wenn Ihnen das lieber ist. Zeit und Licht hängen eng zusammen. Jedenfalls geschah in diesem Zeitraum etwas wirklich Unglaubliches. Ein Wunder. Mein zweites Wunder, wenn Sie so wollen, nach jenen ungewissen Minuten gleich nach meiner Geburt.

Meine Gebete wurden erhört. All die Nächte, in denen ich stumm gebetet hatte, waren nicht vergebens gewesen. Nennen Sie es Glück, nennen Sie es Schicksal.

Daniel Hoffmann kam zu mir. Zu mir. Von allen Kindern in Paris war ich in dieser Nacht auserwählt worden, seine Gunst zu empfangen. Ich erinnere mich noch heute, wie es leise an der Kellerluke klopfte, die nach draußen auf die Straße führte. Ich konnte sie nicht erreichen, aber ich konnte der Stimme antworten, die von draußen mit mir sprach – die wunderbarste und gütigste Stimme, die ich jemals gehört habe. Eine Stimme, die die Dunkelheit vertrieb und die Angst eines armen verängstigten Kindes dahinschmelzen ließ wie Eis in der Sonne. Und wissen Sie was, Simone? Daniel Hoffmann nannte mich beim Namen.

Und ich öffnete ihm mein Herz. Plötzlich erfüllte ein wundervolles Licht den Keller, und Hoffmann erschien wie aus dem Nichts. Er trug einen strahlend weißen Anzug. Wenn Sie ihn gesehen hätten, Simone. Er war ein Engel, ein leibhaftiger Engel des Lichts. Ich habe noch nie jemanden gesehen, der eine solche Aura von Schönheit und Frieden verbreitete.

In jener Nacht unterhielten Daniel Hoffmann und ich uns ganz vertraut, so wie Sie und ich es jetzt tun. Ich brauchte ihm nicht von Gabriel und meinen übrigen Spielsachen zu erzählen; er wusste bereits Bescheid. Hoffmann war gut informiert, müssen Sie wissen. Er wusste auch von den Geschichten, die mir meine Mutter über den Schatten erzählt hatte. Er wusste alles darüber. Erleichtert gestand ich ihm, dass dieser Schatten mich wirklich geängstigt hatte. Sie können sich nicht vorstellen, wie viel Mitgefühl und Anteilnahme von diesem Mann ausgingen. Er hörte sich geduldig an, was mir widerfahren war, und ich konnte spüren, dass er an meinem Leid und meiner Angst teilhatte. Und insbesondere verstand er, was meine größte Angst war, mein schlimmster Albtraum: der Schatten. Mein eigener Schatten, dieser bösartige Geist, der mir überallhin folgte und der alles Böse auf sich vereinte, das ich in mir trug …

Es war Daniel Hoffmann, der mir erklärte, was ich tun sollte. Bis dahin hatte ich keine Ahnung, müssen Sie wissen. Was wusste ich schon über Schatten? Was wusste ich über diese geheimnisvollen Geister, die die Menschen in ihren Träumen heimsuchten und ihnen von der Zukunft und der Vergangenheit erzählten? Nichts.

Aber er wusste. Er wusste *alles*. Und er war bereit, mir zu helfen.

In jener Nacht offenbarte Daniel Hoffmann mir die Zukunft. Er sagte mir, dass ich auserwählt sei, ihm an die Spitze seines Imperiums nachzufolgen. Er erklärte mir, dass sein ganzes Wissen und seine ganze Kunst eines Tages mir gehören würden und die Welt aus Armut, die mich umgab, für immer verschwinden werde. Er gab mir eine Perspektive, von der ich niemals zu träumen gewagt hätte. Eine Zukunft. Ich wusste überhaupt nicht, was das war. Er ermöglichte sie mir. Ich musste nur eines dafür tun. Ein kleines, unbedeutendes Versprechen: ich musste ihm mein Herz schenken. Nur ihm und niemandem sonst.

Der Spielzeugfabrikant fragte mich, ob ich begriffe, was das bedeute. Ich bejahte, ohne einen Augenblick zu zögern. Natürlich konnte er mein Herz haben. Er war der einzige Mensch, der jemals gut zu mir gewesen war. Der einzige Mensch, dem ich etwas bedeutet hatte. Er sagte mir, wenn ich wolle, käme ich sehr bald fort und würde weder dieses Haus noch diesen Ort jemals wiedersehen, nicht einmal meine Mutter. Und das Wichtigste, ich bräuchte mich nie wieder wegen des Schattens zu sorgen. Wenn ich tun würde, was er von mir verlange, werde eine strahlende Zukunft vor mir liegen.

Er fragte mich, ob ich ihm vertraute. Ich bejahte. Daraufhin zog er einen kleinen Kristallflakon hervor, ähnlich jenen, in denen Sie Parfüm aufbewahren würden. Lächelnd öffnete er den Verschluss, und ich wurde Zeuge eines überwältigenden Schauspiels. Mein Schatten, mein Abbild an der Wand, verwandelte sich in einen tanzenden Fleck. Eine dunkle Wolke, die von dem Flakon aufgesogen wurde, für immer in seinem Inneren gefangen. Dann verschloss Daniel Hoffmann den Flakon und reichte ihn mir. Das Kristall war kalt wie Eis.

Er erklärte mir, dass ihm von nun an mein Herz gehöre und all meine Probleme bald, sehr bald, verschwunden sein würden. Falls ich meinen Schwur nicht bräche. Ich beteuerte, dass ich so etwas niemals tun würde. Er lächelte mir noch einmal freundlich zu und überreichte mir ein Geschenk. Ein Kaleidoskop. Dann forderte er mich auf, die Augen zu schließen und mit aller Kraft an das zu denken, was ich mir am meisten wünschte auf der Welt. Während ich das tat, beugte er sich zu mir herunter und küsste mich auf die Stirn. Als ich die Augen wieder öffnete, war er nicht mehr da.

Eine Woche später befreite mich die Polizei aus diesem Loch, alarmiert von einem unbekannten Informanten, der gemeldet hatte, was bei mir zu Hause vorging. Meine Mutter war tot …

Auf dem Weg zum Kommissariat waren die Straßen auf einmal voller Feuerwehrwagen. Man konnte das Feuer in der Luft riechen. Die Polizisten, die mich begleiteten, machten einen Umweg, und da konnte ich es sehen: Am Horizont brannte Daniel Hoffmanns Fabrik. Es war einer der schrecklichsten Brände, die Paris in seiner Geschichte erlebt hatte. Die Menschen, die das Gebäude nie wahrgenommen hatten, starrten auf diese Kathedrale aus Feuer. Und da erinnerten sich alle an den Namen der Person, die einmal Träume in ihre Kinderherzen gesät hatte: Daniel Hoffmann. Der Palast des Herrschers brannte …

Die Flammen und die schwarze Rauchsäule stiegen drei Tage und drei Nächte in den Himmel, als hätte sich im dunklen Herzen der Stadt die Pforte der Hölle aufgetan. Ich war dort und habe es mit eigenen Augen gesehen. Tage später, als nur noch Asche von dem eindrucksvollen Gebäude kündete, das einmal dort gestanden hatte, verbreiteten die Zeitungen die Meldung.

Nach einiger Zeit machten die Behörden einen Verwandten meiner Mutter ausfindig, der sich meiner annahm, und ich zog zu seiner Familie nach Cap d'Antibes. Dort wuchs ich auf und ging zur Schule. Ein normales, glückliches Leben, wie Daniel Hoffmann es mir versprochen hatte. Ich erlaubte mir sogar, eine Variante meiner Vergangenheit zu ersinnen, um sie mir selbst zu erzählen: die Geschichte, die ich auch Ihnen erzählt habe.

An meinem achtzehnten Geburtstag erhielt ich einen Brief. Er war acht Jahre zuvor im Postamt von Montparnasse abgestempelt worden. Darin teilte mein alter Freund mir mit, in der Anwaltskanzlei eines gewissen Monsieur Gilbert Travant in Fontainebleau seien die Dokumente für ein Anwesen an der Küste der Normandie hinterlegt, das mit Vollendung der Volljährigkeit rechtmäßig in meinen Besitz übergehe. Die Nachricht auf Büttenpapier war mit einem »D« gezeichnet.

Erst einige Jahre später nahm ich Cravenmoore in Besitz. Damals war ich bereits ein aufstrebender Ingenieur. Meine Spielzeugentwürfe übertrafen alles, was man zur damaligen Zeit kannte. Bald wurde mir klar, dass die Zeit gekommen war, meine eigene Fabrik zu gründen. In Cravenmoore. Alles geschah genau so, wie es mir angekündigt worden war. Alles, bis sich der *Zwischenfall* ereignete. Es geschah an einem 13. Februar an der Porte Saint Michel. Sie hieß Alexandra Alma Maltisse und war das schönste Geschöpf, das ich jemals gesehen hatte.

In all diesen Jahren hatte ich stets den Flakon aufbewahrt, den Daniel Hoffmann mir in jener Nacht in dem Keller in der Rue des Gobelins übergeben hatte. Er fühlte sich noch genauso kalt an wie damals. Sechs Monate später brach ich das Versprechen, das ich Daniel Hoffmann gegeben hatte, und schenkte mein Herz diesem jungen Mädchen. Ich heiratete sie. Es war der glücklichste Tag meines Lebens. In der Nacht vor der Hochzeit, die auf Cravenmoore stattfinden sollte, nahm ich den Flakon mit meinem Schatten und ging zu den Klippen am Kap. Von dort warf ich ihn ins dunkle Wasser, um ihn für immer dem Vergessen anheimzugeben.

Natürlich brach ich mein Versprechen …«

Die Sonne senkte sich bereits über die Bucht, als Ismael und Irene durch die Bäume hindurch die Rückseite des Hauses am Kap erkennen konnten. Die Erschöpfung der beiden schien sich unauffällig an einen nicht allzu fernen Ort zurückgezogen zu haben, um in einem geeigneteren Moment zurückzukehren. Ismael hatte schon einmal von diesem Phänomen gehört, eine Art zweite Luft, wie sie Sportler bekamen, wenn sie die Grenze ihrer eigenen Leistungsfähigkeit überschritten. War dieser Punkt einmal überwunden, machte der Körper einfach weiter, ohne Anzeichen von Ermüdung zu zeigen. Natürlich nur, bis der Motor anhielt. War die Anstrengung vorüber, folgte die Strafe auf dem Fuße. Eine Bringschuld der Muskeln sozusagen.

»Woran denkst du?«, fragte Irene, als sie die nachdenkliche Miene des Jungen bemerkte.

»Daran, dass ich Hunger habe.«

»Und ich erst mal. Ist das nicht seltsam?«

»Im Gegenteil. Nichts macht solchen Appetit wie ein ordentlicher Schreck …«, scherzte Ismael.

Das Haus am Kap lag still da, nichts deutete darauf hin, dass jemand dort war. Zwei Reihen trockener Wäsche flatterten an der Leine im Wind. Ismael erhaschte aus den Augenwinkeln einen kurzen Blick auf etwas, bei dem es sich um Irenes Unterwäsche zu handeln schien. In Gedanken malte er sich aus, wie sie wohl darin aussehen mochte.

»Bist du in Ordnung?«, erkundigte sie sich.

Der Junge schluckte, aber er nickte.

»Nur müde und hungrig, das ist alles.«

Irene warf ihm ein unergründliches Lächeln zu.

Für eine Sekunde erwog Ismael die Möglichkeit, dass alle Frauen insgeheim in der Lage sein könnten, Gedanken zu lesen. Besser, sich nicht mit leerem Magen solchen Überlegungen hinzugeben.

Das Mädchen versuchte die Hintertür des Hauses zu öffnen, aber offenbar hatte jemand von innen den Riegel vorgeschoben. Irenes Lächeln wich einer besorgten Miene.

»Mama? Dorian?«, rief sie, während sie einige Schritte zurücktrat und zu den Fenstern im ersten Stock hinaufsah.

»Versuchen wir es vorne«, sagte Ismael.

Sie folgte ihm ums Haus herum zur Veranda. Ein Teppich aus zerbrochenem Glas breitete sich vor ihren Füßen aus. Die beiden blieben stehen, und ihr Blick fiel auf die zerstörte Tür und die zerborstenen Fenster. Auf den ersten Blick sah es so aus, als hätte eine Gasexplosion die Tür aus den Angeln gehoben und einen Scherbenregen nach draußen geschleudert. Irene versuchte gegen die Kälte anzukämpfen, die aus ihrem Magen hochkroch. Vergeblich. Sie warf Ismael einen verängstigten Blick zu und wollte ins Haus gehen. Er hielt sie wortlos zurück.

»Madame Sauvelle?«, rief er von der Veranda aus.

Seine Stimme verhallte in der Tiefe des Hauses. Ismael ging vorsichtig hinein und sah sich die Lage an. Irene erschien hinter ihm. Der Aufschrei des Mädchens ging durch Mark und Bein.

Falls es ein Wort gab, um den Zustand des Hauses zu beschreiben, dann war es Verwüstung. Ismael hatte noch nie die Auswirkungen eines Tornados gesehen, aber er stellte sich vor, dass es so ähnlich aussehen musste wie das, was er hier vor sich hatte.

»Mein Gott …«

»Vorsicht mit den Scherben«, warnte der Junge.

»Mama!«

Der Schrei hallte durchs Haus, wie ein Geist, der von Zimmer zu Zimmer schwebte. Ohne Irene auch nur eine Sekunde loszulassen, trat Ismael an die Treppe und warf einen Blick in den oberen Stock.

»Gehen wir rauf«, sagte sie.

Sie gingen langsam die Treppe hinauf, während sie die Spuren betrachteten, die eine unsichtbare Kraft ringsum hinterlassen hatte. Irene bemerkte zuerst, dass Simones Schlafzimmer keine Tür mehr hatte.

»Nein …«, murmelte sie.

Ismael trat rasch in den Türrahmen und sah hinein. Nichts. Dann durchsuchten die beiden nacheinander sämtliche Zimmer im ersten Stock. Gähnende Leere.

»Wo sind sie?«, fragte das Mädchen mit bebender Stimme.

»Hier ist niemand. Lass uns wieder runtergehen.«

Soweit er sehen konnte, war der Kampf, oder was auch immer dort stattgefunden hatte, heftig gewesen. Der Junge behielt seine Beobachtungen für sich, aber ein dunkler Verdacht hinsichtlich des Schicksals von

Irenes Familie ging ihm durch den Kopf. Das Mädchen, das noch unter Schock schien, stand lautlos weinend am Fuß der Treppe. In ein paar Minuten würde die Hysterie einsetzen, dachte Ismael. Besser er überlegte sich etwas, und zwar schnell, bevor es so weit war. Er ging in Gedanken ein Dutzend Möglichkeiten durch, eine sinnloser als die andere, als beide zum ersten Mal das Klopfen hörten. Dann war es wieder totenstill.

Irene blickte aus verweinten Augen auf und sah Ismael fragend an. Der Junge nickte und hob einen Finger, um ihr zu bedeuten, dass sie still sein solle. Das Klopfen wiederholte sich, hart und metallisch hallte es durchs Haus. Ismael brauchte einige Sekunden, bis er diese dumpfen, dunklen Schläge einordnen konnte. Metall. Etwas oder jemand schlug irgendwo im Haus auf ein Stück Metall. Das Geräusch wiederholte sich regelmäßig. Ismael spürte das Vibrieren unter seinen Füßen, und sein Blick fiel auf eine verschlossene Tür im Flur, der in die Küche im rückwärtigen Teil des Hauses führte.

»Wohin führt diese Tür?«

»In den Keller …«, antwortete Irene.

Der Junge ging zu der Tür und presste sein Ohr an das Holz, um zu lauschen. Das Klopfen erklang zum wiederholten Mal. Ismael versuchte die Tür zu öffnen, aber sie war verriegelt.

»Ist da jemand?«, rief er.

Schritte waren zu hören, die leise die Treppe hinaufkamen.

»Sei vorsichtig«, sagte Irene.

Ismael entfernte sich von der Tür. Für einen Moment schoss ihm das Bild des Engels durch den Kopf, der aus dem Keller hervorstürzte. Doch auf der anderen Seite war nur leise eine gebrochene Stimme zu vernehmen. Irene sprang auf und rannte zur Tür.

»Dorian?«

Die Stimme stammelte etwas.

Irene sah Ismael an und nickte.

»Es ist mein Bruder …«

Der Junge stellte fest, dass eine Tür aufzubrechen – oder in diesem Fall zu zertrümmern – viel komplizierter war, als die Hörspiele im Radio vorgaben. Es vergingen gut zehn Minuten, bis die Tür schließlich dem Druck einer Eisenstange nachgab, welche sie im Vorratsschrank in der Küche gefunden hatten. Schweißüberströmt trat Ismael ein paar Schritte zurück, und Irene erledigte den Rest. Das Schloss fiel zu Boden, ein Haufen Holzsplitter ragten aus dem verrosteten, klemmenden Mechanismus. Ismael fand, dass es wie ein Igel aussah.

Ein bleicher Junge tauchte aus der Dunkelheit auf. Sein Gesicht war zu einer angsterfüllten Maske verzerrt, und seine Hände zitterten. Wie ein verschrecktes Tier schmiegte sich Dorian in die Arme seiner Schwester. Diese warf Ismael einen besorgten Blick zu. Was auch immer der Junge gesehen hatte, es hatte ihn sehr mitgenommen. Irene kniete vor ihm nieder und säuberte sein schmutziges, von getrockneten Tränen fleckiges Gesicht.

»Bist du in Ordnung, Dorian?«, fragte sie ruhig, während sie den Körper des Jungen nach Verletzungen oder Brüchen abtastete.

Dorian nickte mehrmals.

»Wo ist Mama?«

Der Junge blickte auf. In seinen Augen stand das blanke Entsetzen.

»Dorian, es ist wichtig. Wo ist Mama?«

»Er hat sie mitgenommen …«, stammelte er.

Ismael fragte sich, wie lange er dort unten im Dunkeln gehockt hatte.

»Er hat sie mitgenommen …«, sagte Dorian noch einmal, als stünde er unter Hypnose.

»Wer hat sie mitgenommen, Dorian?«, fragte Irene gefasst. »Wer hat Mama mitgenommen?«

Dorian sah die beiden an und lächelte dann kläglich, als sei die Frage, die sie stellten, völlig abwegig.

»Der Schatten …«, antwortete er. »Der Schatten hat sie mitgenommen.«

Ismael und Irene sahen sich an. Sie atmete tief durch und packte ihren Bruder dann an beiden Armen.

»Dorian, ich möchte dich um etwas sehr Wichtiges bitten. Verstehst du mich?«

Er nickte.

»Du musst zur Gendarmerie ins Dorf laufen und dem Kommissar sagen, dass sich auf Cravenmoore ein schrecklicher Unfall ereignet hat. Dass Mama verletzt ist und sie so schnell wie möglich kommen sollen. Hast du mich verstanden?«

Dorian sah sie verständnislos an.

»Den Schatten darfst du nicht erwähnen. Sag nur, was ich dir aufgetragen habe. Es ist sehr wichtig … Sonst wird dir niemand glauben. Sprich nur von einem *Unfall*.«

Ismael stimmte ihr zu.

»Tu es für mich und für Mama. Bekommst du das hin?«

Dorian sah Ismael an und dann seine Schwester.

»Mama hat einen Unfall gehabt und liegt verletzt in Cravenmoore. Sie braucht dringend Hilfe«, wiederholte der Junge mechanisch. »Aber es geht ihr doch gut … Oder?«

Irene umarmte ihn lächelnd.

»Ich hab dich lieb«, flüsterte sie ihm zu.

Dorian küsste seine Schwester auf die Wange, und nachdem er sich kameradschaftlich von Ismael verabschiedet hatte, rannte er los, um sein Fahrrad zu holen. Er fand es neben dem Verandageländer. Lazarus' Geschenk war nur noch ein Gewirr aus Draht und verbogenem Metall. Der Junge starrte auf die Reste seines Fahrrads, bis Ismael und Irene aus dem

Haus kamen und den unheimlichen Fund bemerkten.

»Wer ist nur zu so etwas fähig?«, fragte Dorian.

»Du solltest dich lieber beeilen, Dorian«, erinnerte ihn Irene.

Er nickte und rannte davon. Sobald er verschwunden war, traten Irene und Ismael auf die Veranda. Die Sonne ging hinter der Bucht unter, ein düsterer Ball, der die Wolken mit Blut überzog und das Meer scharlachrot färbte. Die beiden sahen sich an, und ohne dass Worte nötig waren, wussten sie, was sie im Herzen der Finsternis jenseits des Waldes erwartete.

12. Doppelgänger

»Niemals zuvor und niemals danach hat eine schönere Braut vor dem Altar gestanden«, sagte die Maske. »Niemals.«

Simone konnte das stumme Weinen der Kerzen hören, die in der Dunkelheit flackerten, und hinter den Mauern das Säuseln des Windes, der durch den Wald aus Wasserspeiern strich, die Cravenmoore bekrönten. Die Stimmen der Nacht.

»Das Licht, das Alexandra in mein Leben brachte, löschte alle unglücklichen Erinnerungen aus, die mein Leben seit der Kindheit bestimmt hatten. Noch heute denke ich, dass es nur wenigen Sterblichen beschieden ist, diesen Zustand des Glücks und des Friedens kennenzulernen. Ich war nicht länger dieser Junge aus dem armseligsten Viertel von Paris. Ich vergaß das lange Eingesperrtsein im Dunkeln, ließ diesen schwarzen Keller für immer hinter mir, in dem ich immerzu Stimmen zu hören geglaubt hatte, in dem die Stimme meines schlechten Gewissens mir einflüsterte, dass dieser Schatten existierte, dem die Krankheit meiner Mutter ein Tor aus der Hölle geöffnet hatte. Ich vergaß diesen Albtraum, der mich jahrelang verfolgte … Darin hatte eine Treppe aus der Tiefe des Kellers in der Rue des Gobelins in die Unterwelt des Styx hinabgeführt. Das alles war Vergangenheit. Und wissen Sie, warum? Weil Alexandra Alma Maltisse, der wahre Engel meines Lebens, mir beibrachte, dass ich kein schlechter Mensch war, anders als meine Mutter mir immer wieder eingeredet hatte, seit ich denken konnte. Verstehen Sie, Simone? Ich war kein schlechter Mensch. Ich war wie alle anderen. Ich war unschuldig.«

Lazarus' Stimme verstummte. Simone stellte sich vor, wie stille Tränen unter der Maske hervortropften.

»Gemeinsam erkundeten wir Cravenmoore. Viele denken, all die wundersamen Dinge, die es in diesem Haus gibt, seien mein Werk. Das stimmt nicht. Ich habe nur einen kleinen Teil davon erschaffen. Der Rest, endlose Galerien voller Meisterwerke, die nicht einmal ich durchschaue, war schon hier, als ich das Haus zum ersten Mal betrat. Ich werde nie erfahren, wie lange diese Dinge sich schon in diesem Haus befanden. Es gab eine Zeit, in der ich dachte, dass vor mir bereits andere an meiner Stelle gewesen waren. Manchmal, wenn ich schweigend in die Nacht lausche, glaube ich das Echo fremder Stimmen, fremder Schritte zu hören, die durch die Flure dieses Palasts hallen. Dann wieder denke ich, dass in all diesen Zimmern, in all diesen leeren Korridoren die Zeit stehengeblieben ist und die Geschöpfe, die diesen Ort bevölkern, einmal aus Fleisch und Blut gewesen sind. Wie ich.

Ich habe vor langer Zeit aufgehört, über diese Geheimnisse nachzugrübeln, selbst als ich nach Monaten auf Cravenmoore immer noch neue Zimmer entdeckte, in denen ich noch nie gewesen war, neue Gänge, die zu unbekannten Flügeln führten … Ich glaube, manche Orte – uralte Paläste, die man an einer Hand abzählen kann – sind viel mehr als nur Gebäude. Sie leben. Sie haben eine Seele und ihre eigene Art, zu uns zu sprechen. Cravenmoore ist einer dieser Orte. Niemand weiß, wann es erbaut wurde, noch von wem und wozu. Aber wenn dieses Haus zu mir spricht, höre ich zu …

Im Frühsommer des Jahres 1916, auf dem Gipfel unseres Glücks, geschah etwas. Eigentlich hatte das Schicksal schon ein Jahr zuvor seinen Lauf genommen, ohne dass ich etwas davon erfuhr. Am Tag nach unserer Hochzeit stand Alexandra frühmorgens auf und ging in den großen ovalen Salon, um die vielen hundert Geschenke in Augenschein zu nehmen, die wir erhalten hatten. Dabei fiel ihr Blick auf eine kleine, handgearbeitete Schatulle. Ein wahres Schmuckstück. Fasziniert öffnete Alexandra sie. Sie enthielt ein Kärtchen und einen Kristallflakon. In dem Kärtchen, das an sie gerichtet war, hieß es, dies sei ein ganz besonderes Geschenk. Eine Überraschung. Der Flakon enthalte mein Lieblingsparfüm, den Duft, den meine

Mutter benutzt habe. Sie solle es bis zu unserem ersten Hochzeitstag verwahren, bevor sie es auftrage. Doch das müsse ein Geheimnis zwischen ihr und dem Unterzeichneten bleiben, einem alten Freund aus Kindertagen, Daniel Hoffmann …

Alexandra hielt sich getreulich an die Anweisungen, in der Überzeugung, dass sie mich damit glücklich mache, und bewahrte den Flakon zwölf Monate bis zu dem angegebenen Datum auf. Als der Tag gekommen war, nahm sie ihn aus der Schatulle und öffnete ihn. Unnötig zu sagen, dass dieser Flakon kein Parfüm enthielt. Es war der Flakon, den ich am Vorabend unserer Hochzeit ins Meer geworfen hatte. Von dem Moment an, als Alexandra den Flakon öffnete, verwandelte sich unser Leben in einen Albtraum …

Zu diesem Zeitpunkt begann ich die Briefe von Daniel Hoffmann zu erhalten. Nun schrieb er mir aus Berlin, wo er, so erklärte er mir, vor einer großen Aufgabe stehe, die eines Tages die Welt verändern werde. Millionen Kinder bedenke er bei seinen Besuchen mit Geschenken. Millionen Kinder, die eines Tages die größte Armee bilden würden, die es je in der Geschichte gegeben habe. Bis heute habe ich nicht begriffen, was er damit sagen wollte …

Einem seiner ersten Schreiben lag ein uraltes, in Leder gebundenes Buch bei. Auf dem Einband stand ein einziges Wort: *Doppelgänger*. Haben Sie schon einmal vom Doppelgänger gehört, meine liebe Freundin?

Natürlich nicht. Legenden und alte Magie interessieren niemanden mehr. Es ist ein Begriff deutschen Ursprungs; er bezeichnet den Schatten, der sich von seinem Besitzer löst und sich gegen diesen wendet. Aber das ist natürlich nur der Anfang. Und so war es auch für mich. Zu Ihrer Information sei gesagt, dass es sich bei dem Band im Wesentlichen um ein Lehrbuch über Schatten handelte. Eine Rarität. Als ich anfing, darin zu lesen, war es schon zu spät. Etwas wuchs, in der Dunkelheit dieses Hauses verborgen, heran; Monat um Monat, wie eine Schlange, die auf den Moment wartet, um aus ihrem Ei zu schlüpfen.

Im Mai 1916 geschah etwas mit mir. Das Leuchten dieses ersten Jahres mit Alexandra erlosch langsam. Wenig später begann ich die Anwesenheit des Schattens zu erahnen. Doch als ich es tat, war es bereits zu spät. Bei den ersten Angriffen kamen wir noch mit einem Schrecken davon. Alexandras Kleider wurden zerfetzt. Türen schlugen zu, wenn sie vorüberging, und unsichtbare Hände warfen Gegenstände nach ihr. Stimmen in der Dunkelheit. Es war erst der Anfang …

In diesem Haus gibt es Tausende von Winkeln, in denen sich ein Schatten verstecken kann. Mir wurde klar, dass er nichts anderes war als die Seele seines Schöpfers, Daniel Hoffmann, und dass der Schatten immer weiter wachsen und mit jedem Tag stärker werden würde. Ich hingegen würde immer schwächer werden. Alle Kraft, die in mir war, würde auf ihn übergehen, und langsam würde ich der Schatten werden und er der Gebieter, während ich in die Finsternis meiner Kindheit in Les Gobelins zurückkehrte.

Ich beschloss, die Spielzeugfabrik zu schließen und mich auf mein altes Steckenpferd zu konzentrieren. Ich wollte Gabriel wieder zum Leben erwecken, jenen Schutzengel, der in Paris über mich gewacht hatte. Auf meinem Weg zurück in die Kindheit glaubte ich, wenn es mir gelänge, ihn wieder zum Leben zu erwecken, werde er Alexandra und mich vor dem Schatten beschützen. So entwarf ich das gewaltigste mechanische Geschöpf, das ich je ersonnen hatte. Einen stählernen Koloss. Einen Engel, um mich von meinem Albtraum zu befreien.

Was war ich naiv! Kaum war dieses Monstrum in der Lage, sich von meinem Werktisch zu erheben, als jede Phantasie von Gehorsam, die ich gehegt haben mochte, zerplatzte. Nicht auf mich hörte es, sondern auf den anderen. Seinen Gebieter. Und er, der Schatten, konnte ohne mich nicht existieren, denn ich war die Quelle, aus der er seine ganze Kraft sog. Nicht nur, dass mich der Engel nicht aus diesem elenden Leben befreite, er wurde zum schlimmsten aller Wächter. Dem Wächter dieses schrecklichen Geheimnisses, das mich für immer verdammte, einem Wächter, der jedes Mal erwachen würde, wenn etwas oder jemand dieses Geheimnis in Gefahr brachte. Erbarmungslos.

Die Angriffe auf Alexandra wurden schlimmer. Der Schatten war jetzt stärker, und die Bedrohung wuchs mit jedem Tag. Er hatte beschlossen, mich zu bestrafen, indem er meine Frau leiden ließ. Ich hatte Alexandra mein Herz geschenkt, das mir nicht mehr gehörte. Diese Verfehlung sollte unser Verderben sein. Als ich kurz davor war, den Verstand zu verlieren, fiel mir auf, dass der Schatten nur aktiv wurde, wenn ich in der Nähe war. Er konnte nicht fern von mir leben. Deshalb beschloss ich, Cravenmoore zu verlassen und mich auf die Leuchtturminsel zurückzuziehen. Dort konnte er niemandem schaden. Wenn jemand den Preis für meinen Verrat zu zahlen hatte, dann war das ich. Aber ich unterschätzte Alexandras Willensstärke. Ihre Liebe zu mir. Sie ließ ihre Angst und die Gefahr für ihr Leben außer Acht und machte sich in der Nacht des Maskenballs auf den Weg, um mir beizustehen. Das Boot, mit dem sie die Bucht durchquerte, hatte sich kaum der Insel genähert, als der Schatten über sie herfiel und sie in die Tiefe zog. Ich kann noch immer sein Gelächter in der Dunkelheit hören, als er aus den Wellen auftauchte. Am nächsten Tag zog er sich wieder in den Kristallflakon zurück. Die nächsten zwanzig Jahre bekam ich ihn nicht wieder zu Gesicht …«

Simone erhob sich zitternd aus ihrem Sessel und wich Schritt für Schritt zurück, bis sie mit dem Rücken an der Wand stand. Sie wollte kein einziges Wort

mehr aus dem Mund dieses Mannes hören, dieses ...
Geisteskranken. Nur eines hielt sie aufrecht und
hinderte sie daran, sich der Panik hinzugeben, die
dieser Maskierte in ihr auslöste, nachdem sie seine
Geschichte gehört hatte: der Zorn.

»Nein, meine Liebe, nicht doch. Machen Sie diesen
Fehler nicht ... Begreifen Sie nicht, was hier vorgeht?
Als Sie mit Ihrer Familie hierherkamen, konnte ich
nicht verhindern, dass mein Herz etwas für Sie empfand. Ich tat es nicht bewusst. Ich merkte nicht einmal, was da geschah, bis es zu spät war. Ich versuchte
den Zauber zu bannen, indem ich eine Maschine
nach Ihrem Ebenbild schuf ...«

»Wie bitte?«

»Ich glaubte ... Kurze Zeit nachdem Sie wieder
Leben in dieses Haus gebracht hatten, erwachte der
Schatten, der zwanzig Jahre in diesem verfluchten
Flakon geschlafen hatte, aus seiner Starre. Schon
bald fand er ein geeignetes Opfer, das ihn wieder
befreite ...«

»Hannah ...«, murmelte Simone.

»Ich weiß, was Sie jetzt empfinden und denken
müssen, glauben Sie mir. Aber es gibt keinen Ausweg.
Ich habe alles getan, was ich konnte ... Sie müssen
mir glauben ...«

Die Maske stand auf und kam auf sie zu.

»Kommen Sie keinen Schritt näher!«, schrie Simone.

Lazarus blieb stehen.

»Ich will Ihnen nicht weh tun, Simone. Ich bin Ihr Freund. Wenden Sie sich nicht von mir ab.«

Sie spürte eine Welle des Hasses, die aus ihrem tiefsten Inneren kam.

»Sie haben Hannah umgebracht …«

»Simone …«

»Wo sind meine Kinder?«

»Sie haben ihr eigenes Schicksal gewählt …«

Eine eisige Faust umklammerte ihr Herz.

»Was … Was haben Sie mit ihnen gemacht?«

Lazarus hob die behandschuhten Hände.

»Sie sind tot.«

Bevor Lazarus Jann zu Ende sprechen konnte, stieß Simone einen Schrei aus wie eine Furie, packte einen der Kerzenleuchter, die auf dem Tisch standen, und stürzte sich auf den Mann vor ihr. Der Fuß des Leuchters traf mit voller Wucht mitten auf die Maske. Das Porzellangesicht zerbrach in tausend Stücke, und der Leuchter polterte in die Finsternis. Dort war nichts.

Wie gelähmt starrte Simone auf die schwarze Masse, die vor ihr schwebte. Der Schemen legte die weißen Handschuhe ab, darunter war nur Schwärze. Erst jetzt konnte Simone die dämonische Fratze sehen, die vor ihren Augen entstand, eine Wolke aus Dunkelheit, die langsam Gestalt annahm und wütend zischelte wie eine Schlange. Ein grauenvoller Schrei gellte in ihren Ohren, ein Heulen, das sämtliche Kerzen verlöschen ließ, die im Zimmer brannten. Zum ersten und letzten Mal hörte Simone die wahre Stimme des Schattens. Dann wurde sie von den Klauen gepackt und in die Dunkelheit geschleift.

Als sie tiefer in den Wald kamen, bemerkten Ismael und Irene, wie sich die dünne Nebelschicht, die über den Bäumen hing, allmählich in einen hell leuchtenden Schleier verwandelte. Der Nebel schluckte die Lichter von Cravenmoore und verzerrte sie zu einem gespenstischen Trugbild, einem dichten goldenen Dunst. Als sie den Waldsaum erreichten, lag die Erklärung für dieses sonderbare Phänomen vor ihnen, beunruhigend und irgendwie bedrohlich. Sämtliche Fenster des Anwesens waren hell erleuchtet und verliehen dem riesigen Bau Ähnlichkeit mit einem aus der Tiefe auftauchenden Geisterschiff.

Die beiden blieben vor dem lanzenbewehrten Tor stehen, das den Zugang zum Park versperrte, und betrachteten diesen fesselnden Anblick. In den Lichtschleier eingehüllt, wirkten die Umrisse von Cravenmoore noch unheimlicher als im Dunkeln. Die Fratzen unzähliger Wasserspeier schwebten über allem wie Wächter aus einem Albtraum. Aber es war nicht dieser Anblick, der sie innehalten ließ. Da lag noch etwas in der Luft, etwas Unsichtbares, noch viel Beängstigenderes. Die Geräusche Dutzender, Hunderter sich bewegender und durchs Haus wandernder Automaten wurden vom Wind herangetragen, die scheppernde Musik eines Karussells und das mechanische Gelächter einer ganzen Heerschar von Geschöpfen, die sich an jenem Ort verbargen.

Ismael und Irene lauschten einige Sekunden wie erstarrt den Stimmen von Cravenmoore. Sie stellten fest, dass die höllische Kakophonie von dem großen Hauptportal kam. Aus dem Eingang, der sperrangelweit offen stand, krochen golden leuchtende Schwaden, hinter denen Schatten zuckten und zu einer Melodie tanzten, die einem das Blut in den Adern gefrieren ließ. Irene umklammerte instinktiv Ismaels Hand, und der Junge warf ihr einen undurchdringlichen Blick zu.

»Bist du sicher, dass du da reinwillst?«, fragte er.

Hinter einem der Fenster zeichnete sich die Silhouette einer Tänzerin ab, die sich um ihre eigene Achse drehte. Irene wandte den Blick ab.

»Du brauchst nicht mitzukommen. Schließlich ist es meine Mutter …«

»Ein verlockendes Angebot. Sag das lieber kein zweites Mal«, erklärte Ismael.

»In Ordnung«, sagte Irene. »Und egal, was passiert …«

»Egal, was passiert.«

Ohne auf das Lachen, die Musik, die Lichter und die schauerliche Prozession schemenhafter Gestalten zu achten, die durch das Haus geisterten, gingen die beiden die Treppe von Cravenmoore hinauf. Als

Ismael spürte, wie sie der Geist des Hauses umfing, wurde ihm klar, dass alles, was sie bisher gesehen hatten, nur der Auftakt gewesen war. Es waren nicht der Engel und Lazarus' übrige Automaten, die ihm Angst einjagten. Da war noch etwas in diesem Haus. Etwas Spürbares und Mächtiges. Etwas, das Hass und Wut ausstrahlte. Und irgendwie wusste Ismael, dass es auf sie wartete.

Dorian hämmerte immer wieder an die Tür der Gendarmerie. Der Junge war außer Atem, und seine Beine waren kurz davor, zu versagen. Wie ein Besessener war er durch den Wald zum Strand des Engländers gerannt und dann immer weiter auf der schier endlosen Straße, die an der Bucht entlang zum Dorf führte, während die Sonne hinterm Horizont versank. Er war keine Sekunde stehengeblieben, denn ihm war klar, dass er zehn Jahre keinen Schritt mehr machen würde, sobald er einmal anhielt. Nur ein Gedanke trieb ihn vorwärts: das Bild dieses gespenstischen Schemens, der seine Mutter in die Finsternis davonschleppte. Er brauchte nur daran zu denken, und er wäre bis ans Ende der Welt gelaufen.

Schließlich öffnete sich die Tür der Gendarmerie, und die rundliche Gestalt Kommissar Jobarts schob sich zwei Schritte vor. Mit winzigen Äuglein musterte der Gendarm den Jungen, der aussah, als würde er gleich in Ohnmacht fallen. Dorian hatte das Gefühl, vor einem Rhinozeros zu stehen. Der Gendarm setzte ein hämisches Lächeln auf, dann hakte er die Daumen routiniert in die Taschen der Uniformjacke ein und setzte sein Wer-stört-mich-um-diese-Uhrzeit-Gesicht auf. Dorian seufzte und versuchte zu schlucken, aber sein Mund war vollkommen trocken.

»Was gibt's?«, blaffte Jobart.

»Wasser …«

»Das hier ist keine Kneipe, Kamerad Sauvelle.«

Die feine Ironie sollte wahrscheinlich die beneidenswerte Auffassungsgabe und den Spürsinn des Dickhäuters zeigen. Immerhin ließ Jobart den Jungen herein und gab ihm ein Glas Leitungswasser. Dorian hätte niemals gedacht, dass Wasser so köstlich schmecken könnte.

»Mehr.«

Jobart reichte ihm noch ein Glas, diesmal begleitet von seinem Sherlock-Holmes-Blick.

»Hier.«

Dorian trank es bis auf den letzten Tropfen aus und sah dann den Polizisten an. Irenes Anweisungen kamen ihm klar und deutlich in den Sinn.

»Meine Mutter hatte einen Unfall und ist verletzt. Schwer verletzt. Sie ist in Cravenmoore.«

Jobart benötigte einige Sekunden, um so viel Information zu verarbeiten.

»Was für einen Unfall?«, erkundigte er sich im Tonfall des scharfsinnigen Beobachters.

»Jetzt machen Sie schon!«, brach es aus Dorian heraus.

»Ich bin allein. Ich kann die Wache nicht verlassen.«

Der Junge seufzte. Von allen Schwachköpfen, die es auf diesem Planeten gab, hatte er auf ein echtes Prachtexemplar treffen müssen.

»Rufen Sie Unterstützung über Funk! Tun Sie etwas! Und zwar sofort!«

In Dorians Stimme und seinem Blick lag eine Beunruhigung, die Jobart dazu brachte, seinen beachtlichen Hintern zum Funkgerät zu schieben und den Apparat einzuschalten. Er drehte sich noch einmal um und sah den Jungen argwöhnisch an.

»Jetzt machen Sie schon! Los!«, schrie Dorian.

Als Lazarus plötzlich wieder zu sich kam, spürte er einen stechenden Schmerz im Nacken. Er führte die Hand dorthin und betastete die offene Wunde. Er erinnerte sich vage an Christians Gesicht im Flur des Westflügels. Der Automat hatte ihn niedergeschlagen und hierhergeschleift. Lazarus sah sich um. Er befand sich in einem der unbenutzten Zimmer, die es in Cravenmoore zuhauf gab.

Langsam rappelte er sich auf und versuchte seine Gedanken zu ordnen. Kaum dass er sich auf den Beinen hielt, überkam ihn eine tiefe Erschöpfung. Er schloss die Augen und atmete tief durch. Als er sie wieder öffnete, bemerkte er einen kleinen Spiegel an der Wand. Er stellte sich davor und betrachtete sich.

Dann trat er an ein kleines Fenster, das auf die Hauptfassade blickte, und sah zwei Gestalten durch den Park auf das Hauptportal zugehen.

Irene und Ismael traten über die Türschwelle in den Lichtstrahl, der aus der Tiefe des Hauses kam. Das Dröhnen des Karussells und das metallische Rattern Tausender zum Leben erwachter Zahnräder drang ihnen durch Mark und Bein. Hunderte kleiner mechanischer Werke bewegten sich an den Wänden. Eine ganze Welt unwirklicher Kreaturen regte sich in den Vitrinen, baumelte an Mobiles, die sich in der Luft drehten. Es war unmöglich, den Blick irgendwohin zu wenden, ohne eine von Lazarus' Schöpfungen in Bewegung zu sehen. Uhrengesichter, Puppen, die wie Schlafwandler umhergingen, gespenstische Fratzen mit einem hungrigen Wolfsgrinsen …

»Diesmal trennst du dich aber nicht von mir«, sagte Irene.

»Das hatte ich nicht vor«, erwiderte Ismael, bedrückt von all den zappelnden Wesen ringsum.

Sie waren erst ein paar Meter weit gekommen, als das Hauptportal mit Wucht hinter ihnen zufiel. Irene schrie auf und klammerte sich an den Jungen. Die hünenhafte Gestalt eines Mannes stand vor ihnen. Sein Gesicht war von einer Maske bedeckt, die einen teuflischen Clown darstellte. Zwei grüne Pupillen funkelten unter der Maske hervor. Die beiden wichen zurück, während die Erscheinung immer näher kam. Ein Messer blitzte in ihren Händen. Irene kam schlagartig der mechanische Butler in den Sinn, der ihnen bei ihrem ersten Besuch auf Cravenmoore die Tür geöffnet hatte. Christian. Das war sein Name. Der Automat erhob das Messer.

»Nein, Christian!«, schrie Irene. »Nein!«

Der Butler erstarrte. Das Messer fiel ihm aus den Händen. Ismael sah das Mädchen verständnislos an. Die Figur beobachtete sie reglos.

»Schnell!«, drängte das Mädchen und lief tiefer ins Haus hinein.

Ismael rannte hinter ihr her, nicht ohne zuvor das Messer aufzuheben, das Christian fallen gelassen hatte. Er holte Irene unter der hohen Kuppel ein, die sich über der Treppenhalle wölbte. Das Mädchen sah sich um und versuchte sich zu orientieren.

»Wohin jetzt?«, fragte Ismael, während er immer wieder zurückschaute.

Irene zögerte, unentschlossen, welchen Weg durch das Labyrinth von Cravenmoore sie einschlagen sollte.

Plötzlich wurden sie von einem kalten Windstoß aus einem der Korridore erfasst, und der metallische Klang einer Grabesstimme drang zu ihnen herüber.

»Irene …«, flüsterte die Stimme.

Dem Mädchen gefror das Blut in den Adern. Die Stimme war erneut zu hören. Irene starrte ans Ende des Korridors. Ismael folgte ihrem Blick, und da sah er sie. In feinen Nebel gehüllt, schwebte Simone mit ausgebreiteten Armen auf sie zu. Ein teuflischer Glanz lag in ihren Augen. Hinter ihren pergamentenen Lippen blitzten stählerne Reißzähne hervor.

»Mama«, schluchzte Irene.

»Das ist nicht deine Mutter«, sagte Ismael und schob das Mädchen aus der Bahn dieser Kreatur.

Licht fiel auf ihr Gesicht und zeigte es in seiner ganzen Entsetzlichkeit. Ismael warf sich auf Irene, um den Krallen des Automaten auszuweichen. Das Geschöpf drehte sich um die eigene Achse und kam erneut auf sie zu. Das Gesicht war nur halb fertiggestellt. Die andere Hälfte war nichts weiter als eine Metallmaske.

»Es ist die Puppe, die wir gesehen haben. Nicht deine Mutter«, sagte der Junge, der versuchte, das Mädchen aus der Erstarrung zu reißen, die die Erscheinung in ihr ausgelöst hatte. »Dieses Wesen bewegt sie, als ob sie Marionetten wären ...«

Der Mechanismus, der den Automaten hielt, ließ ein Quietschen vernehmen. Ismael konnte sehen, wie die Krallen erneut auf sie zuschossen. Der Junge packte Irene und lief davon, ohne genau zu wissen, wohin. So schnell ihre Füße sie trugen, rannten sie einen Flur entlang. Dieser war gesäumt von Türen, die aufflogen, wenn sie vorbeikamen; Schemen lösten sich von der Decke.

»Schnell!«, schrie Ismael, als er das Knarren der Halteseile hinter sich hörte.

Irene drehte sich um und blickte zurück. Das Raubtiergebiss dieser monströsen Nachbildung ihrer Mutter schnappte zwanzig Zentimeter vor ihrem Gesicht zu. Fünf nadelspitze Krallen fuhren auf ihr Gesicht zu. Ismael zog sie beiseite und stieß sie in einen, so schien es, sehr großen, dunklen Raum.

Das Mädchen fiel der Länge nach hin, und Ismael schlug die Tür hinter sich zu. Die Krallen des Automaten bohrten sich durch die Tür wie tödliche Pfeilspitzen.

»Mein Gott …«, seufzte er. »Nicht noch mal …«

Irene blickte auf. Ihre Haut war weiß wie Papier.

»Bist du in Ordnung?«, fragte Ismael sie.

Das Mädchen nickte abwesend und sah sich dann um. Bücherwände wuchsen schier endlos in die Höhe. Tausende und Abertausende von Büchern formten eine babylonische Spirale, ein Labyrinth aus Leitern und Laufgängen.

»Wir sind in Lazarus' Bibliothek.«

»Na, dann hoffe ich, dass es noch einen zweiten Ausgang gibt. Ich habe nämlich nicht vor, mich noch mal da draußen blicken zu lassen«, sagte Ismael und deutete hinter sich.

»Es muss einen geben. Glaube ich zumindest, aber

ich weiß nicht, wo«, sagte sie. Sie ging in die Mitte des großen Raums, während der Junge die Tür mit einem Stuhl verbarrikadierte.

Wenn diese Barriere länger als zwei Minuten hält, sagte er sich, glaube ich auf der Stelle an Wunder. Hinter ihm murmelte Irene etwas. Er drehte sich um und sah sie neben einem Lesetischchen stehen, wo sie ein uralt aussehendes Buch in Augenschein nahm.

»Hier ist etwas«, sagte sie.

Eine dunkle Vorahnung stieg in ihm auf.

»Lass das Buch liegen.«

»Warum?«, fragte Irene verständnislos.

»Lass es liegen.«

Das Mädchen schlug das Buch zu und tat, was ihr Freund verlangte. Die Goldbuchstaben auf dem Einband glänzten im Widerschein des Kaminfeuers, das die Bibliothek wärmte: *Doppelgänger*.

Irene hatte sich gerade ein paar Schritte von dem Tisch entfernt, als sie ein heftiges Beben unter ihren Füßen durch den Raum laufen spürte. Die Flammen im Kamin wurden schwächer, und einige Bände in den endlosen Regalreihen begannen zu zittern. Das Mädchen lief zu Ismael.

»Was zum Teufel …«, setzte er an, denn auch er nahm dieses deutliche Grollen wahr, das tief aus dem Inneren des Hauses zu kommen schien.

In selben Augenblick klappte plötzlich das Buch auf, das Irene auf das Tischchen gelegt hatte. Das

Kaminfeuer erlosch, von einem eisigen Lufthauch erstickt. Ismael schlang seine Arme um das Mädchen und drückte es an sich. Von unsichtbarer Hand bewegt, begannen Bücher in die Tiefe zu stürzen.

»Hier ist jemand«, flüsterte Irene. »Ich kann es spüren …«

Die Seiten des Buches begannen sich langsam im Windhauch umzuwenden. Ismael starrte auf die Seiten des alten Bandes, die von innen heraus leuchteten, und bemerkte, wie sich die Buchstaben einer nach dem anderen aufzulösen schienen und eine Wolke aus schwarzem Gas formten, die über dem Buch schwebte. Dieses unförmige Gebilde schluckte Wort um Wort, Satz um Satz.

Die Form, die sich nun verdichtete, erinnerte ihn an einen Geist aus schwarzer Tinte, der in der Luft schwebte.

Die schwarze Wolke dehnte sich aus, und aus dem Nichts entstanden Hände, Arme, ein Rumpf. Ein regloses Gesicht tauchte aus der Dunkelheit auf.

Starr vor Schreck, betrachteten Ismael und Irene diese Erscheinung und sahen, wie ringsum weitere Formen, weitere Schatten den Seiten der zu Boden gefallenen Bücher entstiegen. Langsam erstand unter ihren ungläubigen Blicken eine ganze Armee von Schatten. Schatten von Kindern, von Greisen, von Damen in eigenartigen Kleidern … Sie wirkten wie gefangene Geister, zu schwach, um Form und Gestalt anzunehmen. Tote Gesichter, müde und willenlos. Bei ihrem Anblick hatte Irene das Gefühl, es mit verlorenen Seelen zu tun zu haben, die in einem furchtbaren Zauber gefangen waren. Sie sah, wie sie ihnen hilfesuchend die Hände entgegenstreckten, doch ihre Finger lösten sich zu flüchtigem Dunst auf. Sie konnte den Schrecken ihres Albtraums spüren, des schwarzen Traums, der sie in seinen Fängen hielt.

In den wenigen Sekunden, die diese Vision dauerte, fragte sie sich, wer diese Gestalten waren und wie sie hierhergekommen waren. Waren es unvorsichtige Besucher dieses Anwesens gewesen, so wie sie selbst? Für einen Augenblick hoffte sie, ihre Mutter unter diesen verdammten Seelen, diesen Geschöpfen der Nacht zu entdecken. Doch auf eine Geste des Schattens hin verschmolzen ihre durchlässigen Körper zu einem schwarzen Strudel, der durch den Saal wirbelte.

Der Schatten öffnete seinen Schlund und verschlang all diese Seelen, nahm ihnen die wenige Kraft, die noch in ihnen lebte. Auf ihr Verschwinden folgte eine tödliche Stille. Dann öffnete der Schatten die Augen, und sein Blick leuchtete blutrot durch die Dunkelheit.

Irene wollte schreien, doch ihre Stimme ging in dem ohrenbetäubenden Getöse unter, das Cravenmoore erschütterte. Nacheinander schlugen sämtliche Türen und Fenster des Hauses zu und verwandelten es in ein finsteres Grab. Ismael hörte das düstere Dröhnen durch die endlosen Gänge von Cravenmoore laufen und spürte, wie seine Hoffnung, diesen Ort lebend zu verlassen, in der Dunkelheit dahinschwand.

Nur ein schwacher Lichtstrahl durchzog die Kuppel wie ein dünnes Drahtseil hoch oben in einem unheimlichen Zirkuszelt. Das Licht zog Ismaels Blick an, und ohne eine Sekunde länger zu warten, nahm er Irene bei der Hand und führte sie, blind tastend, ans andere Ende des Saals.

»Vielleicht ist dort der zweite Ausgang«, flüsterte er.

Irene folgte mit dem Blick dem Zeigefinger des Jungen. Sie bemerkte den Lichtfaden, der durch ein Schlüsselloch zu fallen schien. Die Bibliothek war wie ein nach oben zulaufendes Oval aufgebaut; ein schmaler Umgang führte spiralförmig die Wand hinauf und diente als Zugang zu den einzelnen Galerien, die von dort abzweigten. Simone hatte ihr von dieser architektonischen Laune erzählt: Wenn man diesem Gang bis zum Ende folge, gelange man fast bis in den dritten Stock des Hauses. Eine Art Turm von Babel mit Türen, stellte sie sich vor. Jetzt war sie es, die Ismael zu dem Umgang führte und dort rasch nach oben lief.

»Wo willst du hin?«, fragte der Junge.

»Vertrau mir.«

Ismael rannte hinter ihr her. Er spürte, wie der Boden unter seinen Füßen langsam anstieg, je weiter sie kamen. Ein kalter Lufthauch streifte seinen Nacken, und Ismael sah, wie sich der zähe schwarze Fleck auf dem Boden hinter ihm ausdehnte. Der Schatten hatte eine beinahe feste Struktur, nur seine Umrisse schienen mit der Dunkelheit zu verschmelzen. Der gespenstische Fleck breitete sich aus wie eine dicke, glänzende Öllache.

Sekunden später hatte das Gebilde aus flüssiger Schwärze seine Füße erreicht. Ismael spürte eine eisige Kälte, als laufe er über gefrorenes Wasser.

»Schnell!«, schrie er.

Wie sie vermutet hatten, kam der Lichtstrahl durch das Schlüsselloch einer Tür, die nur noch ein halbes Dutzend Schritte von ihnen entfernt war. Ismael rannte schneller, und es gelang ihm, den Schatten unter seinen Füßen für einen kurzen Moment abzuschütteln. Die Wahrscheinlichkeit, dass diese Tür nicht abgeschlossen war, erschien ihm gleich null. Es würde ihnen wenig nutzen, die Tür zu erreichen, wenn diese nirgendwohin führte.

Irene tastete im Dunkeln das Schloss ab, auf der Suche nach einer Sperrfeder, um sie zu öffnen. Der Junge drehte sich nach dem Schatten um, und sein Blick fiel auf die pechschwarze Masse, die sich vor ihm erhob, eine Skulptur aus dichtem Gas, die langsam Gestalt annahm. Ein finsteres Gesicht bildete sich heraus. Ein vertrautes Gesicht. Ismael glaubte, seine Augen würden ihm einen Streich spielen. Er blinzelte. Das Gesicht blieb. Sein eigenes Gesicht.

Sein dunkles Ebenbild grinste ihn boshaft an, und eine Reptilienzunge schnellte zwischen den Lippen hervor. Instinktiv zog Ismael das Messer, das er dem Automaten in der Eingangshalle abgenommen hatte, und fuchtelte damit vor dem Schatten herum. Die Gestalt hauchte ihren eisigen Atem darauf, und ein Netz aus Eiskristallen überzog die Waffe von der Spitze bis zum Heft. Das gefrorene Metall brannte in seiner Handfläche. Die Kälte, eine bittere Kälte, brannte genau wie oder noch stärker als Feuer.

Ismael war kurz davor, die Waffe fallen zu lassen, aber er kämpfte gegen die Muskelstarre an, die seinen Unterarm lähmte, und versuchte die Klinge durch das Gesicht des Schattens zu ziehen. Die Klinge trennte die Zunge ab, die auf einen seiner Füße fiel. Sofort umhüllte die kleine schwarze Masse seinen Knöchel wie eine zweite Haut und begann langsam nach oben zu kriechen. Der Kontakt mit dieser zähen, kalten Materie verursachte ihm Übelkeit.

In diesem Augenblick hörte er das Schloss knacken, mit dem sich Irene hinter seinem Rücken abmühte, und ein Tunnel aus Licht öffnete sich vor ihnen. Das Mädchen lief auf die andere Seite der Tür. Ismael folgte ihr, dann knallte er die Tür zu und ließ ihren Verfolger auf der anderen Seite zurück. Das abgetrennte Stück des Schattens kletterte sein Bein hinauf und nahm die Gestalt einer großen Spinne an. Ein heftiger Schmerz durchfuhr sein Bein. Ismael schrie auf, und Irene versuchte dieses vielbeinige Monstrum abzuschütteln. Nun wandte sich die Spinne gegen das Mädchen und sprang es an. Irene schrie entsetzt auf.

»Mach sie weg!«

Der Junge blickte sich verzweifelt um und entdeckte, woher das Licht kam, das sie geleitet hatte. Eine lange Reihe von Kerzen verlor sich in der Dunkelheit wie eine gespenstische Prozession.

Der Junge ergriff eine der Kerzen und näherte die Flamme der Spinne, die auf Irenes Hals zukroch. Beim Kontakt mit dem Feuer stieß das Tier ein wütendes, schmerzerfülltes Zischen aus und zerfloss zu einem Regen aus schwarzen Tropfen, die zu Boden prasselten. Ismael ließ die Kerze fallen und zog Irene beiseite. Die Tropfen glitten wie Gelatine über den Fußboden und verschmolzen zu einem einzigen Körper, der zur Tür kroch und auf der anderen Seite verschwand.

»Das Feuer. Das Feuer macht ihm Angst …«, sagte Irene.

»Dann werden wir ihm genau das geben.«

Ismael hob die Kerze wieder auf und stellte sie vor den Türspalt, während sich Irene in dem Raum umsah, in dem sie sich befanden. Er wirkte wie ein kahler Vorraum, unmöbliert und von jahrzehntealtem Staub bedeckt. Vielleicht hatte diese Kammer irgendwann einmal als Lagerraum oder zusätzliches Archiv der Bibliothek gedient. Bei genauerem Hinsehen allerdings waren Formen an der Decke zu erkennen. Dünne Rohre. Irene nahm eine Kerze und hielt sie über ihren Kopf, um den Raum zu untersuchen. Fliesen und Mosaike erstrahlten im Kerzenschein an den Wänden.

»Wo zum Teufel sind wir?«, fragte Ismael.

»Ich weiß es nicht. Sieht aus wie Duschen …«

Das Licht der Kerze fiel auf die Metallbrausen, trichterförmige Gebilde mit Hunderten von Löchern, in denen die Rohre ausliefen. Die Öffnungen waren verrostet und von einer Festung aus Spinnweben überzogen.

»Was auch immer das sein soll, hier hat seit Jahrhunderten keiner mehr …«

Er hatte den Satz noch nicht zu Ende gesprochen, als ein metallisches Kreischen zu vernehmen war, das unverwechselbare Geräusch eines verrosteten Wasserhahns, der aufgedreht wurde. Dort drinnen, direkt neben ihnen.

Irene leuchtete mit der Kerze an die gekachelte Wand, und die beiden sahen zwei Zugangshähne, die sich langsam drehten.

Ein tiefes Brummen lief durch die Wände. Dann, nach einigen Sekunden Stille, konnten sie das Geräusch zuordnen. Es war das Geräusch von etwas, das durch die Rohre über ihren Köpfen kam. Etwas zwängte sich durch die engen Leitungen.

»Er ist hier!«, schrie Irene.

Ismael nickte, ohne den Blick von den Brause-köpfen zu wenden. Nach einigen Sekunden begann eine undurchdringliche Masse aus den Öffnungen zu triefen. Irene und Ismael wichen langsam zurück, ohne den Blick von dem Schatten zu wenden, der sich langsam vor ihnen aufbaute, so wie die Körner einer Sanduhr einen Berg formen, wenn sie nach unten rieseln.

Zwei Augen zeichneten sich im Dunkeln ab. Laza-rus' freundliches Gesicht lächelte ihnen entgegen. Ein beruhigender Anblick, hätten sie nicht sofort gewusst, dass es nicht Lazarus war, den sie vor sich hatten. Irene machte einen Schritt auf ihn zu.

»Wo ist meine Mutter?«, fragte sie herausfordernd.

Eine tiefe, nicht menschliche Stimme war zu hören.

»Sie ist bei mir.«

»Halt Abstand von ihm«, warnte Ismael.

Der Schatten starrte ihn an, und der Junge schien in Trance zu fallen. Irene schüttelte ihren Freund und wollte ihn von dem Schatten wegziehen, doch er stand noch immer unter dem Einfluss dieses Wesens und war unfähig zu reagieren. Das Mädchen trat zwi-schen die beiden und gab Ismael eine Ohrfeige, die ihn aus seinem Bann riss. Das Gesicht des Schattens zerschmolz zu einer wütenden Grimasse, und zwei lange Arme streckten sich nach ihnen aus. Irene stieß Ismael gegen die Wand und versuchte dem Griff der Klauen zu entkommen.

In diesem Augenblick öffnete sich eine Tür in der Dunkelheit, und ein Licht leuchtete am anderen Ende des Raumes auf. Die Gestalt eines Mannes mit einer Öllampe in der Hand zeichnete sich im Türrahmen ab.

»Raus hier!«, brüllte er, und Irene erkannte seine Stimme. Es war Lazarus Jann, der Spielzeugfabrikant.

Der Schatten stieß ein hasserfülltes Geheul aus, und die Kerzen verloschen eine nach der anderen. Lazarus ging auf den Schatten zu. Sein Gesicht wirkte viel älter, als Irene es in Erinnerung hatte. Seine geröteten Augen verrieten furchtbare Erschöpfung. Die Augen eines Mannes, der von einer grausamen Krankheit verzehrt wurde.

»Raus hier!«, brüllte er erneut.

Der Schatten zeigte kurz seine dämonische Fratze und verwandelte sich dann in eine Gaswolke, die in die Ritzen des Fußbodens kroch und schließlich durch einen Mauerspalt verschwand. Bei seiner Flucht machte er ein Geräusch, das dem Heulen des Windes hinter den Fenstern glich.

Lazarus beobachtete noch einige Sekunden die Mauerspalte, dann wandte er ihnen seinen durchdringenden Blick zu.

»Was habt ihr hier zu suchen?«, fragte er, ohne seine Wut zu verbergen.

»Ich bin hergekommen, um meine Mutter zu suchen, und ich werde nicht ohne sie hier weggehen«, erklärte Irene und hielt seinem eindringlichen, forschenden Blick stand, ohne mit der Wimper zu zucken.

»Du weißt nicht, mit wem du es zu tun hast …«, sagte Lazarus. »Schnell, dort entlang. Er wird bald zurückkommen.«

Lazarus führte sie durch die Tür hinaus.

»Was ist das? Was haben wir da gesehen?«, fragte Ismael.

Lazarus sah ihn lange an.

»Das bin ich. Das, was du gesehen hast, bin ich …«

Lazarus führte sie durch ein verworrenes Tunnellabyrinth, das sich parallel zu Fluren und Korridoren durch Cravenmoore zu ziehen schien. Zu beiden Seiten der schmalen Gänge lagen zahlreiche verschlossene Türen, Zweitzugänge zu den vielen Dutzend Zimmern und Salons des Hauses. Ihre Schritte hallten in dem engen Gang wider und erweckten den Eindruck, dass sie von einer unsichtbaren Armee verfolgt würden.

Lazarus' Laterne warf einen warmen Lichtkreis auf die Wände. Ismael beobachtete, wie ihre Schatten, seiner und Irenes, neben ihnen an der Wand entlangwanderten. Lazarus warf keinen Schatten. Der Spielzeugfabrikant blieb vor einer hohen, schmalen Tür stehen, zog einen Schlüssel hervor und schloss auf. Er spähte ans Ende des Ganges, durch den sie gekommen waren, und bedeutete ihnen dann, einzutreten.

»Hier entlang«, sagte er nervös. »Hierher wird er

nicht kommen. Zumindest nicht in den nächsten Minuten …«

Ismael und Irene wechselten einen misstrauischen Blick.

»Euch bleibt nichts anderes übrig, als mir zu vertrauen«, gab Lazarus zu bedenken.

Der Junge seufzte und betrat dann das Zimmer, gefolgt von Irene und Lazarus. Dieser schloss die Tür wieder. Im Schein der Laterne war eine Wand mit unzähligen Fotografien und Zeitungsartikeln zu sehen. In einer Ecke standen ein kleines Bett und ein kahler Schreibtisch. Lazarus stellte die Laterne auf dem Fußboden ab und sah zu, wie die beiden Jugendlichen all diese Papierschnipsel betrachteten, die an der Wand klebten.

»Ihr müsst Cravenmoore verlassen, solange noch Zeit ist.«

Irene drehte sich zu ihm um.

»Er will nicht euch«, setzte der Spielzeugfabrikant hinzu, »sondern Simone.«

»Weshalb? Was hat er mit ihr vor?«

Lazarus senkte den Blick.

»Er will sie vernichten. Um mich zu strafen. Und euch steht das gleiche Schicksal bevor, wenn ihr euch ihm in den Weg stellt.«

»Was hat das alles zu bedeuten? Was wollen Sie uns damit sagen?«, fragte Ismael.

»Ich habe euch alles gesagt, was ich zu sagen habe.

Ihr solltet von hier verschwinden. Früher oder später wird er zurückkehren, und dann kann ich nichts mehr tun, um euch zu schützen.«

»Aber – wer wird zurückkommen?«

»Du hast ihn mit eigenen Augen gesehen.«

In diesem Moment war irgendwo im Haus ein fernes Grollen zu hören. Es kam näher. Irene schluckte und sah Ismael an. Schritte. Einer nach dem anderen, dröhnend wie Schüsse, immer näher. Lazarus lächelte schwach.

»Das ist er«, verkündete er. »Euch bleibt nicht viel Zeit.«

»Wo ist meine Mutter? Wohin hat er sie gebracht?«, wollte das Mädchen wissen.

»Ich weiß es nicht, aber selbst wenn ich es wüsste, würde es nichts nützen.«

»Sie haben diese Maschine mit ihrem Gesicht gebaut …«, warf Ismael ihm vor.

»Ich glaubte, er würde sich damit begnügen, aber er wollte mehr. Er wollte sie.«

Die entsetzlichen Schritte waren nun hinter der Tür zu hören. Sie kamen den Gang entlang.

»Auf der anderen Seite dieser Tür«, erklärte Lazarus, »liegt ein Gang, der zur Haupttreppe führt. Wenn ihr noch einen Funken Verstand besitzt, dann lauft und betretet dieses Haus nie wieder.«

»Wir gehen nirgendwohin«, erklärte Ismael. »Nicht ohne Simone.«

Die Tür, durch die sie gekommen waren, wurde heftig erschüttert. Sekunden später sickerte eine schwarze Masse unter der Türschwelle hindurch.

»Lass uns verschwinden«, drängte Ismael.

Der Schatten legte sich um die Laterne und zerbrach das Glas. Ein eisiger Lufthauch ließ die Flamme erlöschen. Aus der Dunkelheit sah Lazarus, wie Irene und Ismael durch den zweiten Ausgang entkamen. Neben ihm formte sich eine schwarze, geheimnisvolle Gestalt.

»Lass sie in Ruhe«, flüsterte er. »Es sind nur zwei Kinder. Lass sie gehen. Nimm endlich mich. Ist es nicht das, was du willst?«

Der Schatten lachte.

Der Flur, in dem sie sich befanden, kreuzte die zentrale Achse von Cravenmoore. Irene erkannte das Gewirr von Gängen wieder und führte Ismael unter der Kuppel hindurch. Hinter den Scheiben waren die vorüberziehenden Wolken zu sehen, gewaltige Riesen aus schwarzer Watte, die ihre Bahn am Himmel zogen. Die Laterne, die den Scheitel der Kuppel bekrönte, verbreitete einen Kranz kaleidoskopartiger Reflexe.

»Da entlang«, bestimmte das Mädchen.

»Da entlang wohin?«, fragte Ismael nervös.

»Ich glaube, ich weiß, wo er sie festhält.«

Der Junge blickte über die Schulter zurück. Der

Korridor lag im Dunkeln, ohne ein sichtliches Zeichen von Bewegung, obwohl Ismael klar war, dass der Schatten sich aus dieser Richtung nähern konnte, ohne dass sie ihn bemerkten.

»Ich hoffe, du weißt, was du tust«, sagte er. Er wollte so schnell wie möglich von dort weg.

»Komm.«

Irene betrat einen der Seitenflügel, der sich in der Dunkelheit verlor, und Ismael folgte ihr. Allmählich wurde das Licht der Laterne schwächer, und die Umrisse der mechanischen Geschöpfe, die den Korridor säumten, verwandelten sich in dunkel glänzende Schemen. Ihre Schritte gingen in dem Plappern, Lachen und Hämmern Hunderter mechanischer Räderwerke unter. Der Junge wandte sich erneut um und spähte zum Anfang dieses Tunnels, den sie entlanggingen. Ein kalter Lufthauch zog durch den Gang. Als er sich umsah, erkannte Ismael die Gazevorhänge wieder, die vor ihnen wehten, bestickt mit einem Buchstaben, der sich sanft wiegte.

A

»Ich bin sicher, dass er sie hier festhält«, sagte Irene. Hinter den Vorhängen war am Ende des Korridors die geschnitzte Holztür zu sehen. Sie war geschlossen. Erneut umfing sie ein kalter Lufthauch, der die Vorhänge in Bewegung brachte. Ismael blieb stehen und starrte in die schwarze Finsternis. Angespannt versuchte er, etwas zu erkennen.

»Was ist los?«, fragte Irene, als sie die Unruhe bemerkte, die sich seiner bemächtigt hatte.

Der Junge öffnete den Mund, um zu antworten, doch er blieb stumm. Sie spähte in den Korridor hinter ihnen. Ein kleiner Lichtpunkt am Ende des Tunnels. Der Rest war Dunkelheit.

»Er ist da«, sagte Ismael. »Er beobachtet uns.«

Irene klammerte sich an ihn.

»Spürst du es nicht?«

»Lass uns nicht länger hierbleiben, Ismael.«

Er nickte, doch in Gedanken war er woanders. Irene nahm ihn bei der Hand und zog ihn zu der Tür. Der Junge behielt die ganze Zeit den Gang hinter ihnen im Auge. Als das Mädchen schließlich vor der Tür stehen blieb, wechselten die beiden einen Blick. Wortlos legte Ismael die Hand auf den Türknauf und drehte ihn vorsichtig. Das Schloss gab mit einem leisen metallischen Klicken nach, und durch das Gewicht des schweren Türblatts schwang die Tür an den Angeln nach innen.

Ein flüchtiger blauer Dunst lag über dem Raum, nur durchbrochen von dem scharlachroten Flackern des Feuers.

Irene trat ein paar Schritte ins Zimmer. Alles war genau so, wie sie es in Erinnerung hatte. Das große Porträtbild von Alma Maltisse leuchtete über dem

Kamin. Lichtreflexe tasteten sich durch die dichte Atmosphäre des Zimmers und deuteten die Umrisse der Vorhänge aus durchscheinender Seide an, die das Himmelbett verhüllten. Ismael schloss vorsichtig die Tür hinter sich und folgte Irene.

Das Mädchen hielt ihn am Arm zurück. Sie deutete auf einen Lehnsessel, der mit dem Rücken zu ihnen vor dem Feuer stand. Über eine der Lehnen hing eine bleiche Hand, die wie eine verwelkte Blume auf den Boden gesunken war.

Daneben blitzten Glasscherben in einer Pfütze aus Flüssigkeit wie glitzernde Perlen auf einem Spiegel. Irene spürte, wie ihr Herz zu rasen begann. Sie ließ Ismaels Hand los und ging Schritt für Schritt auf den Sessel zu. Das flackernde Licht der Flammen beschien ein regloses Gesicht: Simone.

Irene kniete neben ihrer Mutter nieder und nahm ihre Hand. Sekundenlang gelang es ihr nicht, ihren Puls zu ertasten.

»Oh, mein Gott …«

Ismael stürzte zum Schreibtisch und griff nach einem kleinen Silbertablett. Dann lief er zu Simone und hielt es ihr vors Gesicht. Eine schwache Dunstwolke beschlug die Oberfläche. Irene atmete tief durch.

»Sie lebt«, sagte Ismael. Er betrachtete das Gesicht der bewusstlosen Frau und glaubte in ihr eine gereifte, weise Irene wiederzuerkennen.

»Wir müssen sie hier wegbringen. Hilf mir mal.«

Sie postierten sich zu beiden Seiten von Simone, umfassten sie mit den Armen und versuchten sie aus dem Sessel hochzuziehen.

Sie hatten sie kaum einige Zentimeter hochgehievt, als im Zimmer ein tiefes, unheimliches Zischeln zu vernehmen war. Die beiden hielten inne und blickten sich um. Das Feuer vervielfachte ihre eigenen Schatten an den Wänden.

»Wir dürfen keine Zeit verlieren«, drängte Irene.

Ismael hob Simone erneut hoch, doch diesmal war das Geräusch schon viel näher zu hören. Seine Augen irrten durch die Dunkelheit. Das Porträt! Mit einem Mal verformte sich der Schleier, der das Ölbild überzog, zu einer Platte aus dunkler Flüssigkeit, die Gestalt annahm und zwei lange, in messerscharfen Klauen auslaufende Arme ausstreckte.

Ismael versuchte zurückzuweichen, doch der Schatten schnellte von der Wand wie eine Katze, glitt durch die Dunkelheit und duckte sich hinter ihn. Für einen kurzen Augenblick konnte der Junge nur seinen eigenen Schatten sehen, der ihn beobachtete. Dann wuchs aus den Umrissen seiner eigenen Silhouette eine andere Gestalt hervor, die sich dickflüssig ausdehnte, bis sie seinen eigenen Schatten vollständig verschluckt hatte. Der Junge merkte, wie Simones Körper seinen Armen entglitt. Eine kräftige Faust aus eiskaltem Gas umklammerte seinen Hals und schleuderte ihn mit gewaltiger Kraft gegen die Wand.

»Ismael!«, schrie Irene.

Der Schatten wandte sich ihr zu. Das Mädchen rannte ans andere Ende des Zimmers, doch die Dunkelheit zu ihren Füßen umschloss sie wie eine tödliche Blume. Sie spürte die eisige, schaudererregende Berührung des Schattens, der ihren Körper umhüllte und ihre Muskeln lähmte. Vergeblich versuchte sie sich zur Wehr zu setzen, während sie entsetzt zusah, wie sich von der Decke ein Tuch aus Finsternis herabsenkte, das allmählich die vertrauten Formen von Hannahs Gesicht annahm. Das gespenstische Ebenbild warf ihr einen hasserfüllten Blick zu, und zwischen den düsteren Lippen blitzten lange, feucht glänzende Reißzähne auf.

»Du bist nicht Hannah«, sagte Irene mit versagender Stimme.

Der Schatten schlug ihr ins Gesicht, und eine Schnittwunde klaffte in ihrer Wange. Die Blutstropfen, die aus der Wunde hervorquollen, wurden augenblicklich von dem Schatten absorbiert, als würden sie von einer starken Luftströmung angesogen. Zwei lange, spitze Krallen kamen langsam auf ihre Augen zu.

Als sich Ismael, noch benommen von dem Aufprall, wieder aufrappelte, hörte er die raue, bösartige Stimme. Der Schatten stand mitten im Raum und hatte Irene gepackt, bereit, sie zu vernichten. Der Junge schrie auf und warf sich gegen die Masse. Sein Körper ging einfach so hindurch, und der Schatten zersprang in Tausende winziger Tröpfchen, die wie ein Schauer aus flüssiger Kohle zu Boden prasselten. Ismael zog Irene hoch und brachte sie außer Reichweite des Schattens. Dessen Bestandteile verschmolzen auf dem Fußboden zu einem Wirbel, der die Möbelstücke ringsum erschütterte und als tödliche Geschosse gegen Wände und Fenster schleuderte.

Ismael und Irene warfen sich auf den Boden. Der Schreibtisch flog durch eine der Fensterscheiben und pulverisierte sie dabei förmlich. Ismael wälzte sich auf Irene, um sie vor den Scherben zu schützen. Als er wieder hochsah, nahm der dunkle Strudel festere Formen an. Zwei riesige schwarze Flügel breiteten sich aus, und der Schatten erschien wieder, größer und stärker denn je. Er hob eine seiner Klauen und zeigte die offene Handfläche. Zwei Augen und Lippen waren darauf zu sehen.

Ismael zog erneut sein Messer und hielt es der Erscheinung entgegen, während er sich vor Irene stellte. Der Schatten richtete sich auf und kam auf sie zu. Ismaels Faust umklammerte die Messerklinge. Er spürte, wie ein eisiger Strom seine Finger und seine Hand durchfuhr und seinen Arm lähmte.

Die Waffe fiel zu Boden, und der Schatten hüllte den Jungen ein. Irene versuchte vergeblich, ihn festzuhalten. Der Schatten zerrte Ismael zum Feuer.

In diesem Moment öffnete sich die Tür, und die Gestalt von Lazarus Jann erschien auf der Schwelle.

Das gespenstische Licht, das aus dem Wald drang, brach sich in der Windschutzscheibe des Polizeiautos, das den Konvoi anführte. Hinter ihm rasten Doktor Girauds Wagen und ein bei der Klinik von La Rochelle angeforderter Rettungswagen über die Straße am Strand des Engländers.

Dorian, der neben Chefinspektor Henri Faure saß, bemerkte als Erster den goldenen Lichtschein, der durch die Bäume drang. Hinter dem Wald waren die Umrisse von Cravenmoore zu erkennen, ein riesiges, geisterhaftes Karussell im Nebel.

Der Inspektor runzelte die Stirn und betrachtete diese Erscheinung, die er in den zweiundfünfzig Jahren, die er in diesem Dorf lebte, noch nie gesehen hatte.

»Schneller!«, flehte Dorian.

Der Inspektor sah den Jungen an, und während er beschleunigte, begann er sich zu fragen, ob an der Geschichte von diesem angeblichen Unfall irgendetwas dran war.

»Gibt es da etwas, das du uns nicht erzählt hast?«

Dorian gab keine Antwort, sondern starrte einfach geradeaus.

Der Inspektor trat das Gaspedal ganz durch.

Der Schatten wandte sich um. Als er Lazarus sah, ließ er Ismael wie ein lebloses Bündel fallen. Der Junge krachte heftig zu Boden und unterdrückte einen Schmerzensschrei. Irene rannte zu ihm.

»Bring ihn hier weg«, sagte Lazarus, während er langsam auf den zurückweichenden Schatten zuging.

Ismael bemerkte einen stechenden Schmerz in der Schulter und stöhnte.

»Bist du in Ordnung?«, fragte das Mädchen.

Der Junge murmelte etwas Unverständliches, aber er stand auf und nickte. Lazarus warf ihnen einen durchdringenden Blick zu.

»Nehmt sie mit und verschwindet von hier«, befahl er.

Der Schatten vor ihm zischte wie eine Schlange vor ihrer Beute. Plötzlich sprang er an die Wand und wurde wieder von dem Bild verschluckt.

»Ihr sollt verschwinden, habe ich gesagt!«, brüllte Lazarus.

Ismael und Irene packten Simone und schleiften sie zur Tür. Bevor sie gingen, drehte sich Irene noch einmal zu Lazarus um und sah, wie der Spielzeugfabrikant an das Himmelbett trat und mit unendlicher Sanftheit die Vorhänge zur Seite schlug. Dahinter war die Gestalt einer Frau zu erkennen.

»Warte …«, flüsterte Irene, während sich ihr Herz verkrampfte.

Es musste Alma sein. Ein Schauder durchlief ihren Körper, als sie die Tränen auf Lazarus' Gesicht bemerkte. Der Spielzeugfabrikant umarmte Alma. Noch nie im Leben hatte Irene gesehen, wie jemand einen anderen mit solcher Zartheit umarmte. Jede

Geste, jede Bewegung von Lazarus verrieten eine Liebe und eine Zärtlichkeit, die nur aus lebenslanger Bewunderung erwachsen sein konnten. Almas Arme umschlangen ihn ebenfalls, und für einen magischen Moment waren beide in der Finsternis vereint, fernab von dieser Welt. Irene war den Tränen nahe, doch dann zeigte sich ihnen eine neue, bedrohliche Schreckensvision.

Der Schatten kroch langsam aus dem Bild und zum Bett hinüber. Panik befiel das Mädchen.

»Vorsicht, Lazarus!«

Der Spielzeugfabrikant drehte sich um und sah, wie sich der Schatten rasend vor Wut vor ihm aufrichtete. Er hielt dem Blick dieses Höllenwesens stand, ohne Angst zu zeigen. Dann blickte er zu ihnen beiden herüber; seine Augen schienen Botschaften auszusenden, die sie nicht verstanden. Plötzlich begriff Irene, was Lazarus vorhatte.

»Nein!«, schrie sie, während sie merkte, dass Ismael sie zurückhielt.

Der Spielzeugfabrikant ging auf den Schatten zu.

»Du wirst sie mir nicht noch einmal nehmen ...«

Der Schatten erhob eine seiner Klauen, um seinen Herrn zu attackieren. Lazarus griff in die Tasche seines Jacketts und zog einen glänzenden Gegenstand hervor. Einen Revolver.

Das Gelächter des Schattens hallte durch den Raum wie das Keckern einer Hyäne.

Lazarus drückte den Abzug. Ismael starrte ihn verständnislos an. Der Spielzeugfabrikant sah mit einem leisen Lächeln zu ihm, dann entglitt der Revolver seinen Händen. Ein dunkler Fleck breitete sich auf seiner Brust aus. Blut.

Der Schatten brach in ein Geheul aus, das das gesamte Haus erschütterte. Es war ein Schrei des Entsetzens.

»Mein Gott …«, wimmerte Irene.

Ismael eilte Lazarus zu Hilfe, doch der hielt ihn mit einer Handbewegung zurück.

»Nein. Lasst mich bei ihr. Und verschwindet von hier …«, flüsterte er, und ein Blutrinnsal floss aus seinem Mundwinkel.

Ismael stützte ihn und brachte ihn zum Bett. Der Anblick ihres bleichen, traurigen Gesichts traf ihn wie ein Schlag. Ismael stand Alma Maltisse von Angesicht zu Angesicht gegenüber. Ihre tränenumflorten Augen blickten ihn starr an, in einem Schlaf verloren, aus dem sie nie erwachen würde.

Eine Maschine.

In all diesen Jahren hatte Lazarus mit einer Maschine gelebt, um die Erinnerung an seine Frau lebendig zu halten, die Erinnerung, die ihm der Schatten genommen hatte.

Wie benommen trat Ismael einen Schritt zurück. Lazarus sah ihn flehend an.

»Lass mich mit ihr allein … Bitte.«

»Aber es ist nur eine … eine …«, setzte Ismael an.

»Sie ist alles, was ich habe …«

Dem Jungen wurde klar, warum man die Leiche der Frau, die vor der Leuchtturminsel ertrunken war, nie gefunden hatte. Lazarus hatte sie aus dem Wasser gefischt und ihr wieder Leben eingehaucht, ein nichtvorhandenes, mechanisches Leben. Unfähig, sich mit der Einsamkeit und dem Verlust seiner Frau abzufinden, hatte er aus ihrem Körper ein Phantom geschaffen, ein trauriges Ebenbild, mit dem er in den vergangenen zwanzig Jahren zusammengelebt hatte. Und als er in Lazarus' brechende Augen blickte, wusste Ismael auch, dass Alexandra Alma Maltisse im Herzen des Fabrikanten auf eine ihm unbegreifliche Weise weiterlebte.

Lazarus warf ihm einen letzten, schmerzerfüllten Blick zu. Der Junge nickte langsam und ging zu Irene zurück. Sie bemerkte sein bleiches Gesicht, als hätte er soeben dem Tod persönlich ins Auge geblickt.

»Was hast du?«

»Verschwinden wir von hier. Schnell«, drängte Ismael.

»Aber …«

»Ich habe gesagt, lass uns von hier verschwinden!«

Gemeinsam schleppten sie Simone in den Korridor. Mit einem Krachen fiel die Tür hinter ihnen zu; jetzt war Lazarus im Zimmer eingeschlossen. Irene und Ismael rannten, so schnell sie konnten, durch den Gang zur Haupttreppe, wobei sie versuchten, das unmenschliche Geheul zu ignorieren, das von der anderen Seite der Tür zu vernehmen war. Es war die Stimme des Schattens.

Lazarus Jann erhob sich vom Bett und stellte sich dem Schatten taumelnd entgegen. Dieser warf ihm einen verzweifelten Blick zu. Das winzige Loch, das die Kugel gerissen hatte, wurde immer größer und verzehrte auch ihn mit jeder Sekunde. Der Schatten setzte erneut zum Sprung an, um in dem Bild zu verschwinden, doch diesmal packte Lazarus ein brennendes Holzscheit und setzte das Ölgemälde in Brand.

Das Feuer breitete sich auf der Leinwand aus wie Wellen auf einem See. Der Schatten heulte auf. Zur gleichen Zeit begannen in der Dunkelheit der Bibliothek die Seiten des schwarzen Buches zu bluten, bis sie schließlich in Flammen aufgingen.

Lazarus schleppte sich wieder zum Bett, doch der Schatten stürzte hinter ihm her, aufgebläht vor Wut und von den Flammen verzehrt, eine Spur aus Feuer hinter sich herziehend. Die Vorhänge des Himmelbetts fingen Feuer, und die Flammen züngelten bis zur Decke und über den Fußboden, alles verschlingend, was sie fanden. In Sekundenschnelle war das Zimmer ein flammendes Inferno.

Die Flammen leckten an einem der Fenster empor,

und die Hitze ließ die wenigen Glasscheiben bersten, die noch heil waren, um dann mit unersättlicher Kraft die Nachtluft anzusaugen. Die Zimmertür krachte lichterloh brennend in den Korridor, und langsam, aber unaufhaltsam griff das Feuer auf das ganze Haus über.

Durch die Flammen taumelnd, holte Lazarus den Kristallflakon hervor, der den Schatten jahrelang beherbergt hatte, und hielt ihn hoch. Mit einem verzweifelten Heulen verschwand der Schatten darin. Das Glas überzog sich mit einem Netz aus Eis. Lazarus verschloss den Flakon, und nachdem er ihn ein letztes Mal betrachtet hatte, warf er ihn ins Feuer. Der Flakon zerbarst in tausend Stücke; der Schatten verging für immer wie der letzte Atemzug eines Fluchs. Und mit ihm spürte auch der Spielzeugfabrikant, wie langsam das Leben durch die tödliche Wunde entwich.

Als Irene und Ismael aus dem Hauptportal stürzten, die bewusstlose Simone zwischen sich, schlugen die Flammen bereits aus den Fenstern im dritten Stock. Binnen Sekunden zersprangen nacheinander alle Fensterscheiben und ließen einen Platzregen aus glühend heißem Glas auf den Park hinunterprasseln. Die beiden rannten zum Waldrand. Erst im Schutz der Bäume blieben sie stehen und blickten zurück.

Cravenmoore brannte.

13. Septemberlichter

In jener Nacht des Jahres 1937 wurden die absonderlichen Kreaturen, die das Universum des Lazarus Jann bevölkert hatten, eine nach der anderen ein Raub der Flammen. Die Zeiger sprechender Uhren zerschmolzen zu Fäden aus glühendem Blei. Tänzerinnen und mechanische Orchester, Zauberer, Hexen und Schachspielautomaten, Wunderwerke, für die es kein Morgen mehr geben würde … keines von ihnen wurde verschont. Stockwerk für Stockwerk, Zimmer für Zimmer löschte der Geist der Zerstörung für immer alles aus, was dieser magische Ort des Schreckens an Schätzen barg.

Jahrzehnte der Phantasie gingen in Rauch auf und ließen nur ein Häufchen Asche zurück. Nur die Flammen waren Zeuge, wie irgendwo in diesem Inferno die Fotografien und Zeitungsausschnitte verglühten, die Lazarus Jann gesammelt hatte, und als die Rettungskräfte vor diesem gespenstischen Scheiterhaufen vorfuhren, der den mitternächtlichen Himmel erleuchtete, schloss der verängstigte Knabe von damals in einem Zimmer, in dem es kein Spielzeug gab und niemals geben würde, für immer die Augen.

Niemals in seinem Leben würde Ismael diese letzten Augenblicke von Lazarus und seiner Gefährtin vergessen. Das Letzte, was er hatte sehen können, war, wie Lazarus sie auf die Stirn küsste. Damals schwor er sich, dass er ihr Geheimnis bis ans Ende seiner Tage für sich behalten würde.

Das erste Tageslicht enthüllte eine Wolke aus Asche, die über die purpurrote Bucht dem Horizont entgegenzog. Als sich in der Morgendämmerung der Nebel über dem Strand des Engländers lichtete, zeichneten sich langsam die Ruinen von Cravenmoore hinter den Wipfeln des Waldes ab. Rauchspiralen stiegen in den Himmel und malten Bahnen aus schwarzem Samt auf die Wolken, durchbrochen nur von Vogelschwärmen, die gen Westen flogen.

Die Nacht zog sich nur zögerlich zurück, und der kupferfarbene Dunst, der weiter draußen die Leuchtturminsel umhüllte, zerfloss zu einem Truggebilde aus weißen Flügeln, das in der morgendlichen Brise emporschwebte.

Irene und Ismael saßen im weißen Sand, irgendwo im Nirgendwo, und betrachteten die letzten Minuten jener langen Sommernacht des Jahres 1937. Schweigend hielten sie sich an den Händen und sahen zu, wie die ersten rosaroten Sonnenstrahlen, die durch die Wolken brachen, eine Kette aus glitzernden Perlen übers Meer streuten. Der Leuchtturm ragte dunkel und einsam aus dem Dunst. Ein Lächeln huschte über Irenes Lippen, als sie begriff, dass jene Lichter, die die Einheimischen im Nebel hatten aufleuchten sehen, nun für immer verlöschen würden. Die Septemberlichter waren mit der Morgendämmerung verschwunden.

Nichts, nicht einmal die Erinnerung an die Ereignisse jenes Sommers, würde die umherirrende, in der Zeit verlorene Seele der Alma Maltisse auf ihrem letzten Weg noch länger aufhalten können. Während die Brandung diese Gedanken davontrug, sah Irene zu Ismael hinüber. Die Andeutung einer Träne glitzerte in seinen Augen, doch das Mädchen wusste, dass er sie niemals weinen würde.

»Gehen wir nach Hause«, sagte er.

Irene nickte, und gemeinsam liefen sie am Strand entlang zum Haus am Kap. Dabei ging dem Mädchen nur ein einziger Gedanke durch den Kopf. In einer Welt voller Licht und Schatten mussten alle, musste jeder Einzelne von uns seinen eigenen Weg finden.

Als Simone ihnen Tage später anvertraute, was ihr der Schatten über die wahre Geschichte von Lazarus Jann und Alma Maltisse erzählt hatte, begannen sich alle Bruchstücke des Rätsels zusammenzufügen. Doch die Tatsache, dass nun Licht auf das fiel, was sich wirklich ereignet hatte, änderte nichts mehr am Lauf der Dinge. Der Fluch hatte Lazarus Jann von seiner tragischen Kindheit bis in den Tod verfolgt.

Einen Tod, von dem er im letzten Moment begriff, dass er der einzige Ausweg war. Ihm blieb nichts anderes mehr, als seine letzte Reise anzutreten, um sich wieder mit Alma zu vereinen, nun unerreichbar für seinen Schatten und den bösen Zauber jenes unbekannten Herrschers der Schattenwelt, der sich hinter dem Namen Daniel Hoffmann verbarg. Nicht einmal er würde mit all seiner Macht und seinen Machenschaften jemals das Band zerreißen können, das Lazarus und Alma jenseits von Leben und Tod vereinte.

Paris, 26. Mai 1947

Lieber Ismael,
es ist viel Zeit vergangen, seit ich Dir das letzte Mal
schrieb. Zu viel Zeit. Vor knapp einer Woche schließlich
geschah das Wunder. Alle Briefe, die Du mir in diesen
Jahren an meine alte Adresse geschrieben hast, wurden
mir durch eine freundliche Nachbarin überbracht, eine
alte Frau von fast neunzig Jahren. Sie hatte sie all diese
Zeit aufbewahrt in der Hoffnung, irgendwann werde
sie jemand abholen kommen.
In diesen letzten Tagen habe ich sie wieder und wieder
gelesen, bis zum Überdruss. Ich habe sie gehütet wie
meinen wertvollsten Schatz. Es fällt mir schwer, die
Gründe für mein Schweigen, die lange Abwesenheit,
zu erklären. Insbesondere Dir, Ismael. Ganz besonders
Dir.
Die beiden Jugendlichen damals am Strand hatten
keine Ahnung, dass sich nach dem Morgen, an dem
Lazarus Janns Schatten für immer verschwand, ein
noch viel schrecklicherer Schatten über die Welt legen
würde. Der Schatten des Hasses. Wir alle dachten wohl

an jene Worte über Daniel Hoffmann und seine »Aufgabe« in Berlin.

Als ich in jenen schrecklichen Kriegsjahren den Kontakt zu Dir verlor, schrieb ich Dir Hunderte von Briefen, die nie ankamen. Ich frage mich noch immer, wo sie wohl sind, wo all diese Sätze, all diese Dinge geblieben sind, die ich Dir sagen wollte. Du sollst wissen, dass die Erinnerung an Dich und an jenen Sommer in der Blauen Bucht in diesen furchtbaren Zeiten der Finsternis die Flamme war, die mich am Leben hielt, die Kraft, die mir half, Tag um Tag zu überstehen.

Du wirst erfahren haben, dass Dorian eingezogen wurde und zwei Jahre in Nordafrika diente, von wo er mit einem Haufen absurder Blechmedaillen und einer Verletzung zurückkehrte, durch die er für den Rest seines Lebens hinken wird. Und er war einer der Glücklichen. Er kehrte zurück. Es wird Dich freuen, zu hören, dass er schließlich eine Anstellung im Kartographenamt der Handelsmarine bekam und in den raren Momenten, in denen seine Verlobte Michelle ihn lässt (Du müsstest sie sehen …), mit der Zirkelspitze Punkt für Punkt die Welt durchmisst.

Was soll ich Dir über Simone erzählen? Ich beneide sie um ihre Stärke und diese Beharrlichkeit, mit der sie uns alle so häufig durchgebracht hat. Die Kriegsjahre sind hart für sie gewesen, vielleicht noch mehr als für uns. Sie spricht nie darüber, aber manchmal, wenn ich sie schweigend am Fenster stehen sehe, wie sie die

Vorübergehenden betrachtet, frage ich mich, was wohl in ihrem Kopf vorgehen mag. Sie will das Haus nicht mehr verlassen und verbringt die Stunden in Gesellschaft von Büchern. Es ist, als wäre sie auf die andere Seite einer Brücke gegangen, zu der ich keinen Zutritt habe … Manchmal überrasche ich sie dabei, wie sie alte Fotos von Papa betrachtet und dabei still vor sich hin weint.

Was mich betrifft, mir geht es gut. Vor einem Monat habe ich im Lazarett Saint Bernard aufgehört, wo ich in den vergangenen Jahren gearbeitet hatte. Es wird abgerissen. Hoffentlich verschwinden mit dem alten Gebäude auch die Erinnerungen an das Leid und den Schrecken, die ich während des Krieges dort miterlebt habe. Ich glaube, auch ich bin nicht mehr dieselbe, Ismael. In mir drinnen ist etwas geschehen.

Ich habe vieles gesehen, von dem ich niemals dachte, dass es so etwas geben könne … Die Welt ist voller Schatten, Ismael. Schatten, die viel schlimmer sind als alles, wogegen wir beide in jener Nacht in Cravenmoore gekämpft haben. Schatten, neben denen Daniel Hoffmann nichts weiter ist als ein Kinderspielzeug. Schatten, die jeder Einzelne von uns in sich trägt.

Manchmal bin ich froh, dass Papa sie nicht mehr sehen muss. Du wirst denken, dass ich eine wehmütige Träumerin geworden bin. Ganz und gar nicht. Als ich Deinen letzten Brief las, machte mein Herz einen Satz. Es war, als wäre nach zehn dunklen, regenverhangenen

Jahren die Sonne wieder aufgegangen. Ich lief wieder am Strand des Engländers entlang, erkundete die Leuchtturminsel, segelte an Bord der Kyaneos durch die Bucht. In meiner Erinnerung werden diese Tage immer die wundervollsten meines Lebens sein.

Ich will Dir ein Geheimnis verraten. In den langen Winternächten des Krieges, wenn die Schüsse und die Schreie durch die Dunkelheit hallten, wanderten meine Gedanken oft dorthin zurück, zu Dir, zu jenem Tag, den wir gemeinsam auf der Leuchtturminsel verbrachten. Hätten wir diesen Ort doch nie verlassen! Wäre dieser Tag doch nie zu Ende gegangen!

Vermutlich wirst Du Dich fragen, ob ich geheiratet habe. Die Antwort lautet nein. Nicht dass Du glaubst, es hätte an Verehrern gemangelt. Ich bin immer noch eine recht begehrte junge Frau. Es gab ein paar Liebeleien. Sie kamen und gingen. Die Kriegstage waren zu hart, um alleine zu sein, und ich bin nicht so stark wie Simone. Aber mehr war es nicht. Ich habe gelernt, dass das Alleinsein manchmal ein Weg ist, der zum Frieden führt. Und monatelang habe ich mir nichts mehr gewünscht als das: Frieden.

Das ist alles. Oder nichts. Wie soll ich Dir all meine Gefühle, all meine Erinnerungen dieser Jahre schildern? Am liebsten würde ich sie mit einem Federstrich tilgen. Ich wünschte, meine letzte Erinnerung wäre die an jenen Sonnenaufgang am Strand und ich würde feststellen, dass all diese Zeit nur ein langer Albtraum gewesen ist. Ich wäre gerne wieder ein fünfzehnjähriges Mädchen, das die Welt um sich herum nicht begreift, doch das ist unmöglich.

Ich will nicht mehr schreiben. Beim nächsten Mal würde ich gerne persönlich mit Dir sprechen.

In einer Woche wird Simone für ein paar Monate zu ihrer Schwester nach Aix-en-Provence fahren. An diesem Tag werde ich zur Gare d'Austerlitz gehen und wie vor zehn Jahren den Zug in die Normandie nehmen. Ich weiß, dass Du mich erwarten wirst, und ich weiß, dass ich Dich in der Menge erkennen werde, so wie ich Dich auch erkennen würde, wenn tausend Jahre vergangen wären. Das weiß ich schon lange.

Vor einer Ewigkeit, in den schlimmsten Tagen des Krieges, hatte ich einen Traum. Darin ging ich mit Dir am Strand des Engländers entlang. Die Sonne ging unter, und die Leuchtturminsel war im Dunst zu erkennen. Alles war wie früher: das Haus am Kap, die Bucht … Sogar die Ruinen von Cravenmoore hinter dem Wald. Alles, nur wir nicht. Wir waren alt geworden. Du konntest nicht mehr zur See fahren, und meine Haare waren schlohweiß. Aber wir waren zusammen.

Seit jener Nacht wusste ich, dass irgendwann, ganz gleich, wann, unser Augenblick kommen würde. Dass an einem fernen Ort die Septemberlichter für uns aufleuchten würden und diesmal keine Schatten auf unseren Weg fielen.

Diesmal würde es für immer sein.

Carlos Ruiz Zafón
Der Mitternachtspalast
Roman
Aus dem Spanischen von Lisa Grüneisen
Band 03138

Im Kalkutta der dreißiger Jahre begegnet Ben der geheimnisvollen Sheere, von der er sich magisch angezogen fühlt. Doch
schon bald geraten die beiden in einen mörderischen Strudel
und müssen erkennen, dass sie weit mehr verbindet als große
Gefühle …

Mit dem dunkel schillernden Kalkutta hat Carlos Ruiz Zafón
ein Traumgespinst von einer Stadt geschaffen – unvergesslich
wie die tragische Geschichte von Ben und Sheere.

>»Carlos Ruiz Zafón ist ein Meister darin,
eine Atmosphäre und Spannung zu erzeugen,
denen sich kaum ein Leser entziehen kann.«
Tobias Schwarz, Deutschlandradio

Das gesamte Programm gibt es unter
www.fischerverlage.de

Carlos Ruiz Zafón
Der Fürst des Nebels
Roman
Aus dem Spanischen von Lisa Grüneisen
Band 18726

Mit seinem phantastischen ersten Roman begeisterte
Carlos Ruiz Zafón Leser auf der ganzen Welt

Um dem Krieg zu entkommen, zieht der dreizehnjährige Max
Carver mit seiner Familie in ein verschlafenes Fischerdorf. Doch
schon bald legt sich ein dunkler Schatten über den friedlichen
Zufluchtsort. Max erfährt, dass ein kleiner Junge dort unter
rätselhaften Umständen ertrunken ist. Eine geheimnisvolle
Macht scheint nun auch Max und seine Familie zu bedrohen.

»Carlos Ruiz Zafóns Schauerromane treffen einen Ton, der
Millionen Leser in aller Welt nach mehr verlangen lässt.«
Kristina Maidt-Zinke, Die Zeit

Das gesamte Programm gibt es unter
www.fischerverlage.de

Carlos Ruiz Zafón
Marina
Roman
Aus dem Spanischen von Peter Schwaar
Band 18624

Als Óscar Drai das Mädchen Marina trifft, ahnt er nicht, dass
sie sein Leben für immer verändern wird. Mit ihrem Vater
lebt sie in einer alten Villa wie in einer vergangenen Zeit.
Marina bringt Óscar auf die Spur einer mysteriösen Dame in
Schwarz, und bald befinden sich die beiden mitten in einem
Albtraum aus Trauer, Wut und Größenwahn, der alles Glück
zu zerstören droht. Erstmals beschwört Carlos Ruiz Zafón in
›Marina‹ sein unnachahmliches Barcelona herauf, eine Stadt
voller Magie und Leidenschaft.

»Einfach grandios!«
BZ am Sonntag

»Ein Roman wie ein Labyrinth. Hinter jeder Seite erwartet
einen ein neuer Fortgang der Geschichte. Sie werden
›Marina‹ in atemberaubender Geschwindigkeit lesen.«
Alex Dengler, denglers-buchkritik.de

»Carlos Ruiz Zafón erzählt mit viel Poesie
die dramatische Geschichte eines jungen Mannes, der
um sein Glück und seine große Liebe kämpft.«
Emotion

Nr. 1 der SPIEGEL-Bestsellerliste

Fischer Taschenbuch Verlag